荷馬史詩

儀軌歌路通古今

呂健忠 著

三民書局

文明叢書序

　　起意編纂這套「文明叢書」，主要目的是想呈現我們對人類文明的看法，多少也帶有對未來文明走向的一個期待。

　　「文明叢書」當然要基於踏實的學術研究，但我們不希望它蹲踞在學院內，而要走入社會。說改造社會也許太沉重，至少能給社會上各色人等一點知識的累積以及智慧的啟發。

　　由於我們成長過程的局限，致使這套叢書自然而然以華人的經驗為主，然而人類文明是多樣的，華人的經驗只是其中的一部分而已，我們要努力突破既有的局限，開發更寬廣的天地，從不同的角度和層次建構世界文明。

　　「文明叢書」雖由我這輩人發軔倡導，我們並不想一開始就建構一個完整的體系，毋寧採取開放的系統，讓不同世代的人相繼參與、撰寫和編纂。長久以後我們相信這套叢書不但可以呈現不同世代的觀點，甚至可以作為我國學術思想史的縮影或標竿。

自　序

　　這是有相當共識的說法：歐洲文化源自希臘，希臘歷史源自荷馬史詩。荷馬史詩是歐洲文化的紀念碑，紀念愛琴海青銅文明輝煌盛世的結束，揭開歐洲歷史的新紀元。荷馬史詩也是希臘口傳詩歌的墓誌銘，記載印歐人殖民最南端的希臘語族群口語創作英雄詩歌傳統的結束，孕育萬紫千紅的歐洲文學史。歸在荷馬名下的兩部史詩《伊里亞德》和《奧德賽》取材於亞洲城市特洛伊的滅亡。因此，閱讀荷馬無異於喚醒一段遺忘的歷史，也是體驗一場記憶的重生。

　　要了解「紀念碑」緬懷的對象，有必要了解特定的歷史背景，所以本書從印歐語族群的擴張運動切入。要了解「墓誌銘」記載的功德，有必要闡明功德的餘蔭，所以本書以基督教史詩收尾。要想透過荷馬史詩體驗記憶的重生，有兩個管道。一個是從荷馬史詩蔚然成學的縱切面著手，另一個是從《伊里亞德》和《奧德賽》這兩部史詩的橫剖面著手。使用隱喻措詞，荷馬史詩在公元前約 800 年發芽，經歷一千三百年茁長成神木。本書雙管齊下，先順著這棵枝繁葉茂的知識樹的樹幹軸心切開，呈現荷馬學的緣起、流變與趨勢。在另一方面，本書截斷樹幹，分析史詩文本質地，觀察在特定的時空採取特定的觀點所見到的景象。特定的時空是此時此地的臺灣，特定的觀點是我個人的文學見地。見地由史觀和史識交織而成，兼顧史觀和史識的

見地必然使人大開眼界，我希望本書有示例舉隅之效。

特洛伊戰爭標記愛琴海青銅文明的結束。《伊里亞德》回顧希臘人對於那一場戰爭的集體記憶，透過記憶中理想的圖像呈現戰爭對人性的考驗。《奧德賽》轉而追尋因戰爭而失落的記憶，透過追尋的過程呈現記憶對人的意義。兩部荷馬史詩是歐洲文學的源頭，分別承載族群記憶和個體記憶重生的結果。

一如歷史有族群與個人之分，記憶有集體與個體之分。《伊里亞德》以批判的眼光回顧族群的記憶，從中透露喚醒記憶有重生之德。《奧德賽》以積極的態度面對個體的記憶，彰顯有涯之生追憶前塵的重生經歷。記憶在時光陰影中顯像，由於記憶的深度而立體成形，而引人回味。可資回味的記憶必定有故事的材料。可是，荷馬不甘於只講故事，也不甘於一味強調意義所在。這兩個不甘使得《伊里亞德》和《奧德賽》在神木如林的文學世界挺拔參天一枝獨秀。本書無非是要說明挺拔與獨秀之所在，邀請讀者共同欣賞神木林區最偏僻卻也最醒目的一座大觀園。配得上「大觀園」這個隱喻的文學作品必定是形式與意義互相輝映，也必定有助於培養讀者的史觀與史識。此所以第二和第三這兩章的介紹有其必要。

《伊里亞德》和《奧德賽》的旨趣可以從本書分析的主題看出。《伊里亞德》的主題是「儀軌有道」，《奧德賽》的主題是「歌路有節」。「儀軌」和「歌路」分別是這兩部史詩聚焦最清晰的隱喻。《伊里亞德》描寫英雄的世界依照眾所公認而心照不

宣的一套民俗禮法在運作，即使戰火方酣也可以有戰爭之道。儀式是民俗禮法的體現，儀式通行意味著有常軌可以行大道。《奧德賽》以英雄世代襯托戰後歌舞昇平的世界，詩歌演唱的內容足以透過記憶的承傳形成歷史的長河。以長河隱喻歷史意味著「有規律可循的流動」，正是希臘文「節奏」的本意。歌唱有如槳帆船運載記憶穩穩航向未來，槳葉拍打水路必有「節奏」。我希望能夠在書中辯明，荷馬史詩一如神話，不是只有故事，而是深入故事別有洞天。

關於荷馬史詩，以訛傳訛的謬見罄竹難書。信手舉最常見的三個訛傳。把《伊里亞德》詩中阿基里斯和帕楚克洛斯的關係說成同性戀，誤以為親密的戰友同志就是同性戀。把《奧德賽》的標題和詩中主角奧德修斯混為一談，誤以為「奧德賽」是人名。把神話故事和神話原典混為一談，誤以為荷馬史詩只是述說神話故事。錯，錯，錯，速食文化不求甚解連三錯！如果不知道為什麼錯誤，那麼本書值得推薦；如果想知道正確的答案，那麼這本書值得一讀。

寫出如前文摘要介紹的一本書，既已畫龍，理當點睛。藉這個機會把這整本書的「見地」小結如下。

由於荷馬無與倫比的詩歌造詣，承載集體記憶的口傳史詩成為絕響。因個人意識勃興而產生的文人史詩在人生觀與時間觀出現新的意趣。反映在史詩創作的敘事模式，朝特定目標前進的線性敘述取代永恆回歸的環狀結構。在兩性關係則是性別

糾葛取代同性情誼。經歷中古時代宗教信仰大一統的局面，但丁和米爾頓承襲史詩的傳統，卻高舉基督教的大纛，但旨趣大相逕庭。但丁獨尊基督教觀點，寫出一部宇宙書，米爾頓採取宗教改革的觀點，描繪一座基督城。信徒愛上帝的信念讓位給上帝愛人類，上帝則從人生經驗的終極仲裁一變而為寬容與悲憫的道德典範。

前述史詩的走向反映歐洲的文化史進程。英雄的偉業根基因史詩的演變而改變。口傳史詩以實體城牆界定土地的認同，文人史詩以文化城牆界定族群的認同，基督教史詩以信仰城牆界定宗教的認同。隨認同本質的改變，地理空間不斷廣化。口傳史詩強調體驗，是具體的身體經驗；文人史詩強調閱歷，是眼界展現的歷史敘述；基督教史詩強調自傳色彩，是個體的想像經驗。和地理空間的廣化同步發展的是心靈空間的深化，其主旋律為生死的辯證：口傳史詩直面死亡的必然，文人史詩探索不朽的可能，基督教史詩追尋永生的意義。這一場生死的辯證兼具心理與情感雙重意義。就心理意義而言，史詩始於面對死亡，經由認識死亡，最後超越死亡。就情感意義而言，口傳史詩寄意「友愛」(philos = friendly, loving)，文人史詩寄意「虔誠」(pietas = piety)，基督教史詩寄意「熾情」(passio = passion)。

就這樣，本書透過史詩的流變，管窺歐洲文化景觀的嬗遞。主題景點當然是獨占四章的荷馬史詩。行文當中以括號附加專

有名詞和關鍵詞的原文。專有名詞和關鍵詞以一般讀者熟悉的
英文拼法為主，只有極少數情非得已的情況附希臘文。以羅馬
字母拼寫希臘文有不同的書寫習慣，下列對照表標示兩種通用
的拼寫方式：

ai = ae

-e = -a

-ei = -i

k = c

oi = oe

-os = -us

-u- = -y-

拉丁文和羅馬化的希臘文之後的數學等號 (=) 附記英文的
同義詞。括號也用於標示引用史詩原文的行碼：阿拉伯數字以
整數代表卷碼，小數點之後是行碼。引用史詩原文都是我自己
的中譯。其中荷馬的兩部史詩《伊里亞德》和《奧德賽》，由書
林出版社分別於 2018 和 2021 年出版譯注本。此外，書中數度
提及歷史之初的一場大變革，父神崇拜取代母神信仰所反映社
會制度與兩性關係的改變，其神話表述名為「男權大革命」，是
依據我在《陰性追尋：西洋古典神話專題之一》書中所論，該
書由暖暖書屋在 2013 年出版。

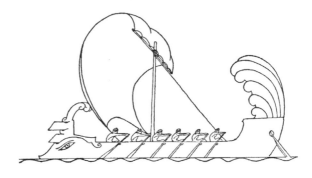

荷馬史詩──儀軌歌路通古今

史詩 (epic) 是關乎族群集體記憶的長篇故事詩歌。「詩歌」顧名思義就是唱詞，這意味著史詩原本是口頭傳唱。《伊里亞德》(*Ilias = Iliad*) 和《奧德賽》(*Odusseia = Odyssey*)，分別呈現儀軌有道和歌路有節，是當今所知歐洲最古老的史詩書寫文本。換句話說，介紹荷馬史詩，往上溯源涉及印歐語族群遷徙殖民的歷史，往下探果無法迴避歐洲文學的源起與流變。這一上溯與下探標界出本書的範圍與脈絡。

第 1 章 / *Chapter 1*

荷馬史詩的歷史背景

荷馬 (Homeros = Homer) 使用古希臘語演唱史詩 。一如其他語言，古希臘語方言林立。《伊里亞德》和《奧德賽》雖然是口頭傳唱的詩歌，卻不是使用任何地區或方言的生活用語，而是幾種不同方言的合成體。除了外來語，荷馬史詩使用的方言都屬於希臘語族 。 希臘語族廣為人知的姊妹包括斯拉夫 (Slavic)、 日耳曼 (Germanic)、 凱爾特 （Celtic，亦作 「塞爾特」）、羅曼 (Romantic) 和印度—伊朗 (Indo-Iranian) 等語族。這些語族都屬於印歐語系。印歐語系的使用者即印歐人。

1.1 印歐語族群擴張運動

1.1.1「舊歐洲」

對印歐人來說，歐洲曾經是新大陸。有新必有舊：同一片大陸分出新與舊，當然是因為年代有先後，而且生活方式有差異。此一差異是奠基於兩個學術領域的研究成果：考古學和歷史語言學。這兩個學術領域揭露的文化史有個鐵律：相對同質的物質文化會泯除語言的多樣性，語言現象因此趨於均質化；但是對離鄉背井的早期世代來說，語言和文化兩者的連結通常相對牢固。這個鐵律呼應殖民史一個普遍的現象：殖民社群在人生地不熟的新環境，透過語言和文化雙重認同凝聚向心力。此一向心力是形成傳統的一大關鍵。

語言學家比較印歐語系諸語族，認為它們有共同的前身，稱之為原始印歐語。可是在原始印歐語開枝散葉之前，歐洲大陸另有一種相對廣泛使用的語言，即烏拉爾語系 (Uralic language)。烏拉爾語系的使用者自成一個傳統，即「舊歐洲」。

考古學所稱的「舊歐洲」指涉新石器時代東南歐多瑙河谷的舊石器時代文化，語言學觀點稱為「前印歐」文化，屬於烏拉爾語系，匈牙利語、愛沙尼亞語和芬蘭語是最廣為人知的成員。其原鄉所在雖然仍無定論，但語言學家重建出來的烏拉爾

語系詞彙顯示，使用烏拉爾語的族群住在遠離大海的森林裡，過著純粹仰賴漁獵的採集生活，僅有的馴養動物是狗。考古出土的資料進一步透露他們是母系社會。在生殖機制仍不知其詳因此歸之於超自然的遠古之世，女性身為人力來源的生產者，本身就具有神聖的意義，更何況她們在採集糧食一事擔任要角，女性生產所需的男伴卻是可替代的角色，因此母親和她的子女組成個別的家庭，家庭的經濟和決策由最年長的女性擔任。用我們熟悉的措詞來說，前印歐文化是「只知其母，不知其父」的母系社會，那個社會崇拜母性的繁殖能力。

1.1.2 原始印歐語的誕生

　　和烏拉爾語系關係最密切的語言是印歐語系。「印歐」 之稱，顧名思義是「印度＋歐洲」。「印度」特指公元前十五世紀以銘文形式書寫的梵文讚美詩集《梨俱吠陀》(*Rig Veda*)，使用這種古印度語的人自稱為雅利安人 (Aryans)，意思是 「高貴的人」。雅利安人最親近的語言親屬來自伊朗 (Iran)，「伊朗」 這個地名的詞源本義即是「雅利安人之地」(the land of Aryans)。透過語言的比較研究，學者發現梵文和歐洲大多數的語言系出同源，學界稱呼使用這些語言的族群為印歐人。他們和同為白種人的閃米特人（Semitic People，亦稱閃族人）使用不同的語言；閃米特語族的兩大分支語言是希伯來語和阿拉伯語，屬於亞非語系（又稱「閃含語系」）。亞非語系和印歐語系的明確關

聯仍有待釐清。探討印歐語族群遷徙殖民的歷史，本質上無異於爬梳白種人追尋原鄉的歷史，雖然原鄉的所在到現在仍然沒有定論，其過程卻掀開印歐語系分化傳播的歷史視窗。

追尋地理上的原鄉是尋根之舉在空間的表現，追問語系分化的過程則是尋根之舉在時間的表現。原鄉的記憶銘刻在人類的集體潛意識，那種情感的連結形成尋根的心理動機，其原型可能表現為探訪故居或祖居地、追問個人的身世或族群的起源，以及尋找血緣或文化的源頭等等。不論形式為何，語言無疑提供關鍵的線索。

印歐語系是目前國際上研究最為透徹的一個語系，事實上，「歷史語言學」就是源自對印歐語系的研究。這門學科探討特定時期內語言所經歷的種種變化，藉以確定不同語言之間的歷史親緣關係，因此又名「歷時語言學」。論者比較歐洲當代通行的語言和上古書寫的文本，發現其間的通性，包括共通的基本語彙、構詞、句法，雖然有同有異一如其語音現象，但是其中的變化有理可循。

將近兩個半世紀的相關研究指向無法避免的一個結論：印歐語系諸語言有共同的源頭，即原始印歐語。目前已建構出超過一千個原始印歐語詞根的語音，其詞彙顯示使用者只由父系繼承權利與義務。原始印歐語雖然是語言學家建構所得，卻有助於了解印歐語的起源。一旦定位出原始印歐語的使用期和所在地，就有可能推知原始印歐語的原鄉。

　　原始印歐語雖然只是語言學理論的產物，卻不期然在二十一世紀聽到遺傳學發出的迴響。兩個獨立的研究團隊在 2015 年分別發現印歐人都具有名為 R1a 的 Y 染色體 DNA 單倍型類群，從這個生理特質可以推測出所有現存男性在父系血緣的最近共同祖先。這個遺傳特色廣見於西歐、烏克蘭、俄羅斯南部、烏茲別克、伊朗以及印度的婆羅門階級。一個相關的發現是單倍型類群 R1b 是西部印歐人特有的染色體。共同的祖先傳下的後代當然使用共同的語言。可是日久生變，空間的隔離更進一步造成變異，表現在語言系統的現象就是從音變開始，到後來從不同的方言分化成不同的語族。

1.1.3 印歐語的分化

　　在追尋印歐原鄉的學術潮流中，考古學結合地質學與氣象學的研究是一支生力軍。

　　最後一次冰河時期在公元前約 12000 年結束。隨地球暖化，溫帶歐亞大陸形成一望無際的大草原，從匈牙利穿越烏克蘭，往東經黑海和裏海北岸，直抵蒙古，面積之廣為地球所僅見。公元前約 10000 年，新石器時代出現農耕與畜牧的謀生方式，人類從依賴自然界的採集謀生轉為主動生產糧食，因此這場劇變又稱「農業革命」。其結果，提高生產力成為文明發展的具體指標，人類在自然界的角色從依存共生走上開發利用。

　　這一片大草原位於希臘、近東、伊朗、印度和中國這個古

文明帶的北疆外圍，生活在那片草原的人操原始印歐語。他們以部落農民的身分進入歷史的視野，零零星星散居在農業村落，豐臀女雕像的繁殖信仰是家庭儀式的核心。他們開始養牛，很快為整個草原帶的經濟和社會帶來深遠的影響。由於牛的產奶量比其他畜群高出許多，牛在印歐神話與儀式的重要性水漲船高，和女性的繁殖力同樣成為崇拜的對象。

印歐人也馴化了羊和馬。地理條件孕育當地的畜牧型態，不只取代原先的採集經濟，豢養牛羊甚至造成印歐人生活方式的大變革。公元前約 5000 年，權力開始制度化，酋長第一次在東歐大草原的考古紀錄現身。部落的首領在掌握權力的同時，也附帶有分配食物的義務，飼養牛羊的放牧經濟為他們提供鞏固權力的利基。不同的部落為了保護與爭奪經濟資源而爆發衝突，首領手持權杖，開始規範人神關係以及政治倫理。這一系列的發展，一方面奠定原始印歐文化種種權力政治與儀式的基礎，另一方面在青銅時代晚期成為串連前面提到的東方古文明的橋樑。史前考古學和歷史語言學的發現透露聚焦的效果：從新石器時代末期到青銅時代初期，約當公元前 4500 到前 2500 年間，原始印歐語可能通用於歐亞大草原。

語言證據顯示原始印歐語的親族系統都是以父輩為中心，雖然考古證據顯示實際行為複雜多矣。此一現象說來不足為奇，因為通常是先有實際行為之後才反映在語言上。公元前約 2500 年，原始印歐語的晚期使用者感謝天父賜予他們快馬和肥牛，

這意味著權利、財產、責任和義務都由父親繼承，女性則「出嫁」住進夫家。墳塚的建造趨向於只是紀念特殊成年男人的辭世，即使特別尊貴的家族也不是每個人都有資格建造墳塚。

　　馴服野馬尤其帶來深遠的影響。公元前四千紀（公元前4000–前3000）上半葉，印歐人騎上了馬背，草原社群互動趨於頻繁，騎馬的機動性無疑增加進而加劇部落之間的衝突。馬首權杖的出現意味著馬成為權力的象徵，使用象徵地位的武器作陪葬可能表示戰爭已經成為榮耀的表徵。策馬牧羊不只是大幅度擴增放牧地，同時也大幅度提高搶奪經濟資源的能力，並且因此發展出遊牧經濟，促成歐亞大草原的開發。整個歐洲開始一場大遷徙，於是出現嶄新的人文地理景觀：外圍有石牆、溝渠和柵欄等防禦措施的人造土丘聚落。就在那樣的背景，原始印歐語在東歐大草原出現不同的方言。遊牧這個經濟模式可能是原始印歐語開始分化的最重要單一因素，至少可以確定原始印歐語擴張到東南歐的時間不晚於公元前約 3000 年。

　　遊牧經濟這一股強大的驅力，在對外擴張的同時，也在社會內部重組既有的秩序。騎馬牧羊擴大牧場的疆域，牧產增加也意味著財富增加，結果之一是貧富差距趨於懸殊。軍事首領的地位和作用逐漸加強；舊的社會組織已經解體，貴族的出現進一步導致階級分化。對新興的社會階層來說，追求財富成為他們遷徙的主要動力。在遷徙的過程中，掠奪無疑比勞動更容易獲取財富，因此挑起或參與衝突成為爭取榮耀的途徑。北方

大草原以放牧和採集為基礎的經濟一直持續到青銅時代晚期；到了公元前約 2100 到前 1800 年，放牧經濟在地化時，定居已取代遊牧。隨後三個世紀開始出現大規模的聚落，顯然和農業的普及有關。

公元前大約 2000 年，歐亞大草原北部烏拉山脈以東的辛塔什塔 (Sintashta) 文化區發明輪子，後來結合馬成為馬拉戰車。衝突的型態徹底改觀，草原上開始出現內有壁壘而且外圍壕溝的防禦工事。那個文化圈出土的墓葬包括武器、車輛和祭牲。考古證據顯示族群衝突已經擴大為戰爭。戰爭一方面顛覆既有的社會秩序，另一方面為權力的獲取創造新機會，甚至改變大草原的文化景觀。考古資料所透露遊牧生活對社會制度的影響令人印象深刻：西部印歐語的宗教信仰與儀式習俗包括女性，東部印歐語卻以男性為中心。

在原始印歐文化圈，社會解體的過程因地而異，有快有慢。黑海北岸地區較早開始，其餘地區較晚，因此形成多次遷徙的現象。大體而言，公元前約 2000 年之後，隨著印歐人分批從他們在歐亞大草原的原鄉往外遷徙，印歐語終於開枝散葉，分化出不同的語族。墓葬遺骨顯示來自大草原的男性原始歐洲人（顱骨寬扁而臉骨粗壯）和古歐洲地中海人種的女性（顱骨高聳而臉型柔和）通婚。

印歐人遷徙所及總是摧枯拉朽，為當地的歷史走向帶來深遠的影響。帶著遊牧經濟往西南遷徙的印歐人進入義大利，形

成義大利語支，後來在羅馬帝國的羽翼下發展成羅曼斯語族，包括現代義大利語、法語、西班牙語、葡萄牙語和羅馬尼亞語。往東遷徙的印歐子孫，後來形成伊朗人和吠陀時期的雅利安人，語言學觀點屬於印度－伊朗語族。跨出草原帶進入歐亞大陸的南方，印歐人終於面對面接觸亞洲古老的文明。夾在中間的一支發展較迅速，也最早遷徙，抵達小亞細亞的安納托利亞（Anatolia，今土耳其西部）定居，他們後來被稱為西臺人(Hittites)。公元前約 1750 年，西臺人建立了王國，這是印歐人最早建立的政治實體。西臺王國的統治者甚至擁有自己的文字，他們使用的西臺語是最早在安納托利亞留下紀錄的印歐語。隨著實力的不斷增加，他們向外大肆擴張，在公元前約 1650 年發展成帝國，公元前 1595 年滅亡了古巴比倫王國。

就在西臺帝國稱霸西亞之初，前希臘語已經和印歐母語分道揚鑣。

1.2 歷史與神話

前面介紹印歐語族群的擴張運動，是歷史。即使沒有文獻稽考，即使只是以考古學家和語言學家為首的學術界建構出來的圖像，其為「歷史」無庸置疑，畢竟記錄人類經驗的媒介不限於文字，甚至文字也不見得比其他媒介更周全或更客觀。然而，沒有人會懷疑荷馬史詩是神話，其為神話卻以前文介紹的

歷史為張本。歷史與神話經緯錯綜交織糾纏，區辨其本質的異同因此有其必要。

1.2.1 神話故事與神話原典

《伊里亞德》和《奧德賽》是神話故事，這話乍看不辯自明，可是我們稱之為「史詩」卻隱含未必其然。有別於文學反映人生的現實經驗，神話反映歷史的集體記憶，「史詩」之稱卻左右逢源。

話分兩頭，一頭是神話故事不同於神話原典，另一頭是史詩中神話與歷史互相滲透。

先說神話故事不同於神話原典。神話原本是民間口頭流傳的故事，既沒有作者，也沒有定本。我們有機會得知遠古之世的故事，是因為有作家使用文字把故事寫下來。就希臘而言，那些書寫文本大多數是作家的創作，只有少數例外，如阿波羅多若斯（Apollodorus，公元前二世紀）的《希臘神話大全》(*Bibliotheke*)，以概述的方式網羅開天闢地到特洛伊戰爭的神話與傳說，是希臘觀點的「史前史」。稱得上「創作」的基本條件是豐富的想像和獨特的詮釋。想像指涉細節的描寫和素材的組織，以便作家個人的詮釋能為聽眾或讀者所理解；詮釋則指涉作家採取特定的觀點呈現素材並展現特定的結果，其意義或主題無非是表達個人的感受、人生觀或價值判斷。市面上的神話故事集，沒有例外，都是概述或改寫之後編纂而成，其根據即

是神話原典。荷馬史詩卻和希臘悲劇相同,是創作的成果,是神話原典。

　　辨明故事不同於原典,為的是強調閱讀的主體性。一如希臘悲劇,荷馬史詩一旦經過編者的刪減改寫成為神話故事,作者原創的情節和觀點必然無跡可尋。於是,讀者看到的只是骨骸,只能被動接受既沒有血肉,也沒有肌理,更沒有神經系統的故事概略。在這個比喻,細節描寫是敘事文學的血肉,素材組織是文學作品的肌理,情節則是文學經典的神經系統。看到骨骸和看到活體當然不一樣。

　　亞里斯多德 (Aristotle,公元前 384–前 322) 在文學理論與文學批評的開山之作《詩學》(*Poetics*) 早已指出,文學作品成為經典的關鍵是不能只講故事 (story),而是要進一步呈現情節 (plot)。故事只是按時間順序交代什麼人發生什麼事,情節卻是素材去蕪存菁之後,把事件重新組織,藉以呈現因果邏輯。素材的組織和情節的安排求其合情合理:「情」是使人感動,這是文學的根本;「理」是合乎條理,這是文學作品引發移情作用進而促成讀者理解的原動力。《伊里亞德》和《奧德賽》的情節及其意義是本書第四和第五兩章的重點。

1.2.2 神話原典與歷史事實

　　亞里斯多德在《詩學》還寫到:「詩比歷史更富哲理,因此更真實。」他的意思是,歷史記載特定的人在特定的時間與地

點發生特定的事情，導致特定的結果。這一連串的「特定」使得每一樁歷史事件都是現實世界孤立的經驗。反觀文學，創作者描寫某種類型的人物，在某個可能的時間和地點發生類似的遭遇，這一類的經驗具有普遍的性質，因此作家合情合理的描寫能夠在想像的天地激發普遍的共鳴。

亞里斯多德雖然是針對悲劇立論，他的見解普遍適用於敘事文學，包括古老的史詩和現代流行的小說或電影。敘事泛指具備趣味的故事。史詩的故事趣味源自神話與歷史互相滲透的結果。

小說取材於現實經驗，不論是自己或別人，也不論是現代或過去的經驗。現實的經驗是小說家創作所據的素材，素材必須輔以想像的鋪陳才成其為文學，此即亞里斯多德所稱「詩學」的本義，希臘文 poietikes 正是「創作」。作家訴求的對象必定是當代讀者，也就是要讓讀者看到「似曾相識」的現實經驗；即使歷史小說取材於歷史，作者還是得呼應當代讀者的現實經驗。同樣的道理，荷馬演唱《伊里亞德》和《奧德賽》是透過歷史素材和當代聽眾對話。這兩部史詩的素材主要是公元前十三世紀的特洛伊戰爭，比荷馬的聽眾早了五個世紀。

特洛伊戰爭是希臘神話第一大事件。那場戰爭，我們說是神話，其實卻如我在譯注本《伊里亞德》引論第一節〈神話與歷史的交會〉所述，是預告青銅文明結束的警鐘。荷馬聽過題材相關的許多故事，先是意識到戰爭對人類的影響，後來又觀

察到海外移民對當代希臘人的意義，因此發揮想像的眼界和組織的能力，終於先後有《伊里亞德》和《奧德賽》問世。

1.2.3 希臘人進入歷史的視野

《伊里亞德》追憶希臘人的英雄盛世，《奧德賽》探討那段記憶的現實意義。就荷馬的素材而論，那段記憶始於印歐語的一個方言獨立成為希臘語族。希臘語族當然承載希臘人特有的現實經驗，那個經驗或多或少繼承印歐人或早或晚共有的傳統，而且保留原住民令人發思古幽情的元素。

希臘的原住民

希臘是歐洲文化的根源，希臘人所建立的城市包圍的愛琴海則被視為歐洲歷史的搖籃。那個搖籃卻是移民者和原住民融合的結果。

早在公元前約 6000 年，希臘北部的色薩利 (Thessaly) 平原散落至少 120 個新石器時代的聚落。那些居民已經馴化綿羊，豢養家牛，種植小麥與大麥，並舉行女性中心的家庭儀式。他們的語言屬於亞非語系。語言學和考古學的證據共同指出，今天所稱的希臘之地自有文明以來就受到近東文化的滋潤。單就本節標題所稱的「歷史」而論，歐洲透過希臘受到近東的影響從新石器時代延續到青銅時代。在印歐人到來之前的希臘居民即是本書所稱的原住民，荷馬史詩泛稱為佩拉斯占斯人 (Pelasgoi)。

　　荷馬史詩兩次提到 「神異佩拉斯古斯人」（《伊里亞德》
10.429 和《奧德賽》19.177），是出現在行尾的詩律套語，即適
合嵌入詩行中特定詩律位置的史詩慣用語。「神異」(dios) 是類
型描述詞，表示從現實經驗的觀點讓人覺得「非比尋常」。換句
話說，荷馬所繼承的史詩傳統認為佩拉斯古斯人固有的特性，
包括生理特徵與民情習俗，和印歐人大不相同，使人難以理解。
歷史學家對佩拉斯古斯人的了解只是聊勝於無，但是有兩件史
實可以印證這個詩律套語：佩拉斯古斯人屬於小亞細亞黑髮人
種，他們崇拜土地的力量。

　　佩拉斯古斯人的土地崇拜和印歐人的天神崇拜融合的結
果，反映在神話是狄娥妮 (Dione) 和天父宙斯 (Zeus) 婚配。荷
馬史詩把 dios 神格化成為 Dios，用於稱呼宙斯，其字源是原始
印歐語詞根 dyeu-，「照耀」引申為「天空」。Dios 的陰性形態
即是狄娥妮，原住民崇拜的女神就這樣被收編到以宙斯為天父
的信仰體系。《伊里亞德》 5.370–1 提到性愛美神阿芙羅狄特
（Aphrodite，羅馬神話稱 Venus，「維納斯」）是宙斯和狄娥妮
的女兒。這場婚姻見證印歐人在希臘透過族群通婚而落地生根。
印歐人崇拜的天父收編希臘境內女神林立的母系部落，其神話
表述就是宙斯多妻又情婦成群。

　　印歐遊牧民族在公元前三千紀（公元前 3000－前 2000）分
批湧向希臘。希臘語就是在這期間脫離原始印歐語，發展成獨
立的語族。希臘語冒出歷史的地平線，如果一定要有年代，不

妨取中數,即公元前約 2500 年。語言證據顯示,他們並不是直
奔目的地,而是輾轉經過多次遷徙,從東歐大草原的西部先抵
達東南歐。之後有兩個可能,一條路徑是沿黑海西岸直下希臘,
另一條是從安納托利亞高原西部進入希臘。

定居希臘的印歐人

最早進入希臘的印歐語族群是埃俄利亞人 (Aeolians) 和伊
奧尼亞人 (Ionians),最後一波是多瑞斯人 (Dorians)。他們是具
有宗教信仰、文化和語言統一體的族群,自稱赫林子裔
(Hellenes),即「赫林人」。其居地稱為「赫林之地」(Hellas),
即中文音譯的「希臘」,這也是「希臘共和國」的官方名稱。英
文稱「希臘」為 Greek,是拉丁文的影響:義大利半島的居民
所遇到最早來自希臘的人是自稱為葛瑞科斯人 (Graikoi) 的部
落,後世沿襲羅馬人所稱 Graeci 之名,由此產生 Greci 轉成
Greeks。葛瑞科斯人的名祖葛瑞科斯 (Graikos) 的母親是大洪水
的倖存者丟喀里翁 (Deukalion) 和琵臘 (Purra) 的女兒。葛瑞科
斯人世居之地即 Graia,坐落在玻奧提亞 (Boiotia,今稱
Viotia) 鄰雅典邊界,據傳是希臘最古老的城市,亞里斯多德說
早在大洪水之前就已建立。

第一波前進希臘的印歐語族群當中,埃俄利亞人占多數。
他們在公元前約 2000 年征服希臘北部馬其頓以南的平原,其地
因此稱為埃俄利亞。其中一個部落阿凱阿人 (Akhaioi =
Achaeans),在公元前 1500 年左右建立邁錫尼 (Mukenai =

Mycenae)，兩百年後成為超級強權，勢力影響所及儼然有帝國之勢。其首府是希臘青銅文明的政經中心。他們密切涉入西安納托利亞的政治與軍事活動，終至於爆發特洛伊戰爭，雖然獲勝卻元氣大損。

公元前十二世紀，青銅時代末年，多瑞斯人入侵希臘，定居之地主要集中在希臘西部和南部。多瑞斯人不只排擠先前移入的印歐人，而且像蠻牛闖進瓷器店，造成長達三個世紀的黑暗時代（公元前 1100–前 800）。因此，說來不足為奇，新住民自相殘殺，結果是希臘的原住民佩拉斯古斯人成為歷史謎團。

由於多瑞斯人的侵擾，自稱海克力斯子裔 (Herakleidai) 的阿卡底亞人 (Arkas = Arcadian) 逃回埃俄利亞定居。這批重返祖居地的埃俄利亞人，第一位統治者是泰斯普羅托斯 (Thesprotos)，其國名為泰斯普羅提亞 (Thesprotia)。他統轄的部落之一是「色薩利人」(Thessalians)，由此產生「色薩利」這個沿用至今的地名 。 他建立的都城就是荷馬史詩提到的耶福瑞 (Ephura)。

在形塑希臘人文面貌的移民風潮中，埃俄利亞人從色薩利往東逃難，橫渡愛琴海，先在列斯博斯 (Lesbos) 落腳，然後轉往安納托利亞西海濱北部建立殖民城市，其地因此稱為埃俄利斯 (Aeolis)。伊奧尼亞人在阿提卡（Attica，首府為雅典）安家落戶，和原住民融合。後來，他們迫於現實的壓力而渡海移民，在愛琴海諸島和安納托利亞西岸南部廣建殖民城市。這兩個希

臘語族群渡海移民時，把祖先世世代代的口傳故事也帶到愛琴
海東岸及其附近離島。故事承傳他們崇拜天神與緬懷先祖相關
的集體記憶，那是孕育史詩的溫床。此所以埃俄利亞語和伊奧
尼亞語這兩個方言成為荷馬演唱史詩所使用的兩個主要語言。
這兩個希臘語族群雖然深受地中海文化的影響，其文化根源卻
來自印歐與近東。

　　伯羅奔尼撒 (Peloponnesus) 成為多瑞斯人的天下。他們所
建立的城市中，最廣為人知的是斯巴達（Sparta，荷馬史詩稱為
Lakedaimon，「拉凱代蒙」）。他們一方面破壞了原來的邁錫尼文

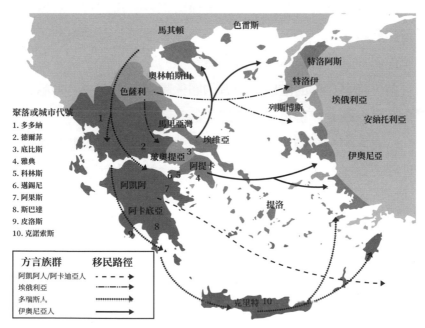

圖 1　希臘語四大方言族群

明，另一方面在先進文化影響下，原始社會迅速解體。他們的海外移民以克里特為跳板，集中在安納托利亞海濱的西南部。

隨多瑞斯人的到來，希臘歷史進入鐵器時代，城邦體制開始形成。

1.2.4 希臘神話的原鄉

說希臘語的印歐人進入希臘的心臟地帶，不論從北方南下或從東方西進，色薩利是必經之地，這片平原位於希臘中部偏北，北鄰馬其頓。

印歐人進入希臘之後，由於保留相對豐富的神話故事而保留相對豐富的歷史。這話看似矛盾，其實是普遍的現象，因為歷史與神話同樣是承傳族群集體記憶的平臺；在平臺一分為二之前，越是早期的階段，兩者的關係越是糾纏不清。神話與歷史分道揚鑣是分析思辨成為認知的管道以後的事。

方言的分析顯示，色薩利是希臘境內語言學觀點最保守的地區。這意味著該地區是希臘語使用者的移出而非移入之地，這吻合該地在希臘神話的獨特地位，是赫林子裔的原鄉。按希臘傳統的說法，大洪水過後，丟喀里翁和琵臘在色薩利定居，生下希臘主要族群的共同始祖赫林 (Hellen)。赫林和仙女結婚，生下三個兒子祖托斯 (Xuthus)、多若斯 (Dorus) 和埃俄洛斯 (Aiolos)。三兄弟分家，祖托斯獲得伯羅奔尼撒，多若斯獲得科林斯灣 (Gulf of Corinth) 以北之地，埃俄洛斯獲得色薩利。老么

繼承祖居地，這吻合遊牧印歐人傳統的幼子繼承制。祖托斯的
兩個兒子伊翁 (Ion) 和阿凱俄斯 (Akhaios) 分別是伊奧尼亞人和
阿凱阿人的名祖。多若斯和埃俄洛斯則依次是多瑞斯人和埃俄
利亞人的名祖。他們崇拜的天神，即以宙斯為家長的奧林帕斯
神族 (Olympians)，就住在色薩利境內的奧林帕斯山。

　　色薩利人的次族群包括多多納人 (Dodonians)、葛瑞科斯人
和玻奧提亞人。多多納人世居希臘西北部的泰斯普羅提亞，是
丟喀里翁在大洪水消退後建立第一座神廟的地點，後來發展成
希臘最古老的發諭所。葛瑞科斯人如本書 1.2.3〈希臘人進入歷
史的視野〉所述，是「希臘人」的英文詞源。玻奧提亞人被逐
離色薩利之後，南下在希臘中部定居，故有「玻奧提亞」這個
地名。其首府底比斯 (Thebe = Thebes) 在公元前十四世紀到前
十三世紀初葉是獨霸希臘中部的商業強權，特洛伊戰爭爆發時
已沒落。可是底比斯的建城者卡德穆斯 (Kadmos) 在希臘神話留
下不朽的篇章：他是腓尼基王子，他的妹妹歐羅芭 (Europe =
Europa) 被化身成公牛的宙斯拐誘到克里特，生下米諾斯文明的
名祖米諾斯 (Minos)；他本人千里尋妹，抵達希臘成為歐洲第一
位屠龍英雄；他的玄孫則是無人不曉的伊底帕斯 (Oedipus)，故
事見本書 6.2.3 將論及的奧維德《變形記》2.833–3.137。

　　就神話的象徵語言而論，卡德穆斯屠龍和下文要提到的阿
波羅 (Apollo) 以弓箭射死德爾菲 (Delphi) 的大蟒蛇，背景雖有
天界與人間之別，其實是同一件事，是男權大革命以父權取代

母系的畢功之役。卡德穆斯播種龍牙（《變形記》3.95–135）則是他使用離間計分化「土生土長」(autokhothonous) 的佩拉斯古斯人，漁翁得利。既已擺平在地勢力，他和哈摩妮雅（Harmonia = Harmony，「和諧」）結婚，寄意新移民落地生根的不二法門是通婚。

色薩利不只是赫林子裔的原鄉，更是英雄之鄉。在特洛伊戰爭之前就已家喻戶曉的追尋金毛羊皮故事中，希臘英雄第一次集結遠征東方，搭乘的阿果號就是從色薩利出發。特洛伊戰爭第一勇將阿基里斯 (Akhilleus = Achilles) 的故鄉在色薩利，他率領的部隊由密米東人 (Murmidones) 組成，族名本意「螞蟻」，奧維德《變形記》7.614–660 乘便利用，發揮精采的想像講了個詞源神話〈螞蟻雄兵的來歷〉。特洛伊戰爭中，希臘聯軍總共1,186 艘船，有四分之一（280 艘）來自色薩利。赫林子裔入主希臘的神話表述是宙斯率領奧林帕斯神族打敗提坦神族 (Titans)，這一場提坦族之戰發生在色薩利。

提坦族之戰保留大草原印歐語族群深具特色的集體記憶。遊牧民族的自然與人文環境無不需要領導階層快速更換新血。遊牧生活不安定，單位土地的經濟效益低，自然環境與部落衝突的考驗極其嚴酷，凡此種種困境都有賴於年輕體壯而且反應敏捷的領導階層，因此形成幼子繼承父業的傳統。此一民情習俗演變成制度的神話表述就是提坦神族的老么克羅諾斯 (Kronos) 在推翻原生代天空神烏拉諾斯（Ouranos，源自原始印

歐語「天；落水」的神格化）的統治之後，自己被奧林帕斯神族的老么宙斯推翻。

　　提坦神族身為地母的後代，是母神信仰的遺跡。宙斯得以推翻提坦神族，有賴於阿波羅的神箭射死德爾菲的母神守護靈。弓箭神阿波羅為奧林帕斯神族立下汗馬功勞，得意洋洋來到人間，邂逅好耍情箭的童子神愛樂（Eros，希臘文「性愛」神格化，羅馬神話稱 Cupid，「丘比德」）。同樣是弓箭神，一個協助天父擊敗以地母為首的提坦族，另一個主導情場，在兩性戰爭的戰場各擅勝場。奧維德《變形記》1.452–567〈阿波羅與達芙妮〉的生花妙筆，寫兩位弓箭神在佩紐斯河畔遭遇，證實情箭的威力勝過神箭。阿凱阿人入主伯羅奔尼撒的神話表述是奧維德《變形記》1.568–750〈周夫與伊娥〉。這兩個神話故事共同的背景是佩紐斯河，該河流貫色薩利平原。

　　色薩利盛產名駒，馬是印歐人大肆擴張的利器。希臘人視人類馴服野馬象徵理智馴服本能，反映在希臘神話就是文明的拉皮泰人 (Lapithai) 戰勝野蠻的人馬族 （Kentauros，人首馬身的複合動物），這一場人馬族之戰就發生在色薩利，最精采的記述仍然非奧維德莫屬，見《變形記》12.210–535。

　　荷馬在《奧德賽》倒敘奧德修斯自述海域迷航的經歷，第十卷起頭 (10.1–7) 就提到蒙 「眾男神」 垂愛的埃奧洛斯（Aiolos，和赫林之子「埃俄洛斯」同名），住在四周圍繞青銅峭壁的浮島埃奧利野（和「埃俄利亞」同名），六個兒子和六個

女兒配對成婚。詩文只有短短的七行，卻蘊含豐富的神話史料。其島坐落在義大利半島以西，那是希臘的化外之地，而且文本含糊其詞稱「眾神」而不名，卻挑明「男」性，空間與時間雙重的遙遠暗示宙斯尚未成為父系氏族崇拜的「天父」。「青銅」之島一來吻合特洛伊戰爭發生於青銅時代的歷史背景，二來扣合整部詩篇所呈現荷馬對於那個時代的想像。子女數總共「十二」，這個數目在希臘神話象徵完整或美滿，反映在生活方式即是「闔家團圓，宴飲度日」，兄妹成婚則是「只知其父，不知其母」的父系繼承制表明「純種血緣」的神話表述。

1.2.5 歐洲歷史新紀元

約當公元前四千紀的下半葉，原始印歐語通用於歐亞大草原之初已出現男性成年禮。這個儀式確認父系氏族的繼承禮制，同時也濃縮了普見於世界神話的追尋母題，也就是美國神話學家坎伯 (Joseph Campbell, 1904–1987) 論述的單一神話，辯明世界上只有一位英雄，卻以不同的面貌出現在不同年代不同的文化社群與宗教信仰。千面英雄經歷分離（離開原鄉）→啟蒙（通過考驗）→回歸（澤被鄉親）的追尋之旅，體驗法國神話學及宗教史家耶律亞德 (Mircea Eliade, 1907–1986) 所闡釋永恆回歸的自然法則與人生信念。千面英雄的共相經驗在希臘神話有個殊相化的表述方式，即身披獸皮而手持棍棒的海克力斯（Heracles，羅馬神話稱 Hercules）。他憑過人的體力與毅力忍

苦受難完成十二件苦勞，體現部落社會的男性成年禮，以一人之身展現新石器時代印歐狩獵社會的集體記憶。如前文所述，「十二」這個數目具有象徵意義，這是印歐社會非常古老的觀念，反映在希臘神話最廣為人知的例子是宙斯祖孫三代都有十二名子女。在《伊里亞德》相對應的是特洛伊王普瑞阿摩斯 (Priamos) 有十二個女兒 (6.248–50)。

原始印歐語有指涉聘金的語詞，這個語詞是父系社會已建立婚姻禮制的一個指標。《奧德賽》1.277–8 明白指出女人具有可以量化的「身價」，付得起價格的男人就可以買到手。同詩 8.356 提到「聘金和遮羞費」正是反映那樣的性別意識形態。

印歐遊牧社會新興的軍事貴族以家畜獻祭天神，以葬禮展現身分，這可能是葬禮宴的起源。《伊里亞德》描寫赫克托 (Hektor) 的葬禮，葬禮本身雖然使用素描的筆法，24.802 具體描寫參加的人員「按儀軌全體共享盛大的葬禮宴」，這透露葬禮宴是為參加葬禮的人所提供。特殊場合的宴前獻祭習俗在荷馬史詩已演變為日常生活的餐前獻祭，甚至進一步簡化以奠酒取代獻祭，其本質與基督教的餐前禱告殊無二致。

墓葬是深具實證價值的考古資料。個人墳塚取代公共墓穴，先疊石塊圈墳界，然後填土堆石造塚，馴化的動物成為葬禮上祭神的最佳奉獻，這些印歐文化遺址的發現都可以和荷馬史詩互相印證。《伊里亞德》23.129–256 詳細描述帕楚克洛斯 (Patroklos) 的葬禮，陪葬的動物包括四匹馬和九隻狗。《奧德

賽》12.11–5 描寫特殊情況的權宜措施，雖然是小人物，而且儀式大幅度簡化，墳塚仍不可或缺。《伊里亞德》描寫火葬方式，死者火化後的骨灰葬於土坑墓，考古資料可上溯到公元前約 3500 年。

印歐人早在新石器時代就已馴養狗。《奧德賽》描寫奧德修斯以乞丐扮裝返鄉，瞞過所有人的耳目，候主二十年的忠犬卻聞聲識人，聽到主人的聲音，抬頭看一眼，確認之後當場闔眼 (17.290–327)。相較之下，馬的馴服晚得多。然而，就影響歷史的走向而論，馴馬的意義更為重大，如前文 1.1.3〈印歐語的分化〉所述。公元前三十二世紀，馬進入印歐社會的儀式並具有象徵意義。希臘境內受限於地理條件，色薩利雖有名駒產地的美稱，馬在希臘的集體記憶卻停留在野性待馴的階段，神聖與妖魔兩種性質同體共生，一如希伯來創世神話的善惡知識樹，創生之德和墮落之根出自同源。馬象徵潛意識本我的衝動，潛意識卻是創作的本根源頭，是直覺能力發揮創造力的平臺。說來不意外，希臘神話的複合動物人馬兼具人的理性與獸的野性。人首馬身的人馬族，顧名思義是本質為馬的半人，他們的首領凱戎 (Kheiron = Chiron) 卻是《伊里亞德》4.219 提到的神醫，是「馬人」，外觀似馬卻本質為人。英雄身為人上人，理當理性戰勝本能，此所以希臘人在建構父權體制的神話論述時，人馬族之戰必不可少。這一場文明與野蠻兩種生活方式的決戰也發生在希臘神話的原鄉色薩利：當地一個名為拉皮泰人的部落，

首領派瑞托斯 (Peirithous) 舉行婚禮，受邀的鄰居馬人族在盛筵上酒後亂性。

　　遊牧生活動蕩不安，因此在現實的一面，父系親族的團結有助於抵抗搶劫；在超現實的一面，「看」天生活的經濟型態產生畏天敬天的信仰。「天」神格化，如 1.2.4〈希臘神話的原鄉〉所述，在印歐遊牧民族的社會組織體系就是「天父」。父系體制鞏固之後，天父在族群信仰的地位等同於「家長」，集威望與秩序於一身：宙斯就是這樣的角色。荷馬稱宙斯為 Dios，使用政治觀點稱呼即是「天王」；或從「天」的角度來看，一人之下、萬人之上的統治者即是「天（神之）子」。根據陳三平《木蘭與麒麟：中古中國的突厥－伊朗元素》(2019) 的考證，「天子」這個漢語詞是從伊朗經突厥傳入中國。

　　印歐人的擴張帶來遍地烽火。馬拉車的功能從勞動轉變為戰爭，大關鍵是車身輕便化：輻輪取代實心輪，站板取代有篷蓋的座椅。 歐亞大草原的馬拉戰車墓葬 ，年代不晚於公元前 2000 年。車戰通常是兩人組：馭手和擔任攻擊任務的矛手。《伊里亞德》詩中帕楚克洛斯和阿基里斯兩人就是這樣的搭檔，像這樣同生共死的兄弟情誼，其實和廣受誤解的同性戀不相干。首領策馬駕車駛入戰場，後面追隨接受庇護的步卒，這種戰鬥格局仍見於 《伊里亞德》，可是唱詩人對於戰術的細節已不知其詳。

　　馬提高機動力，雖然促進人際關係，卻促使族群衝突趨於

頻繁。有戰爭就有結盟，歐亞大草原的遊牧民族因此發展出部落間互利共生的賓主關係。描述這種關係最廣為人知的稱呼或許是希臘文的 xenia，「主客情誼」。《伊里亞德》6.119–236 葛勞科斯 (Glaukos) 和狄俄梅德斯 (Diomedes) 在戰場上單挑，報身世時才發覺上一代有主客情誼，當場化干戈為玉帛，以交換禮物收場。特洛伊戰爭的起因，說穿了就是特洛伊王子違背主客情誼，在斯巴達作客時，帶王后海倫私奔。賓主禮俗在《奧德賽》徹底希臘化，成為荷馬演唱奧德修斯返鄉過程的一大母題。

　　戰爭顯而易見的一個重大影響是，約當公元前 3300 到前 2800 年，青銅時代早期印歐文化圈開始出現以男性為中心的軍事貴族制，由統治階層、戰士和平民生產者組成的三元結構。多瑞斯人身為最晚進入愛琴海盆地的印歐族群，人口相對少數，遵守世代相傳的部落組織有助於凝聚向心力，因此保留了原始印歐社會的三元結構。荷馬史詩中多瑞斯人獨有的描述詞 trikhaikes 反映這個文化特色：社會由三個群體組成，即崇拜阿波羅的 Dymanes、Hylleis（海克力斯之子「Hyllos 的後裔」）以及崇拜穀物女神黛美特 (Demeter) 的 Pamphyloi （「所有部落的人」），最後一個名稱可能透露新石器時代末年以食物生產取代食物採集的歷史背景。這樣的組織型態透露社會階層之分，三個群體依次指涉祭司、戰士與平民。三重結構最宏觀的格局是宇宙由天界、人間與冥界構成。天界與人間合稱陽間或上界，冥界又稱陰間或下界。一體包含二元觀的三重結構是印歐社會

古老的傳統，也是其文化的一個重要母題。

　　克里特進入歐洲神話的舞臺始於米諾斯文明，鼎盛時期約當公元前約 2000 到前 1500 年。接下來一個世紀，邁錫尼人入主克里特，克里特源自近東的音節符號書寫系統，即乙系線形文字 (Linear B)，跟著青銅文明傳入希臘本土。公元前約 1250 年，特洛伊戰爭爆發；戰後約五十年，多瑞斯人入侵，邁錫尼文明崩潰，愛琴海地區進入黑暗時代。公元前約 800 年，城邦時期在希臘揭開序幕。大約在那時候，荷馬史詩問世，腓尼基人的表音符號希臘化成為萬用字母表的前身。

　　腓尼基人是近東文明傳入歐洲的一個主要媒介。1.2.4〈希臘神話的原鄉〉提到宙斯成功搶親，受害人是腓尼基公主歐羅芭。她的名字，英文沿襲拉丁文寫作 Europa，希臘文其實是 Europe，有兩個可能的詞源。希臘文 Europe，是 eurys（寬廣）接上 ops（臉，眼），合而言之是「睜大眼睛凝望」，生動呈現希臘水手從海上眺望歐洲大陸海岸線的視覺反應。歐羅芭騎在牛背抵達克里特上空俯瞰陌生的大陸，很可能也有同樣的反應。Europe 另一個可能的詞源是兩河流域阿卡德語 (Akkadian) erebu，傳入腓尼基語成為 erob，「日落」：歐洲大陸是近東所見日落之地。無論如何，歐羅芭的名字透露遠古時代亞洲觀點所見的新大陸。

　　歐羅芭遇劫背後的事實有兩個可能：赫林子裔占領克里特的腓尼基聚落，要不就是赫林子裔從克里特出發劫掠地中海東

岸的腓尼基人。總之，新興移民凌駕在地舊勢力，男人爭權而女人成為祭品。歐洲人不再容許亞洲人侵門踏戶。這是希羅多德（Herodotus，公元前約 484–前約 425）試圖釐清波希戰爭的緣由時，在《歷史》(*Historiae*) 開宗明義展現的見識。

　　歐羅芭在克里特生下三個兒子，其中最廣為人知的是米諾斯。身為歐洲最古老的青銅文明的名祖，米諾斯的年代應該不早於公元前十七世紀。他的名字其實是頭銜神話化成為人名，這現象常見於立體的歷史現實壓縮成平面的神話故事後導致時代錯雜。其過程和兩河流域聖婚儀式的「夫君」如出一轍。摘述我在《陰性追尋》書中 2.6〈城市英雄的始祖〉、2.7〈神話與歷史的陰陽交會〉、3.4〈陰性追尋的原型〉和 3.7〈男權大革命〉相關的論點如下。公元前約 3000 到前 2000 年間，蘇美人一年一度的聖婚儀式，女神伊南娜的女祭司殺死前任夫君，同時和新選立的年度夫君結婚，確認或確保陰陽和諧而萬物興旺。蘇美語稱年度夫君的正式頭銜為「杜牧齊」(Dumuzi)，這個頭銜在閃米特神話成為象徵豐饒的農牧神塔模斯 (Tammuz)，腓尼基人意譯稱為 Adon，本義為《舊約》所稱的 Adonai（my Lords，「主」，以複數表示敬稱的類別頭銜，可能影射多神信仰的集體神格），希臘人把頭銜訛傳成個人化的名字 Adonis，就是性愛美神阿芙羅狄特所愛上的美男子阿多尼斯。聖婚儀式的夫君等同於人類學所稱的「聖王」，即透過宗教儀式確認統治權力的君主，暗示母系社會過渡到父系社會的神權政治。奧維德

《變形記》10.243–97 描寫皮格馬利翁 (Pygmalion) 深情擁抱自己雕塑的女像，就是聖王任期屆滿卻抗拒卸任，拒不移交他任期內既有權利又有義務供奉的女神像。

　　言歸正傳。希臘文 Minos（「米諾斯」）很可能就是公元前約 2000 年，克里特首府克諾索斯 (Knossos) 的神權政治體制中，和月亮女神結婚者成為「年度夫君」的頭銜。頭銜訛傳成人名之後，希臘神話說他是宙斯和歐羅芭所生。和歐洲最古老的父系王朝的這個神話身世互相呼應的是，歐羅芭生下包括米諾斯在內的三個兒子之後，和掌握王權的阿斯帖柔斯（Asterios，「星光閃閃」，天后 Asterie 改為陽性詞尾）結婚，阿斯帖柔斯的父親是多若斯。這明顯是時代錯誤，因為多若斯是多瑞斯人的名祖，多瑞斯人進入希臘境內卻不早於公元前十二世紀。如此離譜的嫁接，無疑是為了解釋埃俄利亞人和佩拉斯古斯人（包括來自阿提卡的伊奧尼亞人）在克里特定居，進而與在地人通婚。

　　時代錯誤很可能意義深遠。地母蓋雅（Gaia，「土地」神格化）生出天父烏拉諾斯，由於愛樂的作用而婚配，生下六男六女，是為提坦神族。這是確鑿的語言證據，證實赫林子裔透過通婚掌握希臘神話論述的話語權。烏拉諾斯出於性焦慮，把子女丟進陰間深淵塔塔若斯 (Tartaros)，用白話來說就是烏拉諾斯強迫蓋雅把懷孕的胎兒留在宇宙子宮，不許曝光。老么克羅諾斯在蓋雅的慫恿下，以象徵農業活動的鐮刀割下烏拉諾斯的生

殖器，丟進大海，血滴落地生出怨靈三姊妹（Erinues，羅馬神話稱 Furies，「復仇女神」，特指報復血親被殺之仇）。克羅諾斯和大姊瑞雅 (Rhea) 婚配，生下三女三男，其中老大赫絲緹雅（Hestia，「火塘」）是家庭的象徵。克羅諾斯出於權力焦慮，孩子出生就被他吞下肚，瑞雅懷老么宙斯時，專程南下到克里特生產。克里特這個相對晚期才成為赫林子裔居地的島嶼，如今成為他們的天父的出生地。

多瑞斯人在荷馬史詩僅有的一次出現在《奧德賽》19.177，是荷馬說溜了嘴。特洛伊戰爭發生在青銅時代末年，多瑞斯人進入希臘歷史的視野卻是鐵器時代初年。鐵器的運用使得弓和箭得以改良，形制輕巧卻提高殺傷力。公元前約 1000 年終於發展出騎兵，關鍵是弓身短得多的反曲弓，又名複合弓（見《奧德賽》21.264 和 395 各行注）。這一筆考古資料可以證明描寫奧德修斯復仇插曲的 21.74–422 不早於這個年代。

我在《奧德賽》4.564 行注提到米諾斯和佩拉斯古斯人同樣是黑髮人種。雖然有人研究 DNA 單倍型類群證明克里特人和現代希臘人遺傳上的相似性，要闡明歐洲文明是歐洲人自己開創。但是如前所論，希臘本土的希臘人就是赫林子裔和佩拉斯古斯人通婚，血緣已經不純。不妨放下種族沙文觀點的身段，血統純種並無實質上的意義。乙系線形文字的破解確實證明，約當公元前二千紀中葉，克諾索斯的官方語言是埃俄利亞語。由此可以推論，歐洲青銅文明之祖的神話不會早於那個年代。

　　從歷史觀點來看，歐羅芭遇劫這個神話反映政治權力的興
替離不開兩性關係的糾葛。赫林子裔傳統上是父系氏族制，蓄
意貶低愛琴海地區的母神信仰，有系統地以神話表述「克里特
為歐羅芭之子所有」。「克里特」這個地名源自希臘文 crateia，
「女神無敵」。歐羅芭為宙斯傳種，米諾斯雖然是天神之子，畢
竟是混血。米諾斯的妻子帕希法娥 (Pasiphae) 是太陽神的女兒，
太陽則是天空之神宙斯最顯赫的神相。神子和太陽女締結姻緣，
神話觀點的血統之純正無與倫比。

　　前面所談都是神話故事的歷史背景，處處有神蹟。那一套
神話論述卻有個具體的歷史指標事件，足使我們撥雲見日。第
一位展現希臘思辨精神的歷史學家是修昔狄底斯 (Thucydides，
公元前約 460–約前 400)，他在《伯羅奔尼撒戰史》(*History of
the Peloponnesian War*) 以米諾斯為希臘歷史的發端，說他率先
建立海上武力。驅馬駕車征服歐亞大草原的印歐人，翻山越嶺
進入希臘之地，終於把勢力伸入海洋。海上武力不只是使赫林
子裔有能力遏阻海盜的猖獗，甚至為一個半世紀以後遠征特洛
伊的希臘聯軍鋪下坦途。

第 2 章／*Chapter 2*

《伊里亞德》與《奧德賽》的作者

　　作品理當有作者，這話看似天經地義，道理卻往往難以三言兩語說清楚。「荷馬史詩」這四個字就是個例子。常說荷馬是《伊里亞德》和《奧德賽》這兩部史詩的作者，卻有人提出質疑。學界辯論二十三個世紀，從中孕育荷馬學，迄今仍然繁花錦簇生生不息。荷馬這一棵知識樹的源頭及其相關的知識，學界稱為「荷馬之疑」(Homeric Question)。

2.1 荷馬之疑

　　《伊里亞德》和《奧德賽》是史詩，史詩是詩的一種體裁，其特色是格調高雅而主題雄偉，透過神話題材承載一個族群共同的文化認同。詩當然是文學，可是很多事未必理所當然。英文稱文學為 literature，可定義為「以書寫形式表達的想像創作」，其詞源為拉丁文 litterae，即 letters，是「字母」的複數形態。然而，荷馬史詩卻是公元前六世紀才在雅典出現書寫文本。

在那之前，我們確實知道《伊里亞德》和《奧德賽》的相關故事以口頭演唱的方式，在希臘文化區流傳了大約五個世紀。

2.1.1 荷馬史詩

歸在荷馬名下的兩部史詩包含「口語」和「文學」這兩個互相矛盾的觀念。口語訴求的對象是聽眾，文學訴求的對象是讀者；「聽眾」必定是複數，「讀者」卻可能是單數。文學講究創意，舉凡措詞、語句、結構、人物刻畫、故事，總以不落俗套為首要考量。這準則卻不適用於口語對不特定聽眾的表達。沒有讀寫能力的聽眾偏好現成的表達方式，詞句、人物、故事無不可以現成取材。然而這兩部口傳詩歌所展現的創意，即使以二十一世紀的批評眼光仍令人歎為觀止。

在另一方面，口傳文學暗示沒有明確的作者，至少沒有特定的作者。希臘人卻言之鑿鑿說《伊里亞德》和《奧德賽》的作者是荷馬。希臘文單數指涉特定對象的「詩人」(ὁ ποιητής = the Poet)，本義「創作者」，指的就是荷馬。荷馬不愧為歐洲永遠的首席詩人：身為希臘口傳敘事詩的末代傳人，卻披荊斬棘為希臘文學的黃金盛世鋪設康莊大道；口傳之作，卻創意無窮；最古老的文學作品，卻散發深富現代意味的主題與觀點。

2.1.2 荷馬其人

然而，這位作者的名字卻啟人疑竇。荷馬，希臘文

Ὅμηρος，羅馬字母拼法是 Homerus，英文截尾成 Homer。這個名字和遠古其他具有劃時代意義的人名一樣，引人探求其「寓意」。按 ὅμηρος 本義「接合者」，亦即荷馬其人從事的工作是把語詞翻轉裁切之後，在口頭演唱的「車床」加以組合。組合的工作不無可能等同於陰性觀點的「編織」，如奧維德《變形記》1.3–4 祈求天神賜予靈感「使我的變化書經緯穿梭，從開天闢地一路編織到當今」。把詩拿來「翻轉」可以傳達拉丁文 vertere 的意思：把那首詩「轉換」成另一種語言，即翻譯。把家喻戶曉的傳說故事「翻譯」成文學經典，「創意翻譯」(transcreation) 庶幾近之。

　　倉頡造字，驚天地泣鬼神；荷馬創作史詩，至少有七個希臘城市宣稱是荷馬的故鄉。其中愛琴海東岸的士麥那（Smyrna，今土耳其 Izmir）和離島基俄斯 (Chios)，同樣坐落在伊奧尼亞和埃俄利亞兩個希臘語族群的接壤地帶，文化基因最接近荷馬史詩的語言特色，基俄斯尤其是自稱荷馬子裔 (Homeridae) 的專業吟誦家族世居之地。可是自古就有人懷疑荷馬其人的歷史真實性：歸在荷馬名下的兩部史詩，到底是各有單一作者還是各有多位作者？這個問題本身就暗示荷馬其人可能是子虛烏有。

　　「荷馬子裔」引出關於荷馬其人另一個比較通俗的解釋。由於「荷馬子裔」確有其事，荷馬其人卻真相難明，ὅμηρος 最常見的意思則是確保和平的「人質」，不無可能音譯的「荷馬子

裔」意譯其實是「人質的後代」。鑑於唱詩人是備受尊重的專業人士，在戰爭頻仍的年代不無可能成為人質。把「人質」訛傳成名祖倒也輝映荷馬史詩對於民間流傳的故事採取後設詮釋的神學觀點——荷馬史詩對神話故事提出獨到的詮釋，3.2.2 介紹的「人神同形同性論」則是用來描述或解釋那一套詮釋的神學理論，故稱後設詮釋。

　　荷馬的身分涉及的問題延伸到他的出身與故鄉、創作的目的、成篇的年代、文體的特色與史詩的起源，以及我們所讀到的這兩部史詩在它們所代表的那個傳統的意識形態觀點。雖然荷馬的身分問題並不會影響一般讀者對《伊里亞德》和《奧德賽》的理解與欣賞，但是了解相關的背景知識有助於深入解讀這兩部史詩的意義。

2.2 橫空問世荷馬學

　　荷馬之疑這個問題，套句老生常談的至理名言，過程比結論更重要：雖然不能期望會有定論，探討的過程卻有助於拓廣並深化我們對相關領域的認識。其範圍，只就舉舉大者來說，涵蓋歐洲歷史的發端、文學的起源與本質、語言的演變、美感價值的判斷、人的形象，以及認知心理學中記憶的運作機制。

2.2.1 上古時期

　　追根溯源要從亞歷山大（Alexander the Great，公元前 356–前 323）說起。公元前四世紀，希臘眾城邦結盟成兩大陣營，以雅典和斯巴達為首，在公元前 431 年爆發衝突。經過長達 27 年的內戰，希臘境內政治腐敗而經濟凋敝。北方馬其頓的菲利二世（Philip II，公元前 382–前 336）乘機一統希臘境內城邦林立的局面。公元前 336 年，菲利過世。其子亞歷山大繼承王業，東征西討所向披靡，帝國疆域東鄰印度，南方包括埃及。他本人是亞里斯多德的學生，深受希臘文化的薰陶，又有大批想逃離政經困局的希臘人追隨他尋求安身立命之地，希臘文化因此廣為傳播，希臘語成為暢通無阻的國際語言。公元前 146 年羅馬征服希臘中部扼守南北通衢的科林斯 (Corinth)，希臘注定在馬其頓之後由羅馬接手再度統一於異族之手。學界遂以公元前 323–前 146 年稱為「希臘化時期」。

　　亞歷山大征服埃及之後，希臘人大量移民埃及。他去世時，麾下將領各自成為獨立的王國，埃及的托勒密王朝（Ptolemaic Dynasty，公元前 323–公元後 30）即是其一。托勒密王朝於公元前 332 年在尼羅河三角洲西側建立亞歷山卓 (Alexandria)，該城擁有卜古世界館藏最豐富的圖書館，因此成為文人薈萃之地。埃及得天獨厚的氣候環境更為文獻的保存提供一大利基。據統計，紙莎草卷能辨認出作者或所論作家的書籍複本數目多達

1,596，其中近半數為荷馬兩部史詩的複本或評論，《伊里亞德》和《奧德賽》的比例大約是三比一。

　　亞歷山卓的學者為了釐清兩部史詩是否為同一作者，從語言學觀點著手分析《伊里亞德》和《奧德賽》這兩部史詩的文本。相關問題首先面臨的是版本問題，因此開創版本校勘研究，以便整理出荷馬史詩的定本，荷馬之疑從此搬上學術的檯面。那一批先驅認為，這兩部史詩內容矛盾之處說明了多位作者纂輯而成的可能性，最明顯的例子是《奧德賽》第十一卷與第二十四卷對死後靈魂的狀況描述不一，以及《伊里亞德》說陰間在地下，《奧德賽》卻說是在環繞陸地的洋川（Okeanos，英文 ocean 的字源）對岸。在這樣的背景下，曾任亞歷山卓圖書館館長的亞里斯塔科斯（Aristarchus of Samothrace，公元前約 220–前約 143）首開風氣推出荷馬史詩第一個評論性版本。這個學派的主張無異於否認荷馬其人，也就是否定希臘人對自己的文化基本教材的傳統認知。

　　羅馬時代的希臘作家隆紀諾斯 (Longinus)《論雄偉風格》(On the Sublime) 為了解決荷馬之疑，提出折衷說法：格調剛烈而焦點明確的《伊里亞德》是荷馬年輕時候的創作，格調浪漫而枝散葉茂的《奧德賽》則是他晚年的作品。時至今日，《伊里亞德》先於《奧德賽》問世已是定論，雖然理由不盡相同。但荷馬的身分之謎依舊懸而未解。

2.2.2 中古時期

印刷術發明以前，書寫文本的流傳只能仰賴手抄本。現代學者的研究主要是根據中古時代在動物皮革上抄寫，單卷成冊的手抄本，以及公元前 300 到公元後 700 年間在埃及所發現數以百計的紙莎草卷。那些手抄本在頁面空白處有傳抄者的注解疏義，包括摘錄、引述、評論，此即「抄本旁注」(Scholia)，其版式或可類比於中國古籍的注疏合刻本與眉批的綜合體。

雖然埃及的氣候條件大有利於保存紙莎草卷手抄本，時至今日學者也確實偶有新發現，但是冀望得出荷馬史詩的「定本」可能不切實際。有件事倒是可以確定：前述資料佐以上古作家的摘引，我們今天能夠讀到的荷馬文本，可信在相當的程度接近古典時期雅典人所聽到的口頭演唱版本。抄本旁注甚至可以追溯到亞里斯塔科斯，不只是注釋費解的語詞詩行，尤其有助於我們理解古代的禮儀、習俗、地理與神話典故。

2.2.3 近代時期

羅馬所繼承希臘文化的傳統隨帝國滅亡而不見天日達一千年。文藝復興時期的文人「發現」——就如同歐洲觀點的「發現新大陸」——荷馬史詩，當時以為其作者是像莎士比亞 (William Shakespeare, 1564–1616) 那樣執筆創作的詩人。然而，十七世紀末年，法國學界掀起一場古今之爭，筆戰跨海蔓延到

圖 2 　《伊里亞德》旁注抄本

圖 3 　紙莎草卷《伊里亞德》（公元 2–3 世紀）

英國。論戰的主題是古代與現代的文學成就孰優孰劣。尚古派主張希臘與羅馬的古典文學提供無與倫比的文學典範，現代派則對古典作家下戰帖。在那個年代，赫德林 (François Hédelin, abbé d'Aubignac, 1604–1676) 認為《伊里亞德》和《奧德賽》只是口傳民間詩歌湊合成篇，不論從文學或倫理學都談不上有什麼價值。

　　進入十八世紀，浪漫主義風靡歐洲，義大利哲學家維科 (Giambattista Vico, 1668–1744) 率先提出「民間天才」的觀念，強調大可名正言順論及整個民族共同的思考方式，這兩部史詩

圖 4　最古老的旁注抄本印刷本 (1535)

所代表的思考模式表明其起源不同於有意識創作的作品。德國古典學者沃爾夫 (Friedrich August Wolf, 1759–1824) 把維科的觀念應用於相關的研究，主張這兩部史詩是整個希臘民族的共同成果。他在 1795 年出版的《荷馬導論》(*Prolegomena to Homer*) 運用歷史與語言方法開創研究的新紀元，因而確認荷馬學研究的中心議題：我們現在讀到的書面文本必定有口傳詩歌的源頭，屬於沒有文字書寫的時代。接著英國學者賁利 (Richard Bentley, 1794–1871) 研究荷馬的語言，發現沿用腓尼基語卻在古樸時期（Archaic period，公元前約 650–前約 480）從阿提卡和伊奧尼亞方言消失的一個字母（即 digamma，發音類似英文的半母音 /w/）的痕跡，因此推斷荷馬史詩成篇於史前時代。這個發現合理解釋了格律嚴謹的荷馬史詩何以出現破格。

　　沃爾夫之後的溯源研究在十九世紀發展出兩大陣營：統合學派與分析學派。統合學派相信兩部史詩分別為有機整體，經得起文學批評的檢驗，很可能是同一人的成果。分析學派主張有一位「作者」或「主編」把先前許多既有的短篇故事詩串接整合而成為我們所知的面貌，不然就是這兩部史詩各有至少一位「作者」或「主編」在既有的版本加上自己的貢獻；文本中不連貫或敘事矛盾的地方就是不同的原始文本接合的遺跡，如《奧德賽》開頭四卷稱為 Telemakheia（帖列馬科斯的故事）是獨立文本，或 23.297（見譯注本該行注）到結束是後人纂補。

2.2.4 考古學

　　十九世紀下半葉，考古學從全新的角度對荷馬之疑提出回應，不期然引發新的問題，即我在《伊里亞德》譯注本引論〈神話與歷史的交會〉乙節所述這兩部「史」詩內容的歷史年代及其可信度。

　　1850 年代，考古學家在克尼多斯（Knidos，小亞細亞西南部今土耳其境內）和埃萊夫西斯（Eleusis，希臘中部科林斯灣北岸）初試啼聲，沒有引起迴響。二十年後，由於謝里曼 (Heinrich Schliemann, 1822–1890) 廣為人知的挖掘成果，包括在邁錫尼的墓室出土的公元前十六世紀「阿格門儂的黃金面具」(Golden Mask of Agamemnon) 和特洛伊遺址的發現，歷史學家和語文學家 (philologist) 終於大開眼界。

　　不論在考古學或荷馬學，謝里曼同樣稱得上是個傳奇人物。他出身德國的牧師家庭，七歲時看到書上的特洛伊插畫，從此著迷。十四歲時第一次聽到希臘語朗誦荷馬，他決定移民。為了實現心願，他上船打工，遭遇海難，流落到阿姆斯特丹。他在那裡學會荷蘭語、西班牙語、義大利語和葡萄牙語。後來他又學會希臘語和俄語。克里米亞戰爭期間，他以軍火商致富，戰後入籍美國。1868 年，他專程前往希臘西海岸離島伊塔卡 (Ithaca) 旅遊，目的是尋找奧德修斯 (Odusseus) 的王宮。他從那裡轉往愛琴海東岸，展開追尋特洛伊之旅，隨身攜帶的《伊里

亞德》是他僅有的嚮導與伙伴。1871 年,四十九歲的謝里曼在今土耳其西北的特洛阿斯 (Troas) 地區境內,可以俯瞰達達尼爾海峽的希薩里克 (Hisarlik) 山崗,終於發現史前遺址。那個地點就是特洛伊遺址,雖然文化層之複雜超乎謝里曼的想像。

謝里曼不是第一個挖掘特洛伊遺址的人,可是唯獨他有足夠的資金持之以恆。從那以後,規模最龐大而且持續最久的一次, 在杜賓根大學史前考古學教授廓夫曼 (Manfred Korfmann) 主持下於 1988 年展開,2002 年結束。拉塔屈 (Joachim Latacz) 《特洛伊與荷馬解謎》 (*Troy and Homer: Towards a Solution of an Old Mystery*, 2004) 一書即是總結初步研究的成果。

拉塔屈在書中第一部分〈特洛伊〉以那次考古研究的成果為基礎, 佐以英國建築師凡崔斯 (Michael Ventris, 1922–1956) 在 1952 年成功解譯使用乙系線形文字書寫的 「皮洛斯泥板」 (Pylos Tablets),證明荷馬史詩《伊里亞德》取為故事背景的特洛伊戰爭不是向壁虛構,而是有歷史根據,確實發生在公元前十三世紀。他又根據語言學家研究古希臘語音的變異,推斷西臺帝國以楔形文字書寫的出土文獻所稱的 Wilusa,就是荷馬詩中又名 「特洛伊」 的 Ilios (今稱 「希薩里克」) 這個被武力摧毀的非希臘城市。

《特洛伊與荷馬解謎》全書共分兩部分,第二部分〈荷馬〉以第一部分的成果進一步推論《伊里亞德》的故事形成,在黑暗時代跨海傳到小亞細亞西岸及其離島。拉塔屈從《伊里亞德》

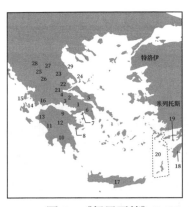

1. 玻奧提亞　　　　　16.埃托利亞
2. 米努埃人地區　　　17.克里特
3. 佛基斯人　　　　　18.羅德島
4. 洛克瑞斯人　　　　19.蘇海
5. 尤卑亞　　　　　　20.海克利斯之孫的兵源
6. 雅典　　　　　　　21.弗替亞
7. 薩拉米斯　　　　　22.普若帖西勞斯的兵源
8. 南阿果利斯　　　　23.佩洛斯古斯人
9. 北安果利斯　　　　24.菲洛帖的兵源
10. 拉凱代蒙　　　　 25.波達雷瑞俄斯和馬卡翁的兵源
11. 皮洛斯　　　　　 26.尤如皮洛斯的兵源
12. 阿卡底亞　　　　 27.拉皮泰人
13. 埃利斯　　　　　 28.勾紐斯的兵源
14. 杜利基翁　　　　 29.佩里翁地區
15. 伊塔卡

圖 5　《伊里亞德》2.493–59 希臘聯軍船隊名錄「文字地圖」

第二卷廣為人知的希臘聯軍船隊名錄著手，根據 1993 年在底比斯（毀於公元前約 1200 年一場大火）出土的乙系線形文字王宮檔案，抽絲剝繭推論這部史詩的成篇年代為希臘青銅時代邁錫尼文明的末年。拉塔屈的分析揭露荷馬所了解的希臘世界的「文字地圖」，那張地圖幾乎完全符合我們所了解的上古希臘地圖。說是「幾乎」，因為愛琴海東岸、特洛伊以南的小亞細亞在《伊里亞德》是一片空白，因為希臘人在那個地區廣建殖民城市是青銅時代結束（公元前約 1200 年）以後的事。

　　拉塔屈的《特洛伊與荷馬解謎》使我們了解到，公元前二千紀下半葉　（前 1500–前 1000）　希臘與安納托利亞的互動實況，其中的歷史資料為荷馬所充分利用，因此為全面理解《伊里亞德》所不可或缺。二十世紀的考古學，即使舊遺址重新挖掘也可能有新發現。放棄歐洲中心論的觀點尤其令人耳目一新，即使疑古派也可能在修正研究的方向之後提出新見解。專長領

域為上古史的芬利 (M. Finley) 在 1954 年出版的 《奧德修斯的
世界》(*The World of Odysseus*) 即是一例，該書允當列入全面理
解《奧德賽》的必讀書目。

芬利以精讀《伊里亞德》和《奧德賽》為基礎，透過比較
方法奠定這樣的觀念：荷馬史詩描寫的社會圖像是個條理一貫
的世界，因此必定反映歷史現實。男男女女在芬利筆下透過日
常工作體現明確的道德觀念與價值信念，可是那個社會既不吻
合邁錫尼考古遺址出土的物件，也不吻合我們確實知道的公元
前八世紀的希臘歷史。芬利推斷那個歷史現實是上古世界的黑
暗時代，指的是青銅文明的崩潰到史詩成篇的那一段時期，約
當公元前 1200 到前 800 年間，其為黑暗主要是因為文字失傳以
及我們對那個時期無知。邁錫尼出土的泥板可以證實荷馬的語
言和伊奧尼亞關係密切，可是由於那三個世紀的時間距離和愛
琴海的空間距離，戰爭的規模被膨脹，內容被改變，並且添增
不同年代與地區踵事增華的結果。

2.2.5 口傳詩學

荷馬史詩由於考古學風而從語文學獨立出來，自成一門跨
領域的研究科目；口傳史詩的比較研究進一步衍生出口傳詩學。

荷馬之疑在 1930 年代發生本質上的改變。 帕瑞 (Milman
Parry, 1902–1935) 於 1933 到 1935 年擔任哈佛大學助理教授期
間，前往南斯拉夫進行口傳詩歌的田野調查，提出一套假說，

用於解釋荷馬史詩重複出現的片語，稱其為「套語」，特別指的是名詞和固定的描述詞組成的片語。他發現這些重出詞的使用有其系統，和文法位格（如主格或受格之分）與詩行位置密不可分，詩行位置則是基於詩歌格律的考量。例如《伊里亞德》1.12「快船」是形容詞接名詞，在荷馬史詩重出二十四次，描述詞「快」不是形容船當下的速度，而是描述船理當快速的本質；1.14「遠射神阿波羅」是名詞接名詞，重出六次，描述詞「遠射神」不是形容阿波羅當時把箭射得很遠，而是描述他無遠弗屆發揮既快又準如弓箭手的神性本質。在不同的詩行位置，由於格律需求不同，我們會看到「兩頭翹的船」、「多槳船」、「中空船」、「划槳座牢固的黑殼船」、「適合航海的鉤艏船」等不同的組合，或是以「捷足阿基里斯」取代「佩柳斯公子阿基里斯」。

　　曾和帕瑞一起在南斯拉夫進行民間口傳史詩田野調查的婁德 (Albert B. Lord, 1912–1991)，後來在《歌唱故事的人》(*The Singer of Tales*) 進一步提出有實證基礎的口傳詩歌理論，主張荷馬史詩並不是伏案創作的成果，而是運用記憶庫存的故事、人物、套語和類型場景，伺機取為口頭即興演唱之用。帕瑞和婁德的研究使得分析學派的許多質疑不攻自破，也使得繼起者能夠合理解釋口傳詩歌處處可見的重出詩行或場景，乃至於描述詞的運用。

　　帕瑞和婁德的研究指出，口傳詩歌演唱者構思長篇而且複

雜的詩歌，並非死記固定的文本，而是表演時純熟運用特定技巧進行即興創作。口傳詩歌演唱技巧的學習過程有四大竅門，允為口傳史詩的特色：套語，已如前述，特指詩律套語，即出現在特定格律位置的套語，如「遠射神阿波羅」總是出現在行尾，「光明神阿波羅」則固定在行首的位置；場景轉移的制式用語，如「新生的玫瑰指黎明探頭放異彩」、「送出展翅話語」；類型場景，使用套語描述如集會或餐宴等重複出現的場景；故事模式，即基本情節的庫藏，如戰士驚天一怒展開復仇、英雄返鄉。

2.2.6 表演文本

環愛琴海地區的上古希臘語有多種方言，根據那些方言的語音變異與語法變遷可以確知荷馬史詩中有為數不少的詩律套語，適合即興演唱時嵌入詩行不同位置以適應格律的需求，其年代可以追溯到黑暗時代。在黑暗時代，乙系線形文字已失傳，表音字母尚未引入，那時候的希臘沒有文字書寫，史詩當然只存在口語，只能靠口頭演唱流傳。口頭演唱賴以流傳的是聽覺文本，其本質大異於訴諸視覺的閱讀文本。說到荷馬史詩的聽覺文本或許給人天方夜譚之感，二十世紀九〇年代卻有望重士林的學者努力重建口傳史詩的表演本質。其中之一是塔普林 (Oliver Taplin, 1943–) 的《荷馬發聲：《伊里亞德》的成形》(*Homeric Soundings: The Shaping of the Iliad*, 1992)，書中檢視

《伊里亞德》的文本結構提出有說服力的論證，闡述可能的表演形態。

　　塔普林在《荷馬發聲》舉例闡述《伊里亞德》的聽覺效果，其聚焦作用從措詞用語的細節擴大到彰顯主題的倫理、宗教與政治意涵，詩歌特色與敘事技巧相得益彰。書中辯稱很多環節在閱讀時不易察覺，出口入耳卻昭然若揭，此一效果在整部詩篇分成三部分連續演唱時尤其明顯。我們確實知道整部《伊里亞德》從頭吟唱到尾大概需要二十四小時，也就是三個工作天。塔普林提議三回表演的起訖為 1.1–9.713; 11.1–18.353; 18.354–24.804，遺漏的第十卷幾乎公認是後人竄補。他甚至認為敘事重複提到「明天」這個具體的時間點，如 8.470–2、9.356–61 和 18.134–7，可能也和表演時間有關連；換句話說，荷馬在揭曉阿基里斯之怒的後果時，不只是交代相關人物「明天再說」，同時也提醒聽眾「且聽下回分曉」。

　　塔普林透過《伊里亞德》的內容與形式兩者天衣無縫的結合，看出荷馬演唱的四個策略目標。荷馬史詩的內容是唱詩人和聽眾共同決定，因此詩中人物的榮耀 (kleos) 是由唱詩人和聽眾共同賦予。荷馬不說教，但是《伊里亞德》詩中處處隱含透過聚焦作用從事評價。比起確立特定的價值，荷馬更傾向於質疑社會與政治關係中的倫理觀念與價值信念；他的質疑，對象包括天神的態度，無不是透過詩中人物自身的處境和遭遇呈現。塔普林看出的第四個策略目標是，荷馬描寫人類的通性和人物

的個性有一貫之道，詩中回溯、預告和參照總能互相印證。顯然這一部詩篇的形塑有整體的考量，展現明確的藝術效果，擺明了在演唱的過程中有意爭取聽眾持續期待情節的發展。按塔普林所論，即使荷馬識字會書寫，他確實是為聽眾而創作。

2.3 貫串古今雲霄羽

荷馬史詩的書寫文本尚可奮力尋求，尋求其演唱文本則根本是緣木求魚。然而，山窮水盡疑無路，柳暗花明又一村。前文 2.2.5〈口傳詩學〉乙節所述史詩的即興表演，演唱者的養成過程有賴於四大竅門，即帕瑞和婁德辨識出來的詩律套語、轉場套語、類型場景以及故事模式。我們因此可以了解，史詩演唱者身懷絕技是後天學來的，他們展現的心智成就極其類似語言的學習。他們有共同的運作方式從事意義的建構，在表演的場合操作自如傳達所需。

2.3.1 認知口傳詩學

帕瑞和婁德研究口傳史詩的即興表演創作，其劃時代的成果堪稱二十世紀在古典研究與口傳文學這兩個領域的典範。我們或許有機會看到方興未艾的認知口傳詩學正在醞釀百年來的另一個典範，廣泛影響到所有研究心智的學科。前後兩次典範轉移有個引人深思的巧合：口語創作和語言學習同樣是實地運

用和現場表演的結果，都是建立在廣泛的認知能力和文化脈絡的基礎上。語言和口傳詩歌的表現並非仰賴制式規則如文法或創作原理如修辭，而是透過實例應用的過程獲得特定的能力，使得形式匹配意義得以發揮作用。

　　荷馬史詩所使用的語言雖然不是口語，雖然只是書面語，但絕不是死語言，而是活生生的文學語言。荷馬史詩的聽眾有耳共聽，讀者有目共睹，吸引了對記憶、語言、慣用語習性、概念結構與認知等相關議題感到興趣的學者投注研究的心血。在相關領域的學者看來，口傳詩歌運用套語的表達功能可類比於日常語言的慣用語習性，因此有賴於類似溝通的技巧。口傳詩學所揭露的認知模式甚至比日常語言更清晰，因此值得嘗試把口傳詩學的學者所發現意義建構的機制連結到語言與認知的研究。德國弗萊堡高等研究院 (Freiburg Institute for Advanced Studies) 在 2013 年舉辦為期三天的口傳詩學與認知科學研討會，就是這樣一個新研究領域的奠基工程，嘗試結合口傳詩學、實用文學批評、語言學與認知科學等專家學者，提供跨領域的交流，終極目標在於鋪設一條通往認知口傳詩學的坦途。其成果見於安托維屈 (Mihailo Antović) 和卡諾瓦斯 (Cristóbal Pagán Cánovas) 共同主編的《口語詩學與認知科學》(*Oral Poetics and Cognitive Science*)，在 2016 年出版 (Berlin: De Gruyter, 2016)。

　　概括而言，口傳史詩本身就是多模態的概念整合，一場特定的演唱得要合併四個主要的訊息輸入端：口語端（歌詞），音

樂端（格律與節奏），視覺端（表情、手勢），以及傳統端（套語、類型場景、故事模式）。為了營造此一「寓表演於創作」層次豐富的意義，演唱者與聽眾在統合語意、聽、視三方訊息的同時，還得要加上傳統以實例應用為基礎的知識，這樣才能形成完整的心理模擬。舉例而言，套語能否表達完整的意義取決於套語的語意與功能能否互相結合而成為傳統故事的構件；只有在語意與功能兩者互相結合，同時又適合嵌入演唱情境的格律與韻律需求，套語才能表達完整的意義。

2.3.2 歷史邊疆的拓展

口傳詩學和認知科學的一大交集是語言學。前文 2.2.4 介紹考古學對荷馬學的貢獻，提到破解乙系線形文字的凡崔斯。他的語言學研究成果已證實是一座跨領域的劃時代里程碑。他在帕瑞逝世的次年 (1936) 還是個中學生，因校方活動參觀了米諾斯文明特展，從此迷上乙系線形文字。他有語言天分，興趣成癖，至少懂七種語文，母語之外還懂拉丁文和希臘文，也能說法語、德語、波蘭語和丹麥語。他少年時代的夢想不只是要了解希臘上古音節文字的意義，還想要明白其語音。婚後為了避免孩子影響自己的工作，獨來獨往之餘，他把主臥室安排在樓上，孩子的房間統統在樓下，後來連夫妻之間也沒有話題可談。雖然家庭瀕臨破碎，幸運的是，家人終於領會到和怪胎相處之道，發現他反常的癖性自有迷人之處，學會珍惜其與眾不同的

價值。同樣幸運的是，興趣與專注使得他在機會來臨時有以待
之。得力於 1939 年在皮洛斯出土的大量泥板，他孜孜矻矻十七
年終於破解希臘最古老的文字。他更進一步從比較語言學和統
計分析著手，大幅拓展希臘的歷史邊疆，把使用乙系線形文字
的青銅時代納入歷史範疇。

　　乙系線形文字是使用音節符號書寫的希臘文。語言學的研
究把荷馬史詩的口傳歷史往前推到邁錫尼時期，具體而言大約
是公元前 1600 到前 1125 年間。公元前約 1450 年，邁錫尼入主
克里特，占領包括島上最強盛的城市克諾索斯，邁錫尼文明臻
於顛峰。可是西臺帝國崩潰，繼之以大規模的民族遷徙，整個
地中海東岸動盪不安，特洛伊就是在那樣的背景淪陷的城市之
一。特洛伊的淪陷標示邁錫尼的最後一次征伐大業。邁錫尼取
代克里特成為愛琴海青銅文明的霸主之後不過一個世紀，接著
就是長達超過三個世紀的黑暗時代。在那個時代，希臘本土開
始發展鐵器文明，故老遺民橫渡愛琴海往東逃難，以故事詩演
唱集體記憶的傳統隨之東傳。語言學和比較文化互為印證，荷
馬史詩描寫的實體物件和社會習俗吻合考古學家所理解的歷史
背景。

　　為了澄清創作年代，二十世紀後半葉興起一股熱潮，探討
幾何造型的瓶繪風格與荷馬史詩的結構兩者的關聯，我們因此
對於作品的質地肌理大開眼界。我在荷馬史詩譯注本再三提到，
下文 3.2.4 述及荷馬的宇宙觀會介紹的環狀結構與鏡像效果，即

是反映這股熱潮的研究成果。以上不論其為源流或比較的研究，往往涉及來自東方的影響；一旦論及東方的影響，難免涉及希臘文化的來源，甚至印歐人的起源這一類比神話更古老的歷史問題。

2.3.3 文學傳統的溯源

語言學繼踵口傳詩學為荷馬研究提供新觀點的研究方向，即聚焦於聽眾在即興演唱的場合所扮演的角色，為荷馬學揭示醒目的學術趨勢。然而，荷馬史詩最根本的特色畢竟是文學。文學批評在荷馬學自有其傳統的地位。在文學批評從語文學獨立出來以前，我們已看到前文提過亞里斯多德的《詩學》和隆紀諾斯的《論雄偉風格》，以及中古時代的抄本旁注都有令人刮目相看的成就。

二十世紀中葉，由於容格 (Carl Gustav Jung, 1875–1961) 的分析心理學所闡明集體無意識的推波助瀾，原型理論和神話批評蔚成風潮，荷馬身為神話創造的老祖宗，當然不會受到忽視。不過這股熱潮，一如隨後所看到的後現代文化與文學批評理論，如女性主義、後殖民主義、生態批評等，對於荷馬的曝光度及其史詩的解析度誠然貢獻可觀，終究是外圍景觀。

面對荷馬史詩是面對一個文學傳統，那個傳統反映確有其事的特洛伊戰爭以口語傳播的歷史。因此，閱讀、研究或翻譯荷馬不啻是重新發現特洛伊戰爭的經驗。我們在那樣的閱讀經

驗也會看到和自己有關的記憶，那些記憶雖然有鮮明與模糊之
別，都是人類集體經驗的一部分。對一般讀者而言，最恰當的
見解是視荷馬為史詩傳統的人格化，代表史詩藝術與實踐的一
個名字。對於荷馬之疑最實際的答案不是個別的一位唱詩人，
而是集體的史詩傳統。

　　然而，《伊里亞德》最新英譯者，也是《伊里亞德》英譯史
上唯一的女性譯者，卡洛琳‧亞歷山大 (Caroline Alexander) 在
她的譯本 (2015) 引論提到的親身經驗，或許不無參考價值。她
在 1980 年代於馬拉威大學 (University of Malawi) 創辦古典學
系，討論到荷馬史詩。她的同事與學生都是在活生生的口傳文
學傳統長大，根據現實的經驗異口同聲說荷馬史詩「感覺上」
不是口傳之作；「他們直覺判斷，荷馬雖然明顯具有口傳詩歌傳
統的證據，他是識字的詩人。他沒有尊重口傳文學的成規，特
別是他的人物都是『圓形人物』」(Alexander xxx)，也就是具備
如我們閱讀小說所期望的立體性格。亞歷山大提到的「感覺」
不足以翻案，「證明」荷馬史詩的文學造詣卻綽綽有餘。

　　無論如何，認識荷馬無異於面對《伊里亞德》與《奧德賽》
所繼承的史詩傳統打開一扇視野獨特的窗戶。

2.4 荷馬的世界

　　口傳詩學從學術探討的假說發展成正規的理論，可以蓋棺

論定：荷馬代表希臘口傳史詩最後的傳人，冠在他名下的兩部史詩是那個傳統集大成之作，不只是繼前輩之絕學，更是開晚世之新聲。我們雖無緣耳聞，展閱書寫文本仍足以大開眼界兼發聾振聵。

2.4.1 唱詩人荷馬

《奧德賽》寫奧德修斯的歸鄉之旅，途經斯開瑞亞 (Skheria)，當地的唱詩人戴莫多寇斯 (Demodokos) 先是唱特洛伊戰爭期間，希臘聯軍的文武雙雄奧德修斯和阿基里斯吵架 (8.75–82)，後來又唱木馬劫城之計 (8.500–20)。同詩第一卷提到戰爭結束後，希臘部隊「返鄉的厄運」是最新流傳的一首詩歌 (350–2)，第四卷提到奧德修斯混進特洛伊城內單騎奇襲 (244–58)。第十二卷提到追尋金毛羊皮的典故 (70–2)，說是「家喻戶曉」。這五筆資料足以透露，荷馬和他的聽眾有共同的記憶庫藏，就是後世所稱的民間傳說，是以演唱的方式流傳。

另外，《伊里亞德》9.189 寫阿基里斯坐在營帳裡，「彈琴伴唱人的榮耀」。他所彈之琴名為 phorminx，是外來語，很可能傳自兩河流域。因為抱在胸前彈奏，所以譯為「抱琴」。抱琴是希臘最古老的撥彈弦樂器，可以上溯到公元前十四世紀，皮洛斯出土的邁錫尼時期末年壁畫有五弦，後來隨曲調趨於複雜而增加到七弦，改稱 kithara，也就是《奧德賽》1.153–4 奧德修斯的宮廷樂師費米俄斯 (Phemios) 所彈之琴，這兩個名稱在史

圖 6　Piet de Jong 以水彩重繪邁錫尼時期皮洛斯王宮壁畫

詩是同義詞。可信該壁畫的圖像就是費米俄斯或荷馬演唱的寫照。演唱的場合主要是餐宴和節慶。

　　阿基里斯雖然是自娛，現場只有摯友帕楚克洛斯在欣賞，所唱「人的榮耀」(klea andron) 卻是史詩的題材。「人」是《奧德賽》的破題字眼，是單數，意指在人類 (anthropos) 當中與眾不同（相對於 homo，「相同」），又是陽性（相對於 gune，「女人」），無疑指涉兼具個人色彩與普遍性質的特定男人。那樣的男人必定出身貴族，最起碼是自由民（不包含女性和奴隸），有事蹟可供唱詩流傳，也就是英雄。「榮耀」字面意思為「聽說的內容」，　如中文流傳口碑或名垂史冊，是希臘英雄面對人生必有一死的命運所寄望最大的慰藉：博取身後不朽的名聲。然而，

觀念承襲自印歐詩歌傳統的 kleos（榮耀）這個字眼，譯為「名聲」雖然常見，卻不恰當，因為「名聲」只表明結果，其詞意卻暗示「名聲」的流傳有賴於史詩這個媒介。

換句話說，「人的榮耀」是史詩所歌頌男性沙文觀點又帶有階級意識的英雄情操。英雄情操是體力和勇氣表現在視死如歸的價值觀，那樣的價值觀由於史詩而保存在社會的集體記憶，主觀的期望是萬古長青，英名因此傳遍寰宇而歷代不朽。即使在晚出的《奧德賽》，求生有道取代視死如歸成為新的英雄指標，不朽的榮耀依舊有賴於史詩的傳唱。

荷馬歌頌英雄，他取材所據的青銅時代也被稱為「英雄時代」。然而，在他所描寫的世界，「英雄」一詞別有意涵，3.3.1〈英雄的形象〉將會釐清。

沿用舊詞理當區辨詞義的古今之別，一如希臘文稱「詩人」為 aoidos，字面意思其實是「唱歌者」，英文稱為 oral poet，「口傳詩人」，在我的中文譯注本則稱為「唱詩人」。唱詩人從事專業演唱，有能力接受現場點唱即興編故事，相當於英文沿自蓋爾語 (Gaelic) 的 bard，是以歌唱進行創作的詩人。後來出現不再自行創作的演唱人，只在慶典場合，如古典時期的泛雅典娜節，憑記憶吟誦包括荷馬史詩在內的現成詩歌，則稱為「吟唱人」，即 rhapsoidos（英文 rhapsodist）= rhapto（編織）+ aoide（歌）。「唱詩人」和「吟唱人」都是朗吟詩歌，但是前者以歌唱從事創作，後者演唱別人的創作成果。

　　由於「吟唱人」這個名稱不見於荷馬史詩，而且晚至公元前六世紀才出現，明顯透露新的表演型態。在公元前七與前六世紀那一段過渡時期，我們確知另有合稱「史詩聯套」(epic cycle) 的其他史詩，從古代作家的概述可知其故事可以從開天闢地之初串連到英雄時代落幕。那些史詩經不起時間的淘洗，只流傳約 120 行。同屬於史詩傳統，卻變調發出新聲的赫西俄德將在 6.1.1〈個體心聲的崛起〉述及。

　　「吟唱人」這個新名詞使我們意識到口傳文學的「唱詩人」和後來以書寫從事創作的「詩人」本質上的不同。同樣從事創作，唱詩人的創作，如我在 2.2.5〈口傳詩學〉和 2.3.1〈認知口傳詩學〉所述，是利用舊元素堆積成新篇章，詩人的創作卻在見識、情感與表達方方面面務求出奇制勝。希臘文「詩」是 ποίημα（poiema = 英文 poem），本義「工作的結果」，等同於現代觀念的「工藝品」，源自動詞 ποιέω (poieo)，即「製造，創造」。荷馬提到描述英雄與眾神故事的藝術，總是稱「歌」，其歌詞就是我們現在讀到的「詩」；他不曾提到書寫，他的唱詞甚至沒有「朗誦」的相關字眼。歌用唱的似乎理所當然，然而荷馬史詩不像晚出的抒情詩那樣歌唱抒懷，而是使用吟誦調。吟誦的調性介於唱與說之間。

　　《奧德賽》描寫到兩位唱詩人。8.472 提到「備受民眾敬愛的戴莫多寇斯」，是從民間召喚入宮的盲詩人。戴莫多寇斯這個人物，正如他的描述詞「備受民眾敬愛」所透露，唱詩人在印

歐民族的傳統社會有相當的地位。傳統認為戴莫多寇斯是荷馬本人的寫像，甚至因此推論荷馬眼盲，唯一的根據是《奧德賽》8.63–64，「繆思特別寵愛他，賜他禮物福禍相倚：／視力被剝奪，卻擁有絕倫超群的歌藝」。這個類比推斷根本是無稽之談。

　　眼瞎和唱詩沒有必然關係，這可以從《奧德賽》描寫的另一位唱詩人得到證實：在奧德修斯的王宮演唱的費米俄斯並沒有眼瞎。他的名字 Phemios 源自 pheme，「說話者無法洞悉意義所在的話語」，可能是普通的一句話，也可能是跟未來有關（即預言）或跟神意有關（即說出觀察異象的結果）；這個名字使他成為「詩意、神意話語」的化身，其字源後來經由拉丁文輾轉傳入英文成為 fame（名聲）。和「傳聞」有關的人也可以解釋為「知道很多故事的人」、「從事口頭傳播的人」，如唱詩人。他的父親是特皮俄斯 (Terpios)，意思是「歡樂之子」或「帶來歡樂的人」，其詞根 terp- 指涉帶來歡樂的力量，源頭是天神。可見唱詩人既崇高又神聖，其來有自。此所以《奧德賽》形容奧德修斯自述入冥之行故事精采，11.334 和 13.2 兩度使用「迷魂奪魄」(kelethmos) 這個詞。

　　費米俄斯唱希臘部隊返鄉的故事，荷馬說是「最新」的一首，大家都「沒聽過」(1.352, 351)。戰爭結束已十年，故事當然是舊聞，我們卻從中聽出唱詩人對自己的創意透過敘事策略展露信心。荷馬史詩的創意是本書第四和第五兩章的主題。

　　順便澄清一個以訛傳訛的說法，稱荷馬為吟遊詩人。費米

俄斯和戴莫多寇斯都是「唱詩人」，同樣沒有在不同的宮廷雲遊，和荷馬同樣不是「吟遊詩人」。至於荷馬史詩揉合不同的希臘方言，因為他的記憶庫所儲存的詩歌傳統是希臘人集體記憶的總匯。

2.4.2「我們希臘人」

擁有共同集體記憶的這批印歐人，在荷馬史詩並沒有共同的稱呼。他們的東方鄰族稱他們為「伊奧尼亞人」，意思是《舊約》所稱「雅完」（Yavan，挪亞之孫雅弗的第四個兒子）的後代。「雅完」就是 1.2.4〈希臘神話的原鄉〉提到的伊翁。「伊翁」接上表示地名的尾綴詞 -ia 成為 Ionia，就是伊翁所居之地「伊奧尼亞」。然而，按希臘傳說，伊奧尼亞人的祖居地在阿提卡。

近東觀點的雅完子裔當然不等於希臘人。以偏概全這個常見的命名法也見於羅馬人所稱的 Graeci，進入英文成為 Greeks，已如前文 1.2.3〈希臘人進入歷史的視野・定居希臘的印歐人〉所述。不能責怪古人瞎子摸象，畢竟採取特定觀點也意味著放棄其餘觀點。按荷馬時代的歷史觀點，希臘人由北部的埃俄利亞人、中部的伊奧尼亞人和南部的多瑞斯人三大族群組成。可是荷馬史詩基於題材的歷史背景，存心忽視多瑞斯人。

荷馬稱呼遠征特洛伊那一批的同胞也有三個名稱，即「阿果斯人」（Argeioi = Argives）、「達納俄斯人」（Danaoi =

Danaans) 和 「阿凱阿人」，是可代換的同義詞，但韻律不同，適合唱詩人伺機運用在詩行中不同位置的格律需求。希臘文 argos 本義「平地，平原」，在山地縱橫的希臘半島是重要地景，因此有「牧馬之鄉阿果斯」這個重複五次的詩律套語。位於伯羅奔尼撒的阿果斯，持續有人定居的歷史之悠久在歐洲首屈一指，於公元前約 1500 年發展成最重要的政治實體，因此「阿果斯人」被唱詩人取為代表希臘語族群。約當同時，埃及一個名為「達納俄斯 (Danaos) 人」的部落或貴族家庭來到阿果斯平原，在邁錫尼建立城砦，由於政治地位增高而成為新的集合名詞，和舊的「阿果斯人」平起平坐。從考古遺物和西臺文獻可知，占有希臘本土東岸和愛琴海東部島嶼的一個希臘部落「阿凱阿人」，在公元前約 1300 年崛起成為強權，因此成為第三個說希臘語族群的集合名詞，而且後來居上成為最主要的族群，所以有重出達十二次的單詞字眼「全體阿凱阿人」(Panakhaion)，其中八次以詩律套語「全體阿凱阿人的英雄豪傑」出現在《伊里亞德》。

阿凱阿人所建立的邁錫尼是希臘青銅文明的政經中心，此一歷史事實吻合《伊里亞德》第二卷希臘船隊名錄所呈現的印象。可是詩中 2.108 說其首領阿格門儂是「許多島嶼和整個阿果斯的主公」，同詩 9.149–56 阿格門儂說自己有權力支配整個伯羅奔尼撒，無疑是唱詩人對於邁錫尼時代的浪漫想像。懷舊憶往難免有理想化的傾向，荷馬並不例外。他的記憶圖像有助

於我們了解特定時（邁錫尼文明崩潰前夕到城邦時代初年）、空（愛琴海東岸）背景的特定觀點。

前述的荷馬觀點另有兩個變因，深刻影響主題的呈現。雖然兩部史詩都取材於特洛伊戰爭，《伊里亞德》以英雄叱吒風雲的青銅時代末年為背景，《奧德賽》則是以鐵器始興的城邦時期初年為背景。其影響也將在第四、五兩章敘明。

2.4.3 尋找自己的名稱

荷馬史詩前後十次提到 Hellas，這才是正字標記的音譯「希臘」，原本的意思是「赫林（子裔世居）之地」，這個詞意反映希臘人共同的血緣、語言與文化認同。然而，為這個認同找到有共識的名稱，花了希臘人超過一千年的時間。

「赫林之地」的意義隨時代而有不同。最古老的定義指多多納 (Dodona) 附近地區，印歐人抵達之前的原住民是 1.2.3〈希臘人進入歷史的視野・希臘的原住民〉提到的佩拉斯古斯人。同節〈定居希臘的印歐人〉提到泰斯普羅提亞古王國，多多納是其境內的山地聚落。按《伊里亞德》16.233–5 阿基里斯向宙斯禱告的前導詞，多多納的母神信仰與宙斯崇拜融合以後，該地成為希臘最古老的發諭所，名為 peleiai 的兩位女祭司根據一株神木橡樹的樹葉摩擦聲或神鳥鴿子 (peleias) 的叫聲解釋宙斯的意向（即天意）。希羅多德《歷史》2.52–5 引述埃及的口述資料吻合上述荷馬的說法。

　　「希臘」出現在《伊里亞德》2.683，指涉希臘北部色薩利
境內的一個小部落，在阿基里斯的故鄉弗替亞（Phthia，今稱
Phthiotis）附近，所以《伊里亞德》9.395 和《奧德賽》11.497
有「希臘和弗替亞境內」這個詩律套語。《伊里亞德》16.595 轉
而具體又明確指涉阿基里斯的故鄉。修昔狄底斯《伯羅奔尼撒
戰史》1.3 說最古老的赫林子裔就是來自弗替亞，即追隨阿基里
斯遠征特洛伊的同鄉。修昔狄底斯的意思是，使用我們熟悉的
措詞，說希臘語的印歐人初抵佩拉斯古斯人的生活領域，勢單
力薄又語言不通，無法透過婚姻與原住民融合，以始祖之名「赫
林」稱新居地為「希臘」。換句話說，「赫林之地＝希臘」這稱
呼類似臺灣地名常見的稱新開發地為「新埔」。因此，隨印歐人
落地生根，「新埔」不斷擴大，重心逐漸南移。

　　「赫林之地」後來南移到馬里亞灣 (Malian Gulf) 的環陸地
帶，當時的「赫林人」可以說是嚴格定義下的「北希臘人」。然
而，《奧德賽》重出四次的詩律套語「阿果斯境內和希臘各地」
(1.344, 4.726, 4.816, 15.80) 顯然用於地理上的意義，很可能指希
臘本土科林斯地峽 (Isthmus of Corinth) 以北地區 ，相對於阿果
斯所代稱的伯羅奔尼撒（南希臘）。

　　以共同的語言、文化和宗教信仰為身分認同的民族觀念，
亦即稱「赫林子裔所居之地」為希臘，這觀念及其用法是後荷
馬時代才逐漸形成。一直延續到希臘化時期，赫林子裔所居之
地都是就文化上的意義而言。換句話說，在古典時期（公元前

七一前三世紀），阿凱阿和阿果斯已經降格成為希臘南部地方的地名，「赫林之地」仍未具備地理意義，而是表明一個文化實體，包括從西班牙到黑海東岸總數超過一千而且各自獨立的政治社群，雅典即是其一。「赫林子裔」變成「希臘人」的同義詞更是民族意識發展以後的事，他們意識到自己不同於周遭那些 barbaroi（統稱「非赫林子裔」說的話 barbaros，本義為「不知所云」的擬聲詞），後來引申為不同的生活方式而產生「野蠻」之意，即英文 barbarous。

　　從前述「赫林之地」詞意的變遷不難看出荷馬的歷史見地。從《伊里亞德》另外三次的指涉還可以看出荷馬的想像眼界。重出兩次的詩律套語「美女薈萃的希臘」(2.683, 9.447)，空間指涉都和弗替亞有地緣關係，描述詞「美女薈萃」明顯是愛屋及烏的心理反射。希臘民族性愛美，古典時期的思辨哲學甚至發展出深具特色的美學論述，論述範圍之廣足以輝映抒情詩誕生之後七個世紀歷代詩人所呈現的美感母題。此一美感情懷在希臘神話最醒目的表現莫過於女性帶來的歡愉潛能，可以引英國詩人馬婁 (Christopher Marlowe, 1564-1593) 的兩句詩作結：帖木兒大帝 (Tamburlaine the Great) 面對芝諾蒂 (Zenocrate) 不盡自忖「我心苦惱但問美為何物？」浮士德博士 (Doctor Faustus) 看到海倫不禁脫口而出「就是這張臉啟動船隊千艘，／焚毀伊里翁看不見塔頂的城樓？」荷馬則以官感洋溢的具體筆觸，在《伊里亞德》14.153-353 描寫希拉運用美色發揮媚功蒙

蔽宙斯，又在《奧德賽》11.225–327 的名媛亡魂錄描寫她們和
天神發生一夜情。

　　《伊里亞德》還有一次指涉「赫林之地」，在 9.478「歌舞
場地遼闊的希臘」。描述詞「歌舞場地遼闊」(eurukhoros) 由首
綴詞 euru-（遼闊、適合）後接詞根 khoros（舞蹈，歌舞活動；
即英文 chorus，但是意義已產生微妙的變化，從載歌載舞演變
成合唱），暗示民風純樸而無憂無慮。生活離不開歌舞，而且歌
舞內容不外感恩與歡樂，這是未受文明污染的民族普遍的特色。
在斯巴達，公民與宗教活動的公共空間即是 khoros，相當於雅
典所稱的 agora（廣場）。

　　荷馬詩中的希臘原鄉在透露歷史見地和想像眼界的同時，
還揉合族群集體記憶。如 2.4.2〈「我們希臘人」〉提到的詩律套
語「牧馬之鄉阿果斯」暗示平地草原的景象，是希臘地理的勝
境，無疑保留印歐祖先在大草原遊牧的遠古記憶。

　　荷馬唱詞所稱的赫林子裔有共同的神話：在大洪水以前就
有共同的祖先，那是神話時代超現實世界共同的信仰，整個族
群都相信自己是宙斯的子孫。他們的印歐祖先進入希臘之後的
原鄉從色薩利往南移，而後擴大到今天的希臘全境。

第 3 章／*Chapter 3*

史詩傳統的形成

　　原鄉從赫林之地到希臘，地理空間隨時間推移而擴大。讀荷馬唱史詩，我們一方面看到赫林子裔不斷拓展生活領域，另一方面看到他們持續深化人文視野。荷馬史詩的人文視野是希臘古典文化的張本——公元前七世紀促成抒情詩興起的個體意識，以及隨後一個世紀帶動思辨哲學勃興的分析思維，即是那個文化的兩根支柱。

3.1 讀荷馬唱詩

　　希臘青銅時代的邁錫尼文明末期，由於時局板蕩，原本為統治階層的經濟與宗教需求服務的書吏頓失所依，他們使用的乙系線形文字因為不再有用武之地而廢棄。口傳敘事詩卻在移植之後花紅柳綠。

3.1.1 敘事觀點

當時特洛伊戰爭結束不久，希臘本土的領導階層為了逃避驟變的政局而成為難民，在愛琴海東岸落戶，也把即興演唱敘事詩的傳統帶到新居地。落難的赫林子裔，在東方的西陲地帶，透過詩歌承傳族群的集體記憶，不只是緬懷祖先的征伐偉業，同時也有效凝聚族群的向心力。他們雖然心繫原鄉，畢竟身處異域，對於民間所流傳特洛伊戰爭相關的故事不只是有榮與焉，同時也對亡國之痛感同身受。

那些故事有愛恨情仇，有利益衝突；有同舟共濟的情誼，有血流漂杵的場面；有的豪情干雲，有的肝腦塗地；有的耀武揚威，有的討饒求生。但是，不論凱旋榮歸或鎩羽而歸，歸路迢迢是普遍的命運。荷馬聽過為數不少那一類的故事，洞燭其中蘊含人性的深度與人情的密度。他無意照本宣科，也不甘於只在演唱的現場博得喝采。他傳唱現成的故事，卻點點滴滴感受在自己的心頭。他領悟到自己的演唱為英雄追尋榮耀提供不朽的平臺，演唱的平臺和英雄的表現可以在人類的記憶同其不朽。《伊里亞德》和《奧德賽》是他實踐這一番體悟的成果。結果是世界文學史罕見其匹的兩部長篇偉構，15,688 行的《伊里亞德》與 12,110 行的《奧德賽》。

荷馬的血緣與文化之根在希臘本土，卻在隔海對岸的殖民地安身立命，深知遠親不如近鄰的道理。如本書 4.3 探討《伊

里亞德》的主題所論，他謳歌的對象顯然不是特洛伊戰爭，也不是被圍之城特洛伊；又如本書 5.3 探討《奧德賽》的主題所示，他謳歌的對象顯然不是奧德修斯復仇成功，也不是伊塔卡的秩序得以重整。不論如何看待戰爭，興兵渡海東征本身就是侵略行為，那批侵略者雖然血濃於水，確實打破秩序現狀，山河不變卻帶來城毀家破人亡。同樣的道理，不論求婚人理由多充分或求婚禮多豐富，目中無主消耗別人的家財就是不義，即使那一群沒有受過戰火洗禮的年輕人遠在赫林子裔生活空間的西極，事不關己亦足以感同身受。在國族觀念未興的年代，在安家落戶已經四個世紀的海外殖民地，《伊里亞德》的敘事觀點雖然偏袒希臘人，可是從來不曾視特洛伊陣營為敵人；在歲月無痕卻刻骨銘心的大海荒陬，《奧德賽》寫運用奇謀詭計結束戰爭的英雄，烽火劫餘卻望斷海路而有家歸不得，記憶纖纖裊裊的牽繫始終是焦點所在。

3.1.2 格律

搭建平臺需要磚塊物料等建材，演唱需要格律，這兩者對口傳詩人來說都是現成的。現成暗示規範，藝術創作必定有成規，使成規脫胎換骨則是創意的展現。現成的故事、套語和類型場景是荷馬搭建平臺最主要的建材，格律則是演唱所仰賴的成規。據統計，《伊里亞德》單單是開頭的 25 行就有 25 個套語，《奧德賽》整部詩篇約有三分之二的篇幅是至少重出兩次的

「磚塊物料」。至於格律，有必要暫時打個岔。

　　有別於中文詩以聲調的平仄為格律的依據，歐美的詩歌格律有時值和音量之分。時值詩根據音節發音所需的時間長短定節奏，音量詩則以音節發音的輕重程度定節奏。希臘語為時值詩，講求長音節和短音節的配置模式；英文為音量詩，講求重讀音節（音量高「揚」）和輕讀音節（音量沉「抑」）的配置模式。英詩套用希臘詩的格律分析，但是音節以重、輕分別對應長、短。以莎士比亞為例，他的詩行以抑揚五步格為主，即大多數（不是全部）的詩行是以一個輕音節之後接一個重音節作為節奏的基本單位，一抑一揚構成一個「音步」，一行有五個音步。音步是詩歌節奏的基本單位，一個音步則相當於五線譜的一個拍子。「格」是「格律」的簡稱，格律則是有規律的節奏。英詩「抑揚格」的前身是希臘詩的短長格。

　　荷馬乘便利用的故事以長短短六步格詩行為媒介在赫林子裔社群流傳。長短短六步格是希臘史詩通用的格律，每行詩有六個音步，前面五個音步是長短短格，其中兩個短音節的時值可以視同一個長音節（因此也可能出現短短長、短長短、長長等時值組合），但是第六個音步一定是長長格。

　　希臘文一如其他印歐古典語文，擁有高度的曲折變化，名詞的性、數、格，以及動詞的時態，都透過詞尾變化來表示，因此語序相對自由，不受晚起而為我們所熟悉的文法規則限制，其排列組合以修辭效果為主要考量，相較之下，現代英文的曲

折變化已大幅度簡化，因此需要相對明確的文法規範。

3.1.3 聲韻修辭

　　希臘詩不押韻，僅次於格律的優先考量是聲韻修辭。修辭是為了使語文表達獲致特定效果，在論述場合求其說之以理，在文學場合求其動之以情。「聲韻修辭」則是在表達語意文義的基礎上，特別強調語音的聲情效果。

　　以口傳史詩的六音步詩行為例，長短短格音步是一個拍子包含一長兩短共三個音節，這個節拍本身重複五次就是在規律中產生變化，時值長短錯落，搭配語調跌宕起伏，卻在每行收煞的第六個音步固定為長長格，聲韻暫時沉緩。如此周而復始，悠悠綿綿有如波波相連。

　　節奏切忌單調，適時的行中停頓可以使聲韻不至於淪為枯燥。在綿綿不絕的旋律，停頓本身就有強調效果。詩行停頓有兩種，分別落在行中和行尾，同樣可有可無，休止時間可長可短，端視效果而定。行中停頓通常落在分隔音步之處；如果落在語句結尾，則停頓較久而效果較強。行尾出現停頓是常態。如果行尾停頓處有標點符號，可以根據標點符號判斷詩行的結尾和文法意義的表達彼此呼應，這樣的詩行稱為結句行。如果句意的表達跨越六音步的限制而銜接到後續的詩行，則稱為跨行句。跨行句的文義與分行不相干，倒是跨行效果無形中強化長短短六步格的聲韻特色。

　　跨行句頻繁出現允為荷馬史詩的一大特色。例如,《伊里亞德》開頭的七行是一個完整的句子,只有第 2 和 5 行是結句行(以逗號結束),跨行句多達四個(行 1、3、4、6,我的譯本第 6 行的冒號為原文所無)。試比較莎士比亞的敘事詩《維納斯與阿多尼斯》(*Venus and Adonis*),開頭六行有三個句子,只有第 1 和第 5 兩行是跨行句。

　　跨行句的一大作用是跨行強調。跨行句在聽覺上自然產生連綿不絕的印象。就聲韻而言,分行和標點符號都有頓挫的效果。句號出現在行尾時,效果最為強烈。就語意的傳達而言,由於行首本身就有提點震耳的功能,位於跨行的行首自然有強調作用,在我的《伊里亞德》譯注本,1.2「引浩劫」、4「勇士」和 7「阿楚斯公子」的位置悉依原文,即是反映原文的修辭手法。 荷馬史詩的破題字眼,《伊里亞德》 是 「忿怒」(menis),《奧德賽》是「有個人」(aner),同樣是理解主題呈現的關鍵字眼,其為重中之重不在話下。與此相呼應的是行尾兼句尾,如《伊里亞德》1.7「阿基里斯」,給人記憶銘刻的印象。收煞《伊里亞德》的 Hektoros hippodamoio(赫克托馴馬勇士),尤其餘韻無窮。

　　這兩部史詩都是以對文藝女神的祈願破題,修辭學稱為呼告。文藝女神總共九位,都是記憶女神的女兒,其中主管史詩的一位名為卡莉歐珮(Kalliope),是荷馬呼告的具體對象。為了歌唱而呼告繆思(Muse),表明唱詩人透過記憶女神獲知古老的

英雄故事，藉以強調所唱詩歌內容的正確與權威，是以神學觀點表述記憶的承傳具有不朽的意義。記憶在《伊里亞德》屬於族群領域，有助於唱詩人探討英雄時代的價值觀，在《奧德賽》屬於個人領域，有助於唱詩人追尋奧德修斯的家族記憶。

3.2 看見宇宙

人文視野的深化包含兩個層面：心眼看得遠，而且心靈感受深。荷馬描寫深刻的心靈感受將留待後續兩章的主題探討，本節要談的是他的心眼甚至燭照宇宙的邊陲。那個宇宙是陰陽二元包含三界的結構。

3.2.1 三重結構二元觀

前文 1.2.5〈歐洲歷史新紀元〉提到三重結構二元觀是印歐社會古老的傳統，也是其文化的一個重要母題。那個文化母題是進入荷馬世界的門階，那一道門為我們開啟歐洲歷史的新紀元。按荷馬的了解，宇宙是個圓球體的封閉系統，由上界與下界組成。上界陽光普照，故稱陽間，是生命世界；下界不見天日，故稱陰間，是死亡世界。死亡雖然是現實的經驗，死亡世界卻超乎現實。另有超越前述二元分立觀的超現實世界，是神的世界。

相對於現實的世界有生必有死，生與死分離成兩種無法共

容的生命情態，超現實的世界是神的世界。天上、地表、海洋、地下都有神，神的通性是和「死亡」絕緣，荷馬使用的描述詞是 athanatos，是表示反義的首綴詞 a- 接上 thanatos（死亡），我譯為「不死族」。現實世界無法擺脫時間的制約，因此有生必有死，生命既是由生到死的過程，是動態的。反觀超現實的世界，其為超現實是因為不受時間制約，無生亦無死，是永遠存在的靜止狀態，荷馬稱之為 ambrotos，「永生」，後來引申為「不朽」。

現實的世界是人類活動的空間。在荷馬的想像，前述圓球體宇宙的水平橫切面就是由海、陸兩界組成的世界，海陸上方的天穹散布星座。世界的形狀像淺盤子，洋川環繞陸地四周，希臘位在陸地的中心。太陽日復一日從洋川之東出發，沿天穹巡天。陸地中央是大海（今稱地中海）。大海是鹹水區，此所以荷馬史詩常以「鹹水」代稱「海洋」；洋川則是淡水，是地表所有淡水的共同源頭。

大海的西端有個出口（今稱直布羅陀海峽）通往洋川。奧德修斯在返鄉途中，西向航行穿越那個出口，橫渡洋川抵達陰間。但是在《伊里亞德》，陰間仍然沒有具體的空間意義，只含含糊糊反映土葬的觀念，因此位於陽光照不到的地下。

雖然《伊里亞德》取材於歷史事實，而且《奧德賽》描寫具體的地理空間，荷馬史詩所呈現的宇宙與地理圖像都是神話想像。神話筆觸可以有粗獷揮毫的素描，可以有纖毫畢露的寫

圖 7　荷馬史詩的宇宙模型

實，情思可以幽幽婉約，風采可以氣勢磅薄，要之在於透過象
徵的語言傳達族群的宇宙觀、世界觀、人生觀，使讀者得以透
過共同的記憶領略個人的願景。閱讀荷馬確實有必要區別現實
與神話兩種世界觀與地理觀，否則《伊里亞德》就成了謬誤連
篇的史記，而《奧德賽》成了思路不清的遊記。

3.2.2 人神同形同性論

　　在荷馬的世界，人神關係是一大要素。我們從中看見試圖
了解人類心理的初發衝動與初步成果。那個成果，一言以蔽之，
是人神同形同性論，英文稱為 anthropomorphism。這個英文單
字源自希臘文：anthropo-（anthropos 是「人類」）+ morphe（形

態）+ -ism（表示「方法，系統，學說」的尾綴詞）。顧名思義，人神同形同性是「人和神不但外貌相同，而且性情無異」。此一觀念，不論起源為何，其作用在荷馬史詩的敘事脈絡清晰可解。

荷馬為了呈現自己所了解的人性，描寫細節不憚其煩。他的敘事有條不紊，井然有序。「井然有序」是荷馬史詩重出五次的套語，其中「序」(kosmos) 的反義詞 akosmos 是「沒有條理」，無法理解。聽起來有「條理」則看起來有「道理」，應用在人事即「規矩」。這觀念具體而微反映希臘人理性思維的宇宙觀：人與神共處於其間的世界是個有理可尋的結構，那個結構體就是 kosmos（英文 cosmos），「宇宙」。「四方上下曰宇，古往今來曰宙」，即空間與時間關係同樣合乎一定的序列，因有條不紊而能為人所理解。使用「語言」表述「推論」或呈現「道理」，希臘文稱為 logos（英文 logic 的詞源），即文化論述常見的音譯「邏各斯」，或意譯「語體」，意思是「理性」或「觀念賴以表達的話語」。第二義常被簡化為 word。具有指標作用的例子是，希臘文《新約·約翰福音》1.1 的關鍵字眼 logos，1611 年的英譯欽定本 (Authorized Version) 為 "In the beginning was the Word"；希伯來《聖經》的第一個完整中譯和合本 (1919) 譯作「太初有道」，正吻合我們在荷馬史詩看到的宇宙觀。

荷馬知道人的言行有太多理性分析無法解釋的現象。那些

我們稱之為超現實的經驗，荷馬一概歸之於天神的作為。這個觀念表現在敘事想像就是人神同形同性。荷馬世界的天神是人類把自己的形象投影在天幕，無限放大的結果。投影的結果，我們看到同形同性的人類與天神有根本的差異：有限對比無限。那些不受節制與規範的天神住在奧林帕斯，神話想像的聖山，因此有奧林帕斯神族之稱。

　　另有住在人間的人格神，主要有兩大類。一類是母系信仰的殘留，包括把奧德修斯扣留在「大海之臍」同居七年的卡綠普娑 (Kalupso)；以及尚未人格化的潛勢靈 (daimon，英文 demon 的詞源)，如《伊里亞德》19.418 制止阿基里斯的戰馬說人話的怨靈。說是「殘留」，因為荷馬在建構陽物理體世界時，有意識加以排除。另有薩滿教的遺跡，如普若透斯 (Proteus) 和紀珥凱 (Kirke，英文 Circe，「瑟喜」)，分別被荷馬流放到埃及和大海西極。

　　人神同形同性，可是人與神有天壤之別。這同中有異是荷馬兩部史詩異曲同工彰顯的文化母題，可能也是荷馬史詩形塑希臘文化性格最重要的單一因素。神的類型描述詞「不死」，是「永生」的同義詞。他們屬於永恆的世界，與「物化」無緣，所以也是沒有時間的世界。天界無限，眾神永遠生活在光明無量而時間靜止的世界，因此凡事不受限制，也不必承擔任何後果，現狀因此永遠無法超越。也因此天神可以率性而為，舉凡責任、義務、道德、關係，都不足以為規範。天神干預人間諸

事有如風吹雨落海掀波，只是自然現象。相對於天神沒有任何壓力，人生於世只能困知勉行，發揮理性潛能以維繫人際關係與人際情誼。不是天神不仁或不道德，而是他們與仁或道德都不相干：仁或道德是人類為了維繫社會和諧而發展出來的觀念與規範，神只是種種自然或人文現象擬人化之後被賦予神格，並不屬於人類生活於其中的世界。生而為人卻目無人神之別，即是 hubris（傲慢），這在希臘神話是唯一死罪。

3.2.3 天神干預

既然人神同形同性，說來不足為奇，天神和人類同樣無法改變既定的事實。對荷馬唱詩而言，既定的事實是他取材所據的傳說。按赫林子裔世代相傳的故事，阿基里斯殺死赫克托之後，特洛伊滅亡，而且戰爭結束之後第十年，奧德修斯回到故鄉。這些無法改變的已然之事，就是注定會發生的事，就是「必然」(ananke)。但是阿基里斯在和阿格門儂吵架時要不要相忍為謀，罷戰之後要不要接受道歉，都可以有所選擇；奧德修斯在十年戰爭結束之後，流浪期間要不要和卡綠普娑女神或瑙溪卡雅 (Nausikaa) 公主結婚，返鄉之後用什麼方式和家人相認，他也可以有所選擇。荷馬的文學造詣表現在當事人如何抉擇及其後果。人的選擇造就自己的命運，這也是後來希臘悲劇的主旋律。至於「十年」之說，那是神話世界的象徵語言，表示「完結」。

　　荷馬世界的眾神只是宇宙之內種種人文與自然現象的擬人化。在神話世界，「必然」神格化成為「人各有其份」的命運女神（Moirai，英譯 Fates）的母親，那是個只知其母而不知其父的家庭。讀荷馬如果不求甚解，勢必誤以為人是神的傀儡或希臘詩人相信宿命論。希臘自荷馬已降到古典時期的命運觀，一言以蔽之：凡已然皆為必然，必然即是注定發生之事。

　　《伊里亞德》第八卷特能看出天神在荷馬世界的作用。荷馬說「希拉讓阿格門儂起意」(218) 激勵士氣，意思是神在人的心中「灌注念頭」(1.56) 使當事人採取行動，原文的動詞 tithemi 隱含荷馬的生命觀，因此產生「天神干預」的敘事手法。由於荷馬以眼見為真界定現實經驗，因此認為心力或體力的爆發必定是外力的作用，即天神干預所致。戰場現況其實只是延續赫克托越來越旺的氣勢，人間諸事自有其節奏，人形人性化的天神只是敲邊鼓壯大聲勢，也就是前文使用視覺隱喻所說天神是人在天界的投影。放大形象為的是便於聽眾／讀者的理解，是以神話詞彙表達修辭學所稱的「誇飾」。使用心理學措詞就是人的潛意識或潛能，包括心願、直覺、本能、衝動等超現實能力的擬人化，於是有天神。此所以到了戰況最劇烈的時候，宙斯只好開放奧林帕斯神族選邊參戰，讓「天神激勵雙方人馬彼此／對抗，在他們當中擴增衝突的力道」(20.54–55)。希臘人得要等到抒情詩興起（公元前七世紀）以後有了靈魂的概念，才了解到自我本身含有意志或精神等方面的潛能。

天神干預的一個作用是方便後設詮釋，即以「後見之明」解說「注定」之事。例如荷馬把阿基里斯極大化，包括他的快意復仇洩恨。單挑赫克托時的絕情映照凌辱其屍體之狠心，竟至於連續十天，每天拖屍繞帕楚克洛斯的墳塚三圈，屍體必然不只是皮肉綻開而且面貌模糊。如此「寫實」的觀點，狗血淋頭夠聳動，以強烈的反差效果襯托第二十四卷阿基里斯回心轉意的畫龍點睛之筆。阿基里斯狠心絕情是既定的事實，即「注定」之事，神來之筆勢必要有合理的說明，因此訴諸超自然勢力，請出天神干預。既然天神干預，遂有出乎常理之舉。

人神互相映襯，我們看到人生而脆弱，卻奮勉其力，甚至發揚蹈勵追尋榮耀：人性的光輝盡在其中。

3.2.4 原型結構

荷馬兩部史詩的文學風貌南轅北轍，修辭手法卻有一貫之道。打個比方，兩幢建築需求不一樣，卻使用相同的設計元素。所有的設計元素當中，最醒目的無疑是環狀結構。環狀結構可以這麼定義：成對互相呼應的元素，包括重複的字眼或意念，形成環繞一個核心的框架。其基本概念是圓形，寄意圓滿，這是普世共通的文化母題，這個母題本身就具有原型意義。把圓的概念應用在敘述或說理的修辭手法即是環狀結構。

環狀結構即寫作方法所稱的首尾呼應，其功效在於使結構更加緊密、意義更加深刻而情感更加強烈。荷馬廣泛應用在對

話、敘事和寫景,此處補充我在《伊里亞德》譯注遺漏的一個
例子。第八卷結尾,特洛伊部隊在城外紮營,準備拂曉攻擊:

> 這些人意氣飛揚在對陣雙方的戰橋
> 待通宵,四周篝火不計其數烈焰熊熊。
> 就像天空煜煜繁星圍繞在月亮四周　　　　　　555
> 散發清光,大氣沉穩而萬籟俱寂,
> 所有的瞭望臺、陸岬山肩和溪谷一清
> 二楚,好風從天界噴撒沒有止境,
> 星辰歷歷在目,牧羊人心曠神怡:
> 船隊和克散托斯河的中間看得到　　　　　　560
> 這麼多特洛伊篝火在伊里翁前方。

荷馬描寫特洛伊陣營,鏡頭從城內民眾獻祭移到城外戰士宿
營,淡出篝火如繁星之後,視線掃描夜空,又以淡入鏡頭回到
地面營區的篝火。景象如詩如畫,情景交融,卻是暴風雨來臨
的前奏。

　　環狀結構如果出現在敘事,荷馬往往以對稱的形態呈現,
營造鏡像效果,如我在中譯《奧德賽》11.640 和 12.448 各行注
所分析的兩個插曲。其效果在於對稱結構透過相似而彰顯差異,
又在差異中彰顯相似。具有鏡像效果的環狀結構允為荷馬史詩
有機形式的關鍵要素,詩人藉以表達他自己的角色,同時界定

自己的詩歌和所繼承的傳統兩者的關係。荷馬把因因相襲的素材轉化成特定的模式，透露他有意識地把自己從前輩的手法疏離出來，我們因此能夠更細膩辨識他別出心裁的手法。

　　荷馬兩部史詩最壯觀的環狀結構，《伊里亞德》是阿基里斯的盾牌圖案具體而微呈現宇宙模型，《奧德賽》是奧德修斯父子兩人的歸鄉之旅展現啟蒙儀式的意境，本書第四、五兩章將分別論及。

3.3 史詩成規

　　不論荷馬別出心裁的手法有多細膩，我們讀他的詩沒有理由忽視他背後口傳詩歌的傳統。從他受到的侷限更能欣賞到他的創意。

3.3.1 英雄的形象

　　特洛伊戰爭發生在青銅時代末年，那個文化史斷代等同於神話史的英雄時代。神話故事的要角理當是英雄，希臘文寫作 ἥρως，羅馬字母拼寫作 heros，即英文 hero（見《奧德賽》1.189 和 272 各行注）。然而，在現代讀者的心目中，「英雄」是富含敬意的美稱，殊非荷馬本義。在公元前八世紀以後，希臘興起英雄崇拜之風，「英雄」一詞意義丕變，用於褒美其人雖亡故，亡靈卻能保佑在世者，這個意涵同樣不見於荷馬史詩。在

荷馬史詩，heros 其實等同於現代中文的「先生」，可同時用於稱呼、稱謂與尊稱，《奧德賽》詩中依次可以看到 4.422、7.44 和 7.155 三個例子。為了避免讀者把不合時宜的英雄觀摻入荷馬的世界，同時也希望保留一點古風，我在中譯本使用「勇士」這樣的措詞。

相對於勇士奮勉追尋榮耀，天神是荷馬史詩喜感的一大源頭，雖然不是丑角，確實往往是揶揄的對象。不論是宙斯在《伊里亞德》裝模作樣的威嚴「寶」相，或是雅典娜在《奧德賽》慈眉善目的神「寶」行跡，無不是襯托人在困境中為了撥開死亡的陰影，為了突破人生的框框限限，如何奮勉而行。那一趟追尋隨詩歌在天地間世代傳揚，是通往集體記憶的康莊大道。集體記憶是人在現實世界有生之年創造不朽的秘笈寶典。

3.3.2 套語

在那樣一個人神同形同性卻壯麗與瑣碎判然有別的世界，凡事講究條理。條理分明的極致莫過於儀式。儀式是為了獲致特定的目標，在特定的場合一絲不苟完成既定的所有程序。儀式感體現在荷馬的敘事，最顯而易見莫過於套語、描述詞和類型場景。這三者都是口傳史詩的構件，前文已提過，本節有必要稍加補充。

套語如「宙斯子裔拉業帖斯公子，詭計多端的／奧德修斯」在兩部史詩重出二十二次，量大（原文是一整行）而完整（社

會地位、家世、人格特質與個人身分樣樣不缺），莊嚴堂皇的稱謂擲地有聲。宙斯（詞源見 1.2.3〈希臘人進入歷史的視野・希臘的原住民〉）是天父，是神格化的「天」在宇宙之「家」(oikos) 的大家長。「宙斯子裔」是類型描述詞：宙斯貴為天父，是人、神共同的父親。這個類型描述詞暗示奧德修斯是人類學所稱的「聖王」，具備「主公」(anax = 英文 lord) 的地位，將會在後荷馬時代受人崇拜的「英雄」之輩的貴族人物。拉業帖斯是奧德修斯的父親；以父名代稱是敬稱，暗示奧德修斯是有家業可繼承的「公子」之輩。身為《奧德賽》的主角，他在《伊里亞德》舉足輕重，理由之一是「詭計多端」這個人格特質。「詭計多端」在荷馬史詩總共出現二十四次，全部指涉奧德修斯；除了《奧德賽》1.205 是形容詞，其餘二十三次都是作奧德修斯的專屬描述詞，合組成詩律套語。

3.3.3 描述詞

描述詞和形容詞的差別在於，形容詞用於界定所修飾之對象當下的特色，描述詞用於界定修飾對象的本質。應用在人物，前節 3.3.2 提到「詭計多端」，是奧德修斯個人的專屬描述詞，1.2.3〈希臘人進入歷史的視野・希臘的原住民〉提到「神異」，則是不同類別通用的類型描述詞。

《奧德賽》6.26 和 74 分別提到「潔白發亮的衣服」和「飽含光澤的衣服」要拿去洗，其實要拿去洗的是髒衣服。髒衣服

當然不可能潔白有光澤，不過荷馬式描述詞描述的是事物的本質或理想的特質：衣服理當「潔白發亮」或「飽含光澤」。再舉一個措詞矛盾的例子。《伊里亞德》1.12 提到希臘部隊「泊快船的地方」。船停在海岸當然是靜止不動；「快」不是形容船當下的速度，而是描述船理當具備的本質。

　　荷馬式描述詞不斷提醒我們，英雄世界的人物與物件具有一望可知而且永恆不變的特質，這吻合神話超越時間的本質。描述詞即使是裝飾性，如《奧德賽》1.15「中空的洞府」，即使不考量格律的需求，仍然有助於吸引我們的心思，使我們幾乎在無意識的情況下習慣荷馬的世界：洞窟有容納的空間，可以當作住家。

3.3.4 類型場景

　　類型場景是使用套語描述重複出現的場景。如《伊里亞德》第一卷，依次出現懇求、部隊集合、女神顯靈、出航、祭禮宴，這些場景都有機會在後續的篇幅重複出現。《奧德賽》第一卷，先後描寫天神會議、女神下凡、迎接來客、就寢，亦然。類型場景有如特寫鏡頭，聚焦的對象就是即將在後續插曲成為焦點的人物。其描寫雖然有簡有繁，但順序固定不變，絕不會錯亂，不只是行禮如儀，而且莊重如儀。整體說來，套語、描述詞和類型場景共同表明史詩的世界具備經久不變的本質。在那樣的世界叱吒過風雲的人物，容或程度有大有小，從後世的眼光來

看，夙昔典型堪為表率，自有英雄的風範在焉。類型場景提醒
我們，共同的價值觀是孕育英雄的沃壤。

3.3.5 展延明喻

比喻修辭是人類運用語言為表達媒介的一次大躍進。常見
的兩種比喻修辭是明喻和隱喻。同樣使用具體或熟悉的景象或
經驗，喚起抽象或陌生的意境或情感，如果以「如」或「像」
之類的介係詞表明是在打比方，是明喻，否則是為隱喻。舉例
而言，同樣形容時間過得很快，「光陰似箭」是明喻，「白駒過
隙」（從細縫看到白馬奔馳過去）是隱喻。

《伊里亞德》的第一個明喻是 1.47 阿波羅「像黑夜降臨」，
以黑暗無邊因此威力無邊形容阿波羅使人無從抗拒的震懾效
果。荷馬史詩把單純的比喻擴展成情境，賦予明喻前所未見的
新意。因為篇幅擴充而且意境拓展，故稱展延明喻，又因獨具
文體特色而稱為荷馬式明喻。《伊里亞德》的第一個展延明喻出
現在 2.87–90，阿格門儂召集全體部隊集會，戰士成群結隊前
往集會場所：

就如同麇集的蜜蜂一窩又一窩
從中空的石穴不斷冒出來，
成群結隊在春天的花叢飛翔，
四處游移有如葡萄串左搖右擺。

　　就敘事節奏而論，明喻通常有定格作用，一定格就有強調的效果。《伊里亞德》由於戰鬥場景接二連三，特能賴以調整敘事節奏，使敘事不至於淪為單調。據統計，在該詩的戰鬥場景，明喻多達 164 個，其他的場景只有 38 個。荷馬兩部史詩不同的情調就反映在明喻的數量：《伊里亞德》語調激昂而情思內斂，《奧德賽》語調沉穩而風格多變的，後者的明喻數目大約只有前者的三分之一，其中不乏篇幅短得多的情況。

　　介紹史詩成規不能不提呼告，留待第六章 6.1.2〈史詩成規的演化〉。原型結構、英雄的形象、套語、類型場景，甚至人神同形同性論，都可以在兩河流域史詩《吉爾德美旭》(*Gilgamesh*) 找到先例，雖然定義與程度不盡相同。唯獨呼告與展延明喻，很可能是荷馬的創舉。

　　既然視荷馬為上古希臘的集體人格（見第二章 2.1〈荷馬之疑〉），那麼荷馬兩部史詩的創意與美學成就即是希臘文化的體現。同樣取材於特洛伊戰爭的兩部荷馬史詩，《伊里亞德》以英雄叱吒風雲的青銅時代末年為背景，《奧德賽》則是以鐵器始興的城邦時期初年為背景。《伊里亞德》描寫烽火沙場，卻呈現條理清晰的圖像：民俗禮法沒有敵我之分，凡我人類可以「按儀軌」(24.802) 通行無阻。《奧德賽》描寫浩劫餘生，呈現爾虞我詐的情景：儀式形成的康莊大道已無跡可循，歌舞昇平的社會暗潮洶湧更需要音樂的陶冶。荷馬追憶「萬古雲霄一羽毛」的風流人物，展喉演唱「聲響歌路」（《奧德賽》8.74）貫古今的

夙昔典型，演唱的內容足以透過記憶的承傳形成歷史的長河。
以軌道比喻儀式的「儀軌」和以道路比喻詩歌的「歌路」是這
兩部史詩聚焦最清晰的隱喻，也是後續兩章申論的主題。

第 4 章／*Chapter 4*

《伊里亞德》儀軌有道

　　《伊里亞德》取材於特洛伊戰爭，呈現戰爭對人性的考驗。荷馬無意講述戰爭完整的故事；那一場戰爭只是他創作的素材。打個比方，特洛伊戰爭就像一團黏土，荷馬則是陶塑家。他根據自己的創作意圖，保留需要的部分捏塑成形，透過特定的結構呈現特定的主題。因此本章第一節先介紹素材，接著概述情節，最後申論主題。

4.1 特洛伊戰爭神話

　　希臘神話有兩次特洛伊戰爭。這兩場戰爭，同樣是希臘人攻打特洛伊，也有共同的人神關懷，但是不論規模或意義都大不相同。在《伊里亞德》，第一場特洛伊戰爭關乎特洛伊城牆的建設，是個典故，主要用意在於預告第二場特洛伊戰爭的結果，即特洛伊這個城市的滅亡。希臘神話在沒有特別聲明的情況時，所稱「特洛伊戰爭」都是指第二場特洛伊戰爭。再者，神話難

圖 8　瓶繪邁錫尼時期持矛戰士

求定本，情境各有所需，因應特定的場合而變更細節是常態，
本章取捨的依據在於是否有助於呈現荷馬兩部史詩的世界。

4.1.1 第一次特洛伊戰爭

在伯羅奔尼撒半島的東北部，阿果斯東南方不遠處，有個
赫赫知名的青銅文化遺址提潤斯 (Tiruns)。 那個遺址是建在山
丘的堡壘， 早在七千年前就有人定居， 其全盛期約當公元前
1400 到前 1200 年。 宙斯的最後一位凡胎情婦阿柯美妮
(Alkmene) 就是當地人。

英雄的始祖出世

阿柯美妮的丈夫安菲崔翁 (Amphitruon) 前往底比斯參戰
時，宙斯假冒丈夫的身分和她睡了一覺，生下神種海克力斯。

細節值得一提的是三種不同的版本：《伊里亞德》19.91–136 強調宙斯和希拉的齟齬，這是希臘神話的一個母題；阿波羅多若斯《神話大全》2.5.8 特別提到宙斯為了延長春宵時光而把夜晚時間加倍；奧維德的《變形記》9.281–323 由阿柯美妮對孫媳婦回憶長達七天七夜的生產痛經驗，陰性書寫的筆觸獨步上古文學。

　　海克力斯八個月大時，希拉指派兩條蛇爬進他的搖籃，想要害死他，卻被他徒手捏死。希拉貴為希臘的天后，當然不會善罷干休，畢竟她身為婚姻女神的天職就是維繫父系單偶婚制。不同的是，這一次被盯上的不是情敵，而是無辜的孩子。希拉醋海掀波是海克力斯終生苦難如影隨形的根源。

　　他拜師學武術，駕馬車、摔角、射箭、擊劍都有名師指導。他也跟黎諾斯 (Linos) 學彈琴，由於音樂天賦駑鈍而受體罰，他還手打死老師。被控謀殺，他以自衛辯解而獲無罪開釋。十八歲時，他的養父安菲崔翁深懷戒心，派他去牧牛。放牧期間，他殺死一頭獅子，剝下刀槍不入的獅皮為衣。身披獅皮是他出現在圖像藝術常見的裝束，吻合他出身狩獵時代的背景。

　　海克力斯為底比斯立下戰功，底比斯王把女兒梅格樂 (Megara) 賞賜給他，生下三個孩子。希拉的醋勁再度發威，她設法使海克力斯在神智失常的情況下殺死自己的孩子。待神智清醒，他又是震驚、又是懊惱，於是前往德爾菲向阿波羅神諭求助。女祭司皮緹雅 (Puthia) 指示他贖罪之道：伺候邁錫尼王

尤瑞斯透斯 (Eurustheus)，任憑使喚十二年。

「希拉的榮耀」

從此海克力斯作牛作馬，先後完成十二件苦勞：搏獅剝皮、殺九頭蛇怪、活捉神鹿、生擒野豬、限日清掃陳年大牛棚、驅趕湖中鳥怪、馴服克里特公牛、捕獲神駒、劫奪女人族阿馬宗 (Amazon) 女王的束腰帶（搶奪女性的束腰帶是性侵的委婉語）、搶奪巨人放牧的牛群、摘取百頭龍守護的金蘋果、活捉冥府入口一身三頭的看門狗。他終於完成賴以建立英雄名望的十二件苦勞，也為自己奠定堅忍不拔的形象。

海克力斯原本以 Alkeides 行世，意思是「阿爾開俄斯 (Alkaios) 之孫」，皮緹雅卻以 Herakles 稱呼，從此定名。這個名字是 Hera（希拉）後接 kleos（榮耀），暗喻「希拉的榮耀」。希拉的迫害成就海克力斯永垂不朽的聲名，甚至被雅典人視為 "pathos"（希臘文「一個人遭遇的具體經驗，苦難」）的化身，接著被羅馬人尊為天下第一英雄，甚至產生 "Herculean task" 這個英文慣用語，意思是「艱鉅的任務」。他在完成這些任務的過程中到過陸地的西極，在大海和洋川的出入口樹立一對「海克力斯柱」(Pillars of Herakles)，為的是警告世人「往西一步就死無葬身之地」。

海克力斯完成十二件苦勞之後，再度因為偷牛事件而犯下殺人罪。為了賺取贖金，他成為呂底亞 (Lydia) 女王翁法烈 (Omphale) 的奴隸。期滿之後，他率領六艘船，號召一批英雄

志願軍攻擊特洛伊。他的目的是復仇。復什麼仇？

洗劫特洛伊

話說從頭。《伊里亞德》1.399 提到宙斯曾面臨天界革命的威脅，波塞冬 (Poseidon) 和阿波羅是參加造反的兩位男神。宙斯秋後算帳，指派他們協助勞梅東 (Laomedon) 建城牆。完工之後，兩位神索求事先約定的酬勞，被拒（《伊里亞德》21.442–57）。因此，阿波羅降下瘟疫，波塞冬則派遣海妖，聯手肆虐特洛伊。神諭告知勞梅東犧牲女兒賀溪娥妮 (Hesione) 是唯一的解方。勞梅東迫於無奈，把公主綁在礁岩上獻給海妖。海克力斯路過該地，得知其事，與國王達成協議：他殺死海妖並釋放公主之後，國王將宙斯賞賜的神駒轉贈給他。勞梅東又一次食言，海克力斯因此大怒，發兵攻打特洛伊。

戰爭開打，帖拉蒙 (Telamon) 率先破城。海克力斯容不下有人立下比自己更大的功，舉劍逼近。帖拉蒙急中生智，蹲下堆石。海克力斯問幹什麼，帖拉蒙答「造祭臺獻給無敵勇士海克力斯」，意思是「海克力斯你是辟災致勝的英雄，理當接受崇拜」。於是，戰後敘功，剛獲得自由的賀溪娥妮成為俘虜，海克力斯把她賞給帖拉蒙。眾王子中唯一戰火餘生的波達凱斯 (Podarkes) 也被俘。賀溪娥妮摘下頭巾（即付出貞操）為哥哥贖身。波達凱斯從此改稱普瑞阿摩斯 (Priamos = Priam，希臘文 priamai 是「購買」)。

海克力斯之死

海克力斯戰後賦歸途中，希拉掀暴風為難，惹怒宙斯。宙斯以金線綑希拉的雙手，又在她的腳下綁兩個鐵鉆，吊在奧林帕斯山（《伊里亞德》14.250–9, 15.18–30）。海克力斯得宙斯之助脫險後，在伯羅奔尼撒一連串的戰役所向無敵，先後征服西北部的埃利斯 (Elis)，西部的皮洛斯，南部的拉凱代蒙，以及中部的阿卡底亞。這段經歷濃縮了青銅時代赫林子裔入主伯羅奔尼撒半島的歷史。

海克力斯征服伯羅奔尼撒之後，來到科林斯灣北岸埃托利亞 (Aitolia) 境內的卡律東 (Kaludon)，和河神阿科洛俄斯 (Akheloios) 比武，贏得新娘蝶雅妮瑞 (Deianeira)。新婚的他，依舊為功業奔波。這次是征伐希臘東岸最大的離島埃維亞（Euboea，今稱 Evia），帶回島上俄卡利亞 (Oikhalia) 王國的公主易娥烈 (Iole)。蝶雅妮瑞聽到丈夫移情別戀的風聲，使用法術要挽回情勢，卻誤把毒衣當作情趣衣送給丈夫。海克力斯穿上身，瞬間烈焰灼身而亡。索福克里斯（Sophokles，公元前497/6–前406/5）的悲劇《翠基斯少女》(Trakhiniai) 鋪陳這段插曲，在濃烈的情慾色調增補畫龍點睛的一筆。悲劇主角海克力斯臨終的遺言是交代兒子許洛斯 (Hullos) 務必實現父親的心願，娶易娥烈為妻。我說這個結局是「畫龍點睛」，因為海克力斯的一生體現天父宙斯的父權意識。

羅馬詩人奧維德在他的變形神話史，揮灑近乎巴洛克風格

的筆觸，渲染肉胎成神的首例。按《變形記》9.230–72，海克力斯強忍劇痛，登上俄塔 (Oeta) 山頂，伐木搭出高聳的火葬柴堆，硬是把毒衣情火變成鳳凰自焚。母親遺傳的肉體火化無遺，父親遺傳的靈魂升天變形，成為星光熠熠的武仙座。雖然性別意識形態昭然若揭，《變形記》9.400–1 暗示宙斯的兒子海克力斯和希拉的女兒赫蓓 (Hebe) 婚配成佳偶，這意味著宙斯和希拉和解。希臘神話源遠流長的兩性戰爭終於奏出休止符。

海克力斯生性暴烈又愛慕虛榮，或許稱得上草莽英雄，卻沾不上文明教化的邊。他生平富有人文趣味的經驗大體上是後荷馬時代踵事增華，如《神話大全》2.7.2 說他「創辦奧林匹克運動會，為伯羅奔尼撒半島（「佩羅普斯之島」）的名祖佩羅普斯 (Pelops) 建祭臺，為十二位奧林帕斯神建六座祭臺」。他的死亡備極哀榮，最主要的理由離不開他的兩個身分：他既是第一位希臘英雄，又是最後一位「神子」（＝宙斯／天父之子）。這兩個身分共同表明海克力斯是赫林子裔原鄉記憶的化身。意義尤其重大的是，從兩性關係的角度來看，他的死亡為希臘神話建構父權論述畫上句點，男權大革命在天界大功告成。

4.1.2 第二次特洛伊戰爭

第一次特洛伊戰爭烽火餘生的普瑞阿摩斯，由於妹妹賀溪娥妮犧牲貞操而得以維持國祚。父系血緣乃命脈所繫仍然是主旋律，女性的身體仍然屬於父權論述不可或缺的螺絲釘。有別

於第一場戰爭的核心人物是衝鋒陷陣的海克力斯，第二場戰爭
的核心人物其實是海倫 (Helen)。在第二場戰爭中，帖拉蒙的兒
子大艾阿斯 (Greater Aias) 是希臘聯軍中僅次於阿基里斯的驍
勇戰將。我們不能據此推斷這兩場歐亞大戰前後相距一個世代，
不只因為神話的世界沒有時間，更是因為數字在神話的作用是
象徵上的意義。可以確定的是，赫林子裔深入涉及愛琴海東岸
的利益。那場戰爭結束的年代，共識最高的說法，取整數是公
元前 1200 年。

美女師奶出世

　　海倫是宙斯和復仇女神聶摩溪絲 (Nemesis) 所生。聶摩溪
絲是黑夜 (Nyx = Night) 的女兒，是「義憤」的擬人化，特指人
自以為是的傲慢行為招來神怨，詞源 nem- 在原始印歐語表達
「分配；取得」，承載「人各有其份」的概念。把天道報應的抽
象觀念神格化而成為崇拜的對象，公元前五世紀時雅典甚至建
廟奉祀，這是難得一見的例子。

　　聶摩溪絲試圖逃避宙斯求歡，化身為鵝，可是宙斯化身為
天鵝遂己所願。後來聶摩溪絲生下鵝蛋，被牧羊人發現，送給
斯巴達王后麗妲 (Leda)。麗妲把鵝蛋擺在箱子裡，悉心照料。
時機成熟時，鵝蛋孵出海倫，麗妲視如己出。

　　另有一說。宙斯化身為天鵝，和麗妲發生一夜情。同一個
晚上，她也和丈夫田達柔斯 (Tundareos) 交歡。後來，她為宙斯
生下波呂丟凱斯 (Poludeukes) 和海倫，為田達柔斯生下卡斯托

(Kastor) 和克萊婷 (Klutaimnestra)。

海倫到了適婚年齡，貌美絕世，求之者眾。她的父親田達柔斯不敢擇一而得罪其餘，深感苦惱。奧德修斯趁機打了個如意算盤：他屬意的對象是伊卡瑞俄斯 (Ikarios) 的女兒珮涅洛珮 (Penelope)，伊卡瑞俄斯和田達柔斯則是兄弟，如果田達柔斯願意幫忙提親，他保證解決海倫的婚事困擾。田達柔斯答應了，奧德修斯說出他的錦囊妙計：所有參加選親的人必須先發誓尊重田達柔斯的選擇，雀屏中選的人如果因為這樁婚姻而受害，其他人有義務鼎力相助。妙計果然一箭雙鵰。

田達柔斯選擇梅內勞斯 (Menelaos)。海倫婚後生下女兒荷蜜娥妮 (Hermione)，就是《伊里亞德》3.174 和《奧德賽》4.14 都提到的對象。

泰緹絲的婚禮

宙斯有意向海洋女神泰緹絲 (Thetis) 求歡，卻聽到預言說她的兒子將會統治宇宙，即時打退堂鼓，並安排她下嫁凡人佩柳斯 (Peleus)。泰緹絲不從。佩柳斯獲得馬人凱戎指示錦囊妙計，終於擄獲女神。

泰緹絲是海洋女神，隨侍在側的是聶柔斯 (Nereus) 的女兒，總共五十個姊妹的「海洋仙女」(Nereides)。聶柔斯是比奧林帕斯神族更古老的海洋神，是地母單體繁殖所生。後來赫林子裔把「地中海」神格化為「海神」(Pontos)，說聶柔斯是他和地母婚配的長子。泰緹絲遺傳聶柔斯所擁有海洋般幻化莫測的變形

能力，以及預知未來的能力。佩柳斯則是搭乘阿果號前去追尋
金毛羊皮的英雄之一，該船穿越游離岩 (Sumplegades) 由他負責
掌舵，可知其人格特質為膽大心細而身手敏捷。佩柳斯展開猛
烈的追逐，穩穩抓定單一目標，不為泰緹絲千變萬化的外觀所
惑，終於手到擒來。這一對配偶的成親方式是搶婚習俗在神話
留下的遺跡。

　　佩柳斯和泰緹絲舉行盛大的婚禮，眾神都受邀，除了衝突
女神埃瑞絲 (Eris)。既然是「衝突」的擬人化，所到之處必然
製造衝突。可是，她沒接到婚禮邀請，同樣有理由製造衝突。
果不其然，她在婚禮上丟下一顆金蘋果，上面鏤刻「歸至美所
有」。全體來賓搶成一團。

帕瑞斯審美

　　說到美，男性不如女性，凡人不如天神，小神不如大神，
這是千古不易之理。所以識相者先後放棄之後，剩三位女神僵
持不下。這三位女神是宙斯的妻子希拉、他的女兒阿芙羅狄特
和雅典娜 (Athena)，各有理由自認至美。

　　希拉是宙斯的姊姊；姊弟聯姻，她在天界的地位是宙斯之
下而萬神之上，當然自認美貌絕倫。阿芙羅狄特是性愛美神，
也有理由自認美貌無與倫比。至少她的身世無與倫比。宙斯的
祖父烏拉諾斯夜夜需索無度，卻不准地母蓋雅生產。地母腹痛
欲爆，老么克羅諾斯在黑暗中起義反抗家暴，持鐮刀閹割烏拉
諾斯，生殖器掉落海中，從浪花誕生阿芙羅狄特。即使是「天

母之下，萬女之上」的出身，一旦被收編到以宙斯為天父的奧林帕斯神族，自然成為宙斯的女兒。雅典娜則是宙斯和梅緹絲（Metis，「智謀」）交歡所生。梅緹絲預言自己生下的兒子將會成為天界的統治者，宙斯為了防止預言成真，在梅緹絲懷孕後把她吞下肚。結果宙斯頭痛欲裂，金工神赫菲斯托斯 (Hephaistos) 拿斧頭劈開他的頭，雅典娜全副武裝出世。雅典娜從宙斯的頭腦出生，所以不是希拉的女兒，也沒有理由禮讓。

　　三位自認至美的女神要宙斯當裁判，宙斯把責任推給在伊達 (Ida) 牧羊的帕瑞斯 (Paris)。

　　伊達是特洛伊附近的聖山。前文提到第一次特洛伊戰爭之後，特洛伊王子波達凱斯改稱為普瑞阿摩斯。普瑞阿摩斯接任王位，和阿瑞絲碧 (Arisbe) 結婚，育有一子艾薩闊斯 (Aisakos)。這個兒子從外祖父學到解夢術。普瑞阿摩斯後來把阿瑞絲碧送給別人，自己另娶赫卡蓓 (Hekabe = Hecuba)。他們的長子是赫克托 (Hektor)。

　　赫卡蓓懷第二胎，產前夢見自己生下一支火把，火勢熊熊吞沒整個城市。普瑞阿摩斯得知異夢，找來艾薩闊斯解夢。艾薩闊斯說這胎兒會帶來兵災，建議棄嬰。因此，孩子一出生就被丟棄在伊達山。棄嬰被母熊撫養五天。奉命棄嬰的僕人看他大難不死，帶回鄉下自己撫養，取名為帕瑞斯 (Paris)，因為棄嬰用襁褓布裹成一「包」(pera)。帕瑞斯長大後，擔任牧羊的工作。他健美無匹，因為擊退土匪的護羊事蹟而贏得「亞歷山濁

圖 9　帕瑞斯審美

斯」(Alexandros = Alexander) 之名，意思是「防衛者」。《伊里亞德》稱呼他「亞歷山濁斯」，當今的讀者不免聽出反諷 (irony) 意味。

　　帕瑞斯在山上牧羊時，突然三位女神出現在他面前，名義上要他擔任審美裁判，卻各按自己的神權開出賄賂條件。天后希拉允諾讓他成為最強勢的君主，戰爭女神雅典娜允諾他戰無不勝，性愛美神阿芙羅狄特允諾他贏得絕世美女的芳心。帕瑞斯把金蘋果交給阿芙羅狄特，同時也和其餘兩位女神結下梁子。

戰爭的導火線

普瑞阿摩斯為了紀念自己失去的兒子帕瑞斯，舉行運動競技。帕瑞斯進城參加比賽。素昧平生的兄弟先後成為他的手下敗將。戴佛勃斯 (Deiphobos) 是其中一個，他惱羞成怒，抽出佩劍。帕瑞斯逃命躲在宙斯的祭臺。在那地方，公主卡珊卓 (Kassandra)，也就是帕瑞斯的妹妹，更是希臘神話最知名的女先知，認出他的身分，因此父子團圓。卡珊卓未卜先知的能力得自阿波羅的真傳：阿波羅向她求歡，依照所求賜給預言的能力，她卻反悔。因此天神的賞賜變成詛咒，卡珊卓的預言無法取信於人。

帕瑞斯從阿芙羅狄特得知絕世美女是海倫，已經嫁給斯巴達王梅內勞斯──斯巴達是拉凱代蒙的首府。王子的身分和明確的目標都有了，他立刻展開尋美之旅，出發前往位在愛琴海對角線另一端的斯巴達。

帕瑞斯在斯巴達王宮受到梅內勞斯熱情的款待。九天過去了。第十天，梅內勞斯渡海前往克里特參加外祖母的葬禮。帕瑞斯說服海倫跟隨他私奔。海倫不只拋棄九歲的女兒荷蜜娥妮，還帶走大批財寶。從《伊里亞德》3.70–2 和 285–7 可知，這一批財寶和海倫已婚同樣是引發戰火的關鍵因素。

梅內勞斯得到消息，轉往邁錫尼找哥哥阿格門儂 (Agamemnon)，要求他主持公道。於是阿格門儂派遣特使分赴各地，提醒眾人遵守海倫婚前的協議，終於組成聯軍。他親自

出任統帥，準備渡海遠征特洛伊。可是，先知卡爾卡斯 (Kalkhas) 說希臘聯軍不可能獲勝，除非阿基里斯參戰。

英雄集結少一人

　　阿格門儂在籌組聯軍時，阿基里斯被泰緹絲藏匿在鄉下。

　　泰緹絲身為女神卻嫁給凡人，因此雖然擁有神性，卻無法避免凡人的憂慮。她生下阿基里斯之後，作法要使兒子也有不死之身：夜間在火中燒毀他的物性，白天以神油按摩，如此日復一日。佩柳斯不明就裡，看到兒子在火中蠕動，一聲叫喊，法事功敗垂成。泰緹絲深感挫折，拋夫棄子回去和海洋仙女作伴。阿基里斯的凡軀畢竟經過鍛鍊，刀槍不入，唯一的致命處是泰緹絲用手捏住的腳踝——這是英文以 Achilles heel 稱 「致命弱點」，以及生理學名詞 Achilles tendon（阿基里斯腱）的典故。佩柳斯把阿基里斯託付給馬人凱戎。凱戎接下養育的工作，餵他吃獅子和野豬的內臟，以及熊的骨髓，寄望他壯如野豬猛如獅，又有熊的骨氣。阿基里斯的名字就是這麼來的：Akhilleus = a-（表示否定的首綴詞）+ kheileus（嘴唇），暗示他的嘴唇沒有吸過母乳。

　　泰緹絲知道兒子的命運：如果上戰場，注定會揚名立萬，卻無法倖存。她未雨綢繆，一聽說戰爭即將爆發，立刻為阿基里斯作女孩的扮裝，送到埃維亞附近斯庫若斯 (Skuros) 的王宮躲避徵召。在那裡，阿基里斯和公主蝶妲美雅 (Deidameia) 生下一個兒子皮若斯 (Purros)。皮若斯在戰爭的尾聲也投入戰場，

因為「年少」（neos，「新」）參「戰」（polemos，史詩寫作 ptolemos），所以改稱為「紐托列莫」（Neoptolemos）。

　　奧德修斯奉命探詢阿基里斯的下落，所到之處就吹號角。阿基里斯在斯庫若斯的王宮聽到號角響，抓起武器就要投效軍旅，奧德修斯因此識破他的偽裝。

　　阿基里斯自願隨聯軍出征時還年輕，不像其他勇士因為曾向海倫求婚而受婚前協議的制約。此所以他在《伊里亞德》可以一怒罷戰，引出一部曠世巨作。

4.2 情節概述

　　戰爭進行到第九年，阿基里斯看不慣阿格門儂自私又霸道，跟他大吵一架，一氣之下把自己的部隊抽離戰場，導致希臘部隊節節敗退。阿基里斯的摯友帕楚克洛斯心生不忍，借來阿基里斯的盔甲盾牌，假冒身分上陣。剛開始確實有效嚇退特洛伊人，終究還是被識破。特洛伊第一勇將赫克托不只殺死帕楚克洛斯，還脫下阿基里斯的盔甲，穿在自己身上。阿基里斯獲報，怒不可遏，為了報仇寧可盡棄前嫌，不計較對統帥的怨恨，上陣單挑赫克托，把他殺死。阿基里斯氣已消，《伊里亞德》以赫克托的葬禮結束。

　　以下依卷次概述情節。

4.2.1 第一部分：心結壁壘（卷 1–7）

第一卷：阿格門儂與阿基里斯吵架

　　唱詩人呼請主管史詩的繆思女神卡莉歐珮賞賜靈感，讓他唱出阿基里斯一怒沖天的來龍去脈。特洛伊戰爭打到第九年，希臘聯軍圍城之餘劫掠鄰近聚落或特洛伊盟邦，戰利品包括俘虜柯如塞斯千金 (Khruseis) 和布瑞修斯千金 (Briseis)，分別獎賞聯軍統帥阿格門儂和第一勇將阿基里斯。柯如塞斯是阿波羅的祭司，他攜帶豐富的禮物為女兒贖身，被拒，求助於阿波羅。阿波羅在希臘營區引發瘟疫，阿基里斯不忍心看部隊坐以待斃，召開全軍大會以求解方。先知卡爾卡斯說是因為阿格門儂拒絕柯如塞斯的贖金，不願意釋放其女兒。阿基里斯仗義執言，和阿格門儂吵了一架，衝突一觸即發。雅典娜及時對阿基里斯顯靈，勸他暫時忍讓，終將獲得加倍賠償。阿基里斯看在女神的分上，強忍悲憤，但是揚言棄戰。阿格門儂指派奧德修斯送還柯如塞斯千金，瘟疫固然解除，他卻搶走阿基里斯的女俘虜作為自己損失的賠償。阿基里斯忿忿不平，央請女神母親泰緹絲向宙斯求情，讓希臘部隊打敗仗，藉以回復阿基里斯該有的尊榮。由於宙斯應允所求，向來偏袒希臘的希拉和宙斯吵了一架，金工神兒子赫菲斯托斯出面調停。

第二卷：考驗軍心，雙方布陣

　　宙斯著手實現他對泰緹絲的承諾，託夢誘騙阿格門儂，要

他發動總攻擊，畢其功於一役。阿格門儂喜出望外，集合部隊打算宣布喜訊。為了考驗部隊的戰志，他使用激將法，故意說自己要打道回府。結果適得其反，思鄉情濃的部隊一哄而散衝向船隊，幸虧奧德修斯出面才穩住軍心：他提醒九年前聯軍在希臘海灣集結現場的吉兆，一條水蛇爬上岸吞食九隻麻雀，卡爾卡斯的解讀是九年過後可望攻陷特洛伊。老將聶斯托(Nestor) 提議按城市與氏族部署兵力，庶幾並肩作戰的不是朋友就是親人。詩人藉機再度呼告史詩繆思保佑他發揮記憶的功效，逐一介紹聯軍各分隊的隊長與兵力。特洛伊盟軍的警戒哨回報希臘聯軍已展開陣式，緊急動員布陣，詩人再度以名錄呈現防禦的態勢。攻守對峙，戰鬥箭在弦上。

第三卷：情夫單挑丈夫

特洛伊部隊出城應戰。特洛伊王子帕瑞斯向希臘部隊下戰帖，梅內勞斯應聲而出，帕瑞斯卻嚇得退縮回營，被自己的哥哥，即特洛伊陣營的主將赫克托，數落了一陣。帕瑞斯知恥近乎勇，提議由當事人雙方單挑決定海倫及其財物的歸屬，一勞永逸化解爭端。於是赫克托和阿格門儂達成協議。在城內，海倫陪同特洛伊王普瑞阿摩斯登上城樓，一一指認希臘將領。普瑞阿摩斯獲報決鬥之議，進入戰場，和阿格門儂達成協議，共同遵守決鬥的結果。雙方鄭重立誓。決鬥開始，梅內勞斯占上風，幾乎活捉帕瑞斯。心向特洛伊的性愛美神阿芙羅狄特即時救走帕瑞斯，把他送回寢宮，又把海倫帶到他身邊。阿格門儂

認定帕瑞斯遁逃無蹤，宣布梅內勞斯獲勝，要對方交出海倫並支付賠償。

第四卷：謀和協議破裂

奧林帕斯神族召開會議，宙斯主張梅內勞斯單挑決鬥獲勝，特洛伊戰爭應該結束。可是希拉氣沖沖反對；她向來偏袒希臘，堅持要使特洛伊城徹底毀滅。宙斯讓步，派遣雅典娜下凡破壞和平協議。她幻化成特洛伊戰士，說服特洛伊盟軍的一名部隊長潘達若斯 (Pandaros) 對梅內勞斯射出暗箭。雅典娜的本意只是讓希臘陣營有藉口重啟戰事，因此動手腳使箭矢偏離，梅內勞斯只受輕傷。於是阿格門儂重整旗鼓，檢閱部隊激勵士氣。戰鬥爆發，血流漂杵，奧德修斯和大艾阿斯殺敵無數。天神也無法置身度外，雅典娜協助希臘陣營，阿波羅對特洛伊人伸出援手。停戰謀和之議徹底失敗。

第五卷：狄俄梅德斯的神勇

戰鬥第一天的戰況趨於劇烈。由於雅典娜灌注勇力，希臘將領狄俄梅德斯所向無敵，特洛伊戰士擋道者死，連阿芙羅狄特的兒子埃涅阿斯 (Aineias = Aeneas) 也受傷。女神愛子心切，下凡協助特洛伊陣營，落得負傷逃回奧林帕斯的下場。宙斯警告她，身為性愛美神沒必要插手戰爭的事。阿波羅下凡代替她協助特洛伊陣營，依舊無法阻擋狄俄梅德斯的攻勢，只好挾帶埃涅阿斯從戰場神隱，但留下埃涅阿斯的幻象激勵戰友。為了讓特洛伊人喘口氣，戰神阿瑞斯 (Ares) 即時干預戰況。赫克托

適時發揮戰力，特洛伊人逐漸取得上風。堅定支持希臘陣營的希拉和雅典娜急忙趕來助陣：希拉重整部隊，雅典娜甚至跳上狄俄梅德斯的戰車挑戰阿瑞斯。阿瑞斯在兵慌馬亂中被狄俄梅德斯刺傷，逃回奧林帕斯向宙斯抱怨，反遭宙斯奚落。

第六卷：賓主誼與夫妻情

天神俱已退場，希臘陣營繼續發揮凌厲的攻勢，特洛伊陣營不得已往城區撤退。希臘將領狄俄梅德斯和特洛伊盟軍將領葛勞科斯戰地相逢，互報家門之後發覺彼此有賓主情誼：他們的祖父曾經互相拜訪，並交換禮物。他們倆也因此交換禮物，捐棄敵意。赫克托聽從先知赫列諾斯 (Helenos) 的建議，返回城內要求母后帶領特洛伊婦女向雅典娜獻祭，以便邀寵。他乘機找到帕瑞斯，訓斥他陣前脫逃。他接著轉回住處，欲與妻話別卻撲空，因為安卓瑪姬 (Andromakhe) 掛念丈夫安危，登上城樓探看戰況。夫妻一場城門會，赫克托說明自己的重責大任之後，與妻子和稚兒道別，重回戰場。

第七卷：休戰

赫克托和帕瑞斯重回戰場，總算穩住戰局。阿波羅和雅典娜協議安排單挑獨鬥以便休戰。於是赫克托出陣，向希臘陣營下戰帖。只有梅內勞斯膽敢應戰，但阿格門儂出面阻止，他知道自己的弟弟不是赫克托的對手。聶斯托心有餘而力不足，畢竟年紀大了。他講了個例證故事，果然達到激將的效果，總共有九位將領挺身而出。抽籤的結果，大艾阿斯上陣應戰。赫克

托和大艾阿斯劇烈纏鬥難分難解，因暮色低垂而同意休戰，彼此交換禮物。當天晚上，聶斯托和普瑞阿摩斯不約而同在各自的陣營提出休戰收屍埋葬陣亡戰士的主意。在特洛伊一方，安帖諾 (Antenor) 建議帕瑞斯放棄海倫以換取和平。帕瑞斯拒絕，但同意奉還當年從斯巴達帶回特洛伊的全部財物。使者傳達求和的訊息，希臘陣營認定那是特洛伊斷尾求生之計，拒絕。不過雙方同意休戰一天。也是在那一天，希臘部隊依聶斯托之議，建壁壘又挖壕溝以鞏固防禦。

4.2.2 第二部分：沙場烽火（卷 8–12）

第八卷：拂曉攻擊的前奏

戰鬥重啟，宙斯在奧林帕斯山下令眾神袖手之後，前往伊達山觀戰。他拿出命秤衡量戰鬥雙方的命運，見希臘下沉，因此在希臘陣營上方打雷示兆。戰局轉為對特洛伊有利，希臘戰士驚惶撤退。赫克托乘勝追擊，打算一鼓作氣衝進希臘營區放火燒船。阿格門儂即時鼓舞希臘部隊，並且向宙斯禱告。宙斯感動，在希臘陣營顯現吉兆。希臘部隊反敗為勝。可是赫克托愈戰愈勇。希拉和雅典娜試圖干預，宙斯嚴加斥責，但預言帕楚克洛斯陣亡以及阿基里斯重返戰場，這是希臘陣營盼望逆轉勝的機會。夜幕籠罩，赫克托說服特洛伊部隊在城外紮營，以便展開黎明攻勢，寄望一舉殲滅希臘部隊。

第九卷：心結待解

　　希臘陣營士氣低迷。阿格門儂召開軍機會議，提議撤軍返鄉，因狄俄梅德斯和聶斯托曉以大義而作罷。希臘陣營最年長的聶斯托勸動阿格門儂把布瑞修斯千金還給阿基里斯，並贈送厚禮爭取諒解，只求阿基里斯返回戰場。他偕同奧德修斯、大艾阿斯和阿基里斯的師保佛伊尼克斯 (Phoinix) 組成代表團前往阿基里斯營帳，轉達阿格門儂的誠意。阿基里斯斷然拒絕，即使一手把他帶大的佛伊尼克斯出面求情也枉然。代表團雖然無功而返，阿基里斯其實隱隱透露立場已有鬆動。

第十卷：夜襲敵營

　　阿格門儂和梅內勞斯睡不安穩，半夜起床叫醒其他部隊長。巡視崗哨之後，他們召開軍機會議，商討面對當前形勢的戰術。聶斯托提議滲透特洛伊陣地偵察敵情，狄俄梅德斯自告奮勇，要求支援，奧德修斯挺身而出。這兩位文武大將前往敵營途中見到特洛伊間諜多隆 (Dolon)。他們奇襲並俘虜多隆，後者以為洩露情報可以倖免一死，終舊難逃厄運。他們潛入特洛伊營區，殺死和特洛伊結盟的瑞索斯 (Rhesos) 及其十二名手下，奪得他們的馬車當戰利品，駕車回營。

第十一卷：阿基里斯看見了

　　重新開戰。阿格門儂一度叱吒風雲，受傷被迫退出戰場之後，輪由赫克托耀武揚威，希臘陣營隨部隊長接二連三受傷而節節敗退，戰況相當吃緊。奧德修斯甚至遭到圍困，幸虧梅內

勞斯和大艾阿斯協力解圍。阿基里斯遙觀戰況，看到聶斯托護送受了傷的馬卡翁 (Makhaon) 回營，指派摯友帕楚克洛斯前去探聽消息。聶斯托敦促帕楚克洛斯務必勸阿基里斯回心轉意；如其不然，至少帕楚克洛斯本人應該率領部隊支援希臘陣營，甚至商請阿基里斯出借裝備讓帕楚克洛斯冒充身分，至少可望獲致欺敵的效果。帕楚克洛斯聽了聶斯托的建議激動不已，飛奔覆命。

第十二卷：突破壁壘

希臘部隊費心營建的壁壘雖然注定會在特洛伊滅亡後被天神摧毀，目前仍能發揮防禦的功效；壁壘前方的壕溝尤其適合阻止特洛伊車戰部隊的攻勢。就在特洛伊人打算越過壕溝時，一隻老鷹飛向特洛伊陣營左方，鷹爪掉下一條蛇，落在部隊中間。特洛伊陣營善於觀兆的波律達馬斯 (Poludamas) 認為這是不祥之兆，預告攻堅行動將以失敗收場。可是赫克托認為勝利在望，對鳥兆不以為意，拒絕撤退。特洛伊陣營的葛勞科斯和撒佩東 (Sarpedon) 強攻瞭望塔，梅內斯透斯 (Menestheus) 在大艾阿斯和透科若斯 (Teukros) 協助下奮力穩住船隊營區的陣腳。撒佩東率先破壞一個缺口，接著赫克托舉巨石撞毀大門，特洛伊部隊終於突破壁壘防線，希臘部隊潰敗。

4.2.3 第三部分：淬鏡鍊形（卷 13–17）

第十三卷：逼近船隊

　　赫克托突破希臘陣營的壁壘，在希臘營區周遭大展神威。海神波塞冬眼看自己支持的一方節節敗退，不惜違抗宙斯的禁令，幻化成卡爾卡斯，當面鼓舞大、小兩位艾阿斯重整旗鼓保衛希臘人的船隊。赫克托對透科若斯擲矛，被閃過，卻命中波塞冬的孫子安菲馬科斯 (Amphimakhos)，引出伊多梅紐斯 (Idomeneus) 大展神勇。可是伊多梅紐斯畢竟年紀大，無法持續戰果，一心想殺戴佛勃斯卻心餘力絀。在戰場的另一邊，赫克托依然攻勢不斷，可是兩位艾阿斯寸步不讓。特洛伊戰士有的躊躇不前，衝進敵營的淪為散兵游勇。波律達馬斯說服赫克托暫緩攻勢，先重整旗鼓，這才發覺己方折損不少強將，非死即傷。大艾阿斯對赫克托叫陣，正巧一隻老鷹飛過右手方，他認為是宙斯示吉兆。赫克托不以為然，率眾衝鋒，又爆發一場混戰。

第十四卷：天父受媚功蒙蔽

　　聶斯托走出營帳，遇見先後受傷撤離戰鬥現場的狄俄梅德斯、奧德修斯和阿格門儂，大家為戰況憂心忡忡。阿格門儂提議認輸返鄉，被奧德修斯痛罵一頓。狄俄梅德斯也反對撤兵，建議傷將負傷上陣，沒必要逞強，但一定要發揮激勵戰鬥士氣的效果。阿格門儂從善如流，率隊重回戰鬥現場。海神波塞冬

不顧宙斯禁令，適時出面激勵希臘陣營，寄望扭轉戰局。同樣支持希臘陣營的希拉見狀，使出色誘法，先後找阿芙羅狄特和睡眠協助，順利和宙斯巫山雲雨。宙斯色迷心竅期間，希臘部隊在波塞冬協助下穩住陣腳之後，展開反攻。特洛伊主將赫克托受傷，希臘陣營士氣大振，果然戰局逆轉。

第十五卷：赫克托氣焰噴船

宙斯醒來，驚見戰況大出所料，發覺自己上當，語出威脅把希拉臭罵一頓。希拉受驚，極力為自己辯解，鄭重發誓說是波塞冬自作主張。宙斯釋懷加以安慰，聲明自己其實並不偏袒特洛伊陣營，只是為了平反阿基里斯的尊榮必須採取權宜措施幫助特洛伊，可是特洛伊注定滅亡，時間點落在赫克托殺死帕楚克洛斯招來自己的死亡之後。他接著指示神使，即彩虹女神伊瑞絲 (Iris)，命令波塞冬離開戰場，又指示阿波羅暗助赫克托重回戰場。特洛伊重振旗鼓一輪猛攻，甚至越過壕溝再次突破壁壘。雙方在船隊防線爆發肉搏戰。透科若斯站在船上，神射開始發威，弓弦卻突然斷裂。在赫克托率領下，特洛伊部隊的攻勢綿綿不斷，戰火步步逼近船隊。幸虧大艾阿斯在船隊陣地防守戰表現神勇，總算穩住戰局。

第十六卷：代理猛將陣亡城牆下

帕楚克洛斯依照矗斯托的建議，說服阿基里斯把戰鬥裝備借給他，讓他率領密米東人上陣。他在著戎裝的時候，第一艘船著了火。他衝進戰鬥現場，特洛伊人誤以為阿基里斯重返戰

場，一陣驚慌；赫克托打起退堂鼓，壕溝頓時成為特洛伊盟軍的集體墳場。帕楚克洛斯所向無敵，甚至殺死宙斯的凡胎兒子撒佩東。雙方陣營爆發英雄裝備搶奪戰。赫克托及時趕回前鋒，終究不敵氣勢正盛的帕楚克洛斯。帕楚克洛斯忽視阿基里斯的告誡，把特洛伊部隊逐離船隊陣地之後沒有立刻回營，而是乘勝追擊，直追到特洛伊城門前。他試圖攀越城牆，功虧一簣。赫克托背城一戰，帕楚克洛斯陣亡。

第十七卷：浴血奪屍戰

為了帕楚克洛斯的屍體，對陣雙方爆發激戰。赫克托扒下帕楚克洛斯向阿基里斯借來的袍鎧，穿在自己身上。葛勞科斯指責他沒有帶走帕楚克洛斯的屍體以便交換撒佩東的屍體。於是赫克托又一次衝鋒，卻遭遇大艾阿斯和梅內勞斯率眾反擊。戰鬥場面由於天神干預而愈加慘烈：雅典娜鼓舞梅內勞斯，阿波羅激勵埃涅阿斯。梅內勞斯指派安提洛科斯 (Antilokhos) 回船隊陣地向阿基里斯報知帕楚克洛斯的凶耗。他在大、小兩位艾阿斯的掩護下，偕同梅瑞俄內斯 (Meriones) 在亂軍中衝刺，終於搶到帕楚克洛斯的屍體，抬離腥風血雨的混戰現場。希臘部隊往船隊營區的方向潰逃，埃涅阿斯和赫克托率眾緊追不捨。

4.2.4 第四部分：明心見性（卷 18–24）

第十八卷：阿基里斯的盾牌

阿基里斯獲知帕楚克洛斯的死訊，悲慟不已。泰緹絲趕來

安慰。他說要為摯友報仇，女神母親提醒他上戰場無異於自尋
死路，可是兒子不為所動。泰緹絲知道兒子心意已決，承諾請
金工神赫菲斯托斯量身打造一副裝備，明天一早即可送來。阿
基里斯遵照希拉的信使伊瑞絲轉達的指示，站到壕溝邊長嘯，
嚇壞特洛伊部隊，希臘陣營終於擺脫追兵，奪回帕楚克洛斯的
屍體。波律達馬斯見狀，提議特洛伊部隊退回城內，暫時避開
阿基里斯的鋒芒；他的提議被主張打鐵趁熱的赫克托當場否決。
在希臘營區，阿基里斯帶頭哭悼，向帕楚克洛斯致哀。泰緹絲
親赴奧林帕斯，金工神赫菲斯托斯連夜趕工，全套裝備中的盾
牌尤其鬼斧神工。

第十九卷：釋怨繫新結

　　泰緹絲帶回赫菲斯托斯為阿基里斯量身定做的武器，交給
悲痛欲絕的兒子。阿基里斯立刻召集全體部隊，說明自己陣營
內部私怨之爭徒然使敵人獲益，他決定和阿格門儂盡棄前嫌，
要一馬當先殺到特洛伊人片甲不留。阿格門儂為了表示自己的
誠意，除了歸還布瑞修斯千金，還當場送出賠償的禮物。阿基
里斯原本要立刻發動攻勢，奧德修斯主張先讓部隊吃過早餐。
阿基里斯勉為其難同意，但是自己發願報仇之前不進食，繼續
哀悼帕楚克洛斯。部隊用餐完畢，阿基里斯著戎裝，衝鋒陷陣。

第二十卷：阿基里斯開殺戒

　　宙斯擔心阿基里斯上陣會一舉殲滅特洛伊，違背阿基里斯
命中注定將在這場戰爭陣亡的命運，因此召開天庭會議，允許

眾神下凡，隨心所欲干預戰事。眾神興致勃勃捉對廝殺，轉眼間意興闌珊，分邊各據一座山頭旁觀沙場烽火，只有波塞冬和雅典娜零星干預。在人間戰場，戰鬥雙方如今攻守形勢易位，阿基里斯率領希臘部隊進擊，埃涅阿斯上前迎戰，倖免於難。赫克托一度避開阿基里斯的鋒芒，兩人終究還是迎面遭遇，互有攻防；阿基里斯略勝一籌，赫克托幸運逃脫。阿基里斯拼命追殺，特洛伊陣營擋道者死。

第二十一卷：水火大戰

阿基里斯在克散托斯 (Xanthos) 河畔把敗逃的特洛伊部隊攔腰截斷，後半段部隊紛紛跳河求生。他跳入河中繼續屠殺，屍阻河道。特洛伊平原最壯闊的河神克散托斯忍無可忍，湧浪發洪要淹死他。希拉見狀，激勵兒子赫菲斯托斯火攻河神，為阿基里斯解圍。水火大戰的結果，河神求饒，在希拉干預下化解雙方的衝突。立場相反的天神原本隔山觀人鬥，如今衝突檯面化，不但動口而且動手。阿基里斯跳上岸，持續追殺特洛伊部隊，幸虧阿葛諾 (Agenor) 鼓起勇氣迎戰，總算稍挫阿基里斯的氣勢，同時成功掩護戰友逃回城內。

第二十二卷：赫克托之死

特洛伊部隊倉皇逃進城牆內，只有赫克托留在城外。他因為昨天自信滿滿下令部隊在城外宿營，為了面子而單獨留下。阿基里斯追丟阿葛諾之後，回到戰場，遭遇赫克托。老國王普瑞阿摩斯和王后赫卡蓓在城樓觀戰，要求兒子退回城內避鋒芒。

赫克托經過一番掙扎，決定迎戰阿基里斯。阿基里斯逼近，赫克托突然洩氣，拔腿狂奔。一跑一追繞了城牆三圈，阿基里斯始終維持在城牆上弓箭手射程以外的距離，因此赫克托盼望不到奧援。

宙斯拿出命秤，秤盤擺上兩位勇士各自的死亡命運，赫克托的命盤下垂，注定死運。因此阿波羅離赫克托而去，雅典娜則幻化成戴佛勃斯慫恿赫克托接戰。赫克托受到誤導，停下接受單挑。他提議不論誰獲勝，承諾尊重死者入土為安的權利。阿基里斯悍然回絕。

於是兩雄交鋒。阿基里斯率先擲矛，被赫克托閃過，雅典娜神不知鬼不覺拾起矛交還阿基里斯。輪到赫克托出手，命中盾牌中央，沒有失手卻無法刺穿神功絕藝的成品，矛反彈到遠方。他緊急呼叫戴佛勃斯給他另一支長矛，沒有回應，這才驚覺形勢不利自己。到了短兵相接的時刻，赫克托的攻擊武器只有一把劍，阿基里斯仍然長矛在握。你來我往交手幾個回合，阿基里斯舉矛刺擊赫克托的咽喉，矛尖抵住倒在地上的人。

赫克托臨終時要求阿基里斯答應接受贖金，交還屍體，再度被拒。特洛伊第一勇將吐出最後一口氣，希臘部隊簇擁圍觀屍體，看一眼也補上一個傷口。阿基里斯扒下赫克托身上的袍鎧，把裸屍綁在馬車後方，往船隊陣地揚長而去。普瑞阿摩斯和赫卡蓓目睹兒子的屍體遭受凌辱，放聲大哭。安卓瑪姬在室內聽到，衝上城樓，見狀痛哭昏厥。

第二十三卷：帕楚克洛斯的葬禮

阿基里斯回到營區，率領密米東部隊悲悼帕楚克洛斯，驅車環繞棺架致哀。他雖然開始進食，卻仍拒絕清洗帕楚克洛斯的遺體。當天晚上，他夢見帕楚克洛斯敦促他舉行葬禮，否則魂魄無法進入陰間安息。一覺醒來，他立刻舉行盛大的火葬，儀式一應俱全，包括祭殺十二名特洛伊貴族俘虜、牲牛、牲羊，以及死者生前養的九隻獵狗。酹酒澆熄餘火之後，揀屍骨暫置於甕中，以備來日和阿基里斯同葬一穴。火葬現場堆石填土營造紀念塚。又過一夜，他捐出可觀的獎品，舉行盛大的葬禮競技，競賽項目包括賽車、拳擊、角力、賽跑、武裝搏鬥、擲鐵塊、射箭和擲矛。

第二十四卷：恨消心境轉

帕楚克洛斯的葬禮之後過了九天，阿基里斯仍在哀悼帕楚克洛斯，每天拖著赫克托的屍體繞行摯友的墳塚三圈。過了十一天，赫克托的屍體仍舊無法下葬。宙斯召開天神會議，決定出面干預。一方面轉達泰緹絲親自開導阿基里斯，說明宙斯的意志，另一方面由伊瑞絲傳話給特洛伊老國王，準備贖屍。

在赫梅斯 (Hermes) 護送下，普瑞阿摩斯攜帶贖金前往阿基里斯的營帳，交換赫克托的屍體。希臘第一勇將和特洛伊老國王終於面對面。普瑞阿摩斯依照傳統的儀式提出懇求，同時動之以情，喚醒阿基里斯記憶深處對父親的牽掛。阿基里斯動容，接受贖金，甚至親自督導淨屍。分屬敵對陣營的一老一少各有

悲愁，卻淚眼相惜，終於達成協議停戰十一天。

其後九天特洛伊人為赫克托舉行哭悼式，同時伐木堆柴。第十天，特洛伊人點燃赫克托的火葬柴堆，造墳塚，接著按儀軌舉行葬禮宴。

4.3 主題探討

由阿格門儂領導，二十九支部隊總共一千一百八十六艘船浩浩蕩蕩航越愛琴海，討伐特洛伊。希臘男人認為帕瑞斯劫走海倫並盜走大量財物，因此這趟遠征是義舉。如果以當時噸位最大的玻奧提亞形制計算，義師每條船有一百二十個划槳座，總兵力達十四萬兩千三百二十人。如此壯觀的船隊，在識者眼中看來，只有兩個字：誇張。誇飾修辭是營造藝術效果常見的手法，便於讀者看清細節。講究筆觸的細膩描寫則是為了逼真，如組成聯軍的船隊名錄中，各支部隊的兵力來源、船數與部隊長，一一詳述不憚其煩。主題的呈現通常是宏觀與微觀這兩種手法雙管齊下，主題的探討理當要兼顧。

4.3.1 情節結構

前文稱希臘聯軍為「義師」，其實不見得理直氣壯。荷馬確實是希臘人，生活在希臘文化區，使用希臘語唱詩給希臘同胞聽。他鋪陳故事也確實採取希臘觀點，而且偏袒希臘聯軍。

此所以，例如呈現雙方陣營的名錄，希臘聯軍多達兩百九十五行，而且有前導的一連三個展延明喻 (2.455–73)，另又加上長達 10 行的再度呼告 (484–93)，甚至在結尾多出五行 (780–4) 重複聲勢壯大的展延明喻 (455–8) 形成環狀結構。反觀特洛伊盟軍，只有陽春的六十三行。然而，整部《伊里亞德》從頭到尾，不論或明或暗，荷馬不曾視特洛伊陣營為「敵人」。詩中對陣的雙方並沒有勢不兩立的意識形態衝突，倒是分享共同的英雄價值觀。

英雄價值觀源自印歐部落社會為了經濟資源而爆發衝突，在荷馬史詩發展成一套對陣的雙方共同服膺的意識型態，和人神同形同性論相依共生。凡人必有一死，有限人生唯一的不朽之道在於博取榮耀，透過唱詩人之口留存於集體記憶。從價值觀演變成意識型態，經濟利益的爭奪是不變的主軸。上古之世，女人的生產能力本身就是一大經濟資源。特洛伊戰爭因女人而起，《伊里亞德》3.69–72 甚至明白告訴我們，海倫和她的財物兩者是「經濟共同體」，共同構成一筆經濟資源。擁有雄厚的經濟資源是成為貴族的先決條件。然而，一旦聚焦在十年戰爭中最關鍵的單一事件，荷馬透過《伊里亞德》整部詩篇告訴我們，可以量化的資產固然值得爭取，卻與人生的意義無關；有沒有意義取決於有沒有榮耀，榮耀的根本在於別人的評價，也就是讓別人「聽」(kluein) 到你的事蹟之後還會傳給其他人「聽」，如此流傳即是「榮耀」（名詞 kleos 的動詞形態即是 kluein）。史

詩就是榮耀賴以流傳的媒介，其內容則是英雄人生。

《伊里亞德》把榮耀抽象化的同時，也把英雄的生活方式理想化。阿基里斯和阿格門儂吵架也是因女人而起，卻與財物無涉，而是關乎榮耀。荷馬了不起的是，他不只是呈現英雄的理想，同時也邀請讀者和聽眾以批判的立場思考那個理想，因為詩中告訴我們，追求「不朽的榮耀」必然以犧牲青春為代價，犧牲的對象包括早逝的英雄和被困在戰場十年的戰士。強調戰士生前的英勇以及後人歌唱傳頌不朽（即超越死亡）的榮耀，這個有限的主題使《伊里亞德》具有因焦點明確而觀照深入的優勢，荷馬把這個優勢發揮到淋漓盡致的地步。

《伊里亞德》的情節限於阿基里斯生氣到消恨的過程，只是戰爭第九年當中五十二天發生的事。許多插曲其實是從前面九年嫁接而來。從故事嫁接到情節的插曲都是發生在故事之初：第二卷點將錄，第三卷梅內勞斯單挑帕瑞斯，以及第七卷希臘聯軍建壁壘又挖壕溝。採取單點突破，把敘事效果集中在主題情節，僅此一事便可明白 1.2.1〈神話故事與神話原典〉所論確有道理。在另一方面，雖然聚焦明確，我們依然能夠知道故事的來龍去脈，包括阿基里斯的身世與死亡，以及特洛伊從過去營建城牆到未來城毀傳祚之事。這條「龍脈」由許多線索縱橫交織，形成縝密的文本 (text)，體現文學經典必有的質地 (texture)。

彰顯作品質地的外顯形式即是該作品的結構。我的中譯本

《伊里亞德》標題目錄即是有意呈現其結構，不同於 4.2 的情節概述是分卷介紹。目錄如下：

第一部分：心結壁壘

卷一：戰地一怒為紅顏，營區二心因令譽

卷二：夢境鋪陳激將法，陣式擺開點將錄

卷三：相見眼紅是情敵，映照心境有愛神

卷四：莫衷一是天神意，敵愾同仇凡人心

卷五：猛將揚威傷愛神，戰神挫敗枉哭訴

卷六：世交敘舊烽火場，夫妻訣別城門會

卷七：勇士交鋒蔽天光，休戰收屍建工事

第二部分：沙場烽火

卷八：天神息事難寧人，城外宿營待拂曉

卷九：老將論理有妙計，主帥求和無功返

卷十：夜探敵營憑勇謀，凱旋榮歸仗膽識

卷十一：主將縮手戰況緊，老將出馬轉圍難

卷十二：護城勇將強攻堅，捕蛇神鷹遭反擊

第三部分：淬鏡鍊形

卷十三：衝鋒陷陣破壁壘，短兵相接驚海神

卷十四：意亂情迷震天意，志消氣喪搖戰情

卷十五：父神貪歡亂陣腳，主將奮勇搗敵營

卷十六：天界無情棄親子，人間有義捨至交

卷十七：彼此消長爭志氣，你我進退奪屍體

第四部分：明心見性

卷十八：母愛至情順兒性，神工絕藝雕銅盾

卷十九：嫌隙盡棄報友仇，怒氣難消繫新結

卷二十：天父隔空觀神鬥，戰將進場助兵威

卷二十一：開殺戒屍阻河道，戰水神命闖陰關

卷二十二：兩雄決戰生死場，一生爭氣命運圈

卷二十三：亡魂託夢求葬禮，勇士競技展身手

卷二十四：翻箱倒篋湊贖金，索腸問心消忿恨

　　我把情節的發展分成四個階段，即四大部分的標題所揭示。任何衝突，不論規模大小，都是因為有心結。大規模的衝突就是戰爭，戰爭必定有陣地需要固守，所以需要建壁壘，這是開頭七卷的「心結壁壘」，以「心結」隱喻「壁壘」。心結解不開，動干戈的結果就是「沙場烽火」，這是第二部分。後面兩個部分聚焦在個人的身影。第三部分的標題「淬鏡鍊形」是以「淬鏡」隱喻「鍊形」。「淬鏡」是把銅鏡燒紅，浸入水中，以利磨治；「鍊形」是氣功術語，與「煉神」相對而言，是指通過氣功的功法修鍊形體。第四部分的標題「明心見性」是有個人經歷戰火的考驗，看到自己的為人之心，也因此明白自己的本性。這一番領悟使我們了解到，原來陣地建壁壘是比喻個體築心牆。「明心見性」原本是佛教術語，指修行者以智慧心看清煩惱心，

親證妄心與真心的區別。我借用「佛不假外求，自性清淨心即是佛性」的比喻影射看透表象而透視真相的領悟。明乎此，那麼第四部分的標題意味著有人推倒心牆也就不言自明了。那個人是詩中所描寫的理想英雄阿基里斯。四個部分的卷數依次是7、5、5、7，荷馬以對稱的結構呈現他所描寫的世界。

以戰爭戰地比喻人性人心。這個比喻可以有兩種表達方式：「戰爭戰地就是人性人心」，這是隱喻；「戰爭戰地有如人性人心」，這是明喻。荷馬史詩的一大創意是把靜態畫面的明喻擴大發展，成為動態情境的展延明喻。展延明喻，顧名思義指篇幅較長，通常包含動詞，因此足以構成一個有故事的景象，可以透過視覺情境表達個別事物、動作或過程的特性。其基本功能為暗示內在的感受與心境，顯然是因為直接的描寫難竟全功。

展延明喻是荷馬呈現情感的具體指標。斯坦利 (Keith Stanley) 統計《伊里亞德》各卷展延明喻行數所占該卷總行數的百分比，製作出一張圖表 (*The Shield of Homer* 264)，水平座標為卷數，垂直座標為百分比，情思的起伏一目了然。整部詩篇 24 卷，按各卷展延明喻行數比率高低的變化可分成四組，卷數依次為 7、5、5、7，正吻合前引目錄的分類。四個百分比高峰分別落在卷四 (9.7%)、卷十二 (14.4%)、卷十七 (15.6%) 和卷二十二 (10.5%)，依次描寫和平協議破裂之後爆發戰鬥、特洛伊部隊突破希臘船隊陣地的壁壘防線、帕楚克洛斯陣亡以及阿基里斯單挑赫克托。這個數字統計和情節的發展若合符節。《伊里

亞德》的修辭形式呼應敘事內容，其理甚明。情節的跌宕起伏
呼應具有鏡像效果的對稱結構深切著明。展延明喻的運用是荷
馬史詩具有指標意義的一個修辭特色，其出現的頻率呼應情節
張力的舒緩，這意味著有意識安排的理性結構和下意識表達的
情感張力緊密貼合。情思合一，此之謂也。荷馬在長篇偉構所
展現的組織能力，形式與意義的搭配堪稱巧奪天工。

　　相對於展延明喻是情感指標，情節結構是創作者在理性層
面為了獲致特定的效果而有意識展現的美感形式。《伊里亞德》
的情節焦點是阿基里斯由於戰火的淬煉而看透英雄價值的表
象。他一度懷疑英雄意識形態，雖然自己的信念並沒有因此而

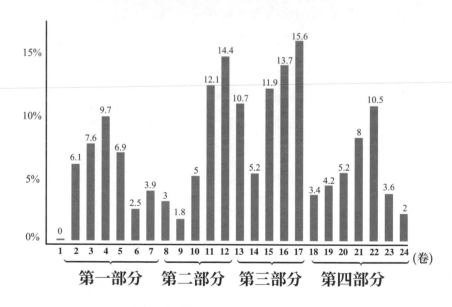

圖 10　《伊里亞德》各卷明喻頻率

改變，確實因此了解凡人肉身必須接受的事實。即使身為天下第一英豪，即使有女神的血緣，他也不能任情恣性，而是必須以理智節制性情。理也者，禮也。以理節制人際交往即是禮節，禮節以具有規範作用的象徵性動作表現出來即是儀式。理性的節制使得阿基里斯回到人情世界，那個世界原本依照民俗禮法可以通行無礙而且和諧運作。一旦有人不顧規範，必然生波掀浪，就像我們在《伊里亞德》看到的情況。

4.3.2 聚焦阿基里斯

《伊里亞德》開宗明義唱出主題字眼「忿怒」：

> 忿怒，女神啊請唱佩柳斯公子阿基里斯
> 引浩劫，使得阿凱阿人苦上加苦數不清，
> 成群結隊的英靈被拋入冥府，個個都是
> 勇士，屍體成為現成的獵物任由狗和
> 鳥大快朵頤，因此貫徹宙斯的意志。　　　　5
> 起因是兩個人分道揚鑣的一場口角：
> 阿楚斯公子人主公和神異阿基里斯。

荷馬開門見山指出阿基里斯和阿格門儂這兩位希臘將領爭吵有因有果。筆法單刀直入，因此劇情緊湊而效果集中，感染力特強。破題點明阿基里斯生氣及其後果，這透露本詩的情節

關乎人及其心理：詩人要告訴我們的是人的行為。主題字眼 menis（忿怒）使得焦點更為明確，因為這個希臘名詞不是指涉當事人自己的經驗，而是表示客體的關係，暗示對別人造成危險。menis 出現在《伊里亞德》，通常用於描寫天神對於人的行為破壞既有秩序的反應，四次例外的主詞都是阿基里斯，含蓄賦予阿基里斯之怒超現實的意義。

阿基里斯是情節的焦點。就他個人的經驗而論，從軍加入社群，展現生而為人的社會性格，卻因一怒棄絕人性，最後經歷考驗又回歸希臘聯軍陣營的團體生活。他重回戰場，預告特洛伊滅亡，荷馬的描寫方式讓我們明白那樣的一個因果鏈合乎天意，也就是貫徹宙斯的意志。《伊里亞德》透過個體的經驗反映一個時代的圖像，整部詩篇呈現阿基里斯之所以為理想的形象。

理想不是完美，而是「理」當如此的「想」像，此理即情理之理。他和阿格門儂吵架，不單純是年少氣盛，更有仗義執言之意。義者，宜也，即合情合理。阿格門儂所作所為不合理，極不合儀軌，是「禮節出軌」。出軌必然亂紀，可是陣營中連聶斯托和奧德修斯都噤若寒蟬，只因為阿格門儂是統帥。其為統帥並非其他部隊長是他的手下，而是因為他擁有最強大的武力。他的地位或可比擬於中國的周天子，或英國中古時代的亞瑟王，名為天子或王，其實並沒有一統天下的王室，而是眾城邦或領地或王國公推武力最強盛的軍頭為共主。所有的部隊長地位平

等，所以阿基里斯也有資格召開全軍大會。他的目的是把軍紀導入儀軌。

　　荷馬描寫人間諸事的因果，言必稱宙斯的意志，與宿命無關，而是便於呈現人生的困境。命運是自己的選擇必然造成的結果；人所知有限，因此結果無法盡如人意。阿基里斯早在戰爭爆發之前就從泰緹絲獲知自己的命運 (9.410–6)：默默無名卻長久享受幸福，或效死沙場卻英名流傳人間。他可以有選擇的餘地，他選擇參戰是受到英雄意識形態的制約。他和統帥吵架，一怒罷戰是由於個人的「尊榮」（荷馬的措詞是 time）受損，18.121 他重返戰場則是為了博取榮耀。有別於「尊榮」是英雄的自我形象，來自個人的地位受到當代人的尊重，「榮耀」是憑特殊成就所贏得超越有生之年的英名。

　　前文 3.2.3〈天神干預〉提到的誇飾修辭，應用在性格刻畫就是阿基里斯裡裡外外凡事極端，愛之欲其生而恨之欲其死。最明顯的例子是為了替摯友帕楚克洛斯報仇，立刻和阿格門儂捐棄前嫌。在英雄社會，尊榮與榮耀都是可以透過有形的財物加以量化的價值，阿基里斯卻不屑一顧，因為在他的心目中還有更可貴而無法量化的價值，即情誼。和解之情和復仇之心同樣強烈，吃飯和休息之類的人生俗務一概視如無物。其藝術效果是把阿基里斯這個角色極大化，使其成為具有原型意義的英雄，一舉囊括神性與人性。此一形象寄意人間的衝突隱含自然力的激盪不已，荷馬本人深知其義。此所以第二十卷阿基里斯

開殺戒之後，在卷二十一引出水火大戰，導致原本立場相反各據山頭觀人鬥的天神捲入混戰的局面。英雄一怒果然驚天動地。

第二十二卷兩雄決鬥，赫克托必定不是對手，阿基里斯必然復仇成功，我們已知道一系列的後果。鋪陳劇情的高潮沒有任何懸宕，可見《伊里亞德》的敘事重點不在故事，而是故事經過重組成為情節之後的弦外之音。赫克托體現理性原則，代表火塘、家庭、城邦；他代表個體自制的生活方式，那是強調人際情誼因此具有建設意義的人生之道。反觀阿基里斯，他體現率性原則，盡情展現自己的本性，是充滿破壞力的反社會本能。兩雄相爭是兩極世界觀，或人性兩種極端的衝突。兩雄單挑這一卷的主題是文明世界的處境岌岌可危。雖然暴力一時獲勝，可是情節所帶出情境逆轉的高潮在第二十四卷急轉直下。

阿基里斯把對阿格門儂的怒氣轉移到對赫克托的恨意，恨意之深反映在他和赫克托不共戴天的互動。赫克托在決鬥前和臨終前兩度提出尊重死者入土為安的權利，阿基里斯兩度斷然回絕。阿基里斯殺死赫克托之後，第二天為帕楚克洛斯舉行葬禮，第三天開始恣意凌辱赫克托的屍體長達九天，仍不足以洩恨。直到第十二天，阿基里斯目無禮俗終於招來天神干預。於是引出第二十四卷普瑞阿摩斯前往阿基里斯的營帳，懇求贖還赫克托的屍體。

老年國王懇求青年將領這段插曲是生花妙筆，細膩的肢體語言尤其值得用心體會。普瑞阿摩斯開口提到阿基里斯的父親

盼望兒子在身邊的心願，烘雲托月點出自己的處境，以環狀結構收尾：「請你回想你爹，我比他更引人憐憫。／我忍受世間凡人不曾有過的經驗，／把嘴唇湊近殺死我許多孩子的一雙手」(24.504–6)。一針見血的話果然觸動阿基里斯的心弦。荷馬緊接著描寫阿基里斯的反應 (507–12)：

> 他那麼說，激起對方為父親痛哭的慾望，
> 伸出自己的手，輕輕把老人家推開。
> 兩人各自想起心事：一個痛哭流涕為了
> 殺人驍將赫克托而蜷踞在阿基里斯跟前；　　　　　510
> 阿基里斯也哭，為自己的父親，也為
> 帕楚克洛斯。他們的悲泣在住處迴盪。

「推開」是表示拒絕，「輕輕」卻透露善意，普瑞阿摩斯透過懇求的儀式建立肢體的親近，激發阿基里斯以情感的親近回應。阿基里斯的人性潛能甦醒了，所以有 509–12 的共鳴。阿基里斯沒說出口的心底話是「不要這樣；我答應了」。全詩的懇求母題只有最後這次獲致預期的效果。阿基里斯在普瑞阿摩斯身上看到自己的父親佩柳斯，也了解到殺死赫克托的另一面——不只是快意報仇與懲罰，同時也是一個父親的悲傷和整個族群的命運交織而成的沉痛。一老一少同聲一哭，卻各哭各的；一父一子沉浸在各自的悲傷，感同身受分擔人類的悲愁，卻無法分擔

各自的悲愁。荷馬史詩所見最深沉的孤獨感,非這個場景莫屬。

　　當初阿基里斯一怒之下,築起一道心牆,把自己孤立,彷彿是戰地城內的城堡,城中城也是被圍之城。怒氣轉移到赫克托身上,盡情發洩之後,他突破心牆重回自己所從屬的社群,親自主持帕楚克洛斯的葬禮競技大會。他不止恢復人性,甚至發出整部詩篇僅有的一笑 (23.555),明確顯示他的改變。普瑞阿摩斯在眼前的時候,他不但流露溫情,講了個福禍雙甕的寓言故事安慰對方,還極力克制自己的率性。他交代清淨屍體,甚至親自把屍體放上棺架。交還屍體之後,他講了妮娥蓓 (Niobe)的典故,為的是邀請死敵之父共餐。就是在這同一個深沉孤獨無以名狀的場景,我們看到溫馨習習無以名狀的情感流露。

圖 11　普瑞阿摩斯為赫克托贖屍,向阿基里斯懇求

在這樣一個孤獨與溫馨交織而成的場景，阿基里斯接受普瑞阿摩斯的要求，停戰十一天以便特洛伊舉行赫克托的葬禮。荷馬世界的希臘人相信，人死後如果沒有安葬儀式，魂魄無法前往來生。使用我們熟悉的措詞是，孤魂野鬼無法安息。第二十三卷帕楚克洛斯的亡魂託夢阿基里斯求葬禮，第二十四卷贖屍，都是反映這個民俗。喪葬儀式是荷馬世界最隆重的禮儀。反映在史詩文本，葬禮是《伊里亞德》最具標竿意義的類型場景。

4.3.3 儀軌有道

《伊里亞德》以深具希臘特色的儀式行為當作情節的框架。情節始於阿波羅的祭司柯如塞斯懇求阿格門儂，懇求無效的結果引出特洛伊國王普瑞阿摩斯懇求阿基里斯。不只是情節結構奠基於儀式，一再重複出現的描述詞表明英雄具備特定的社會與個體雙重性格，詩律套語彰顯日常經驗的儀式化，類型場景則凝聚他們身體與精神雙重的儀式經驗，如分享食物的喜悅（祭禮宴、葬禮宴）和戰爭的痛苦（贖屍、贖身、懇求饒命）。這意味著儀式全面滲透到人生的各個環節。其中尤以類型場景的儀式性最發人深省。

儀式是在特定時刻依照傳統順序固定的動作傳達普遍相信的象徵意義。在荷馬史詩，儀式是關乎人神或生死的大事。關乎人神的儀式即祭儀，屬於神聖領域。關乎生死的儀式即禮儀，

屬於世俗領域。祭儀界定人神關係並區辨人神之別,禮儀界定
人際關係並規範人際本分。社會的維繫與運作有賴於祭儀和禮
儀交織而成的民俗禮法。理想的社會是民俗禮法有如由儀式形
成的一條康莊大道,循道而行有常軌,故稱儀軌有道。

　　神聖與世俗各擁其界,分立並存。神聖界屬於超現實的世
界,因為人類對那個世界一無所悉,所以感到畏懼,所以理當
尊重。同樣的道理,生死兩界分立並存,人類對死亡一無所知,
所以感到畏懼,所以理當尊重。相對於祭儀是人與神尋求和解
之道,葬禮表示生者與死者達成和解之道。荷馬史詩是印歐人
探索超現實與死亡這兩個世界最古老的文獻。

　　祭儀和禮儀雖有聖與俗之分,卻有共同的作用:試圖解決
人生的困境。人生的根本困境在於從出生到死亡的過程中必然
面對的重重限制,限制之大莫過於大限。凡人有生必有死,死
期卻無從預知。相對於凡人有限,神無限,即不受限制也無所
節制。雖然人有限而神無限,卻同樣有所不知。凡人所不知者,
荷馬歸之於宙斯的意志,即天意,是對於現實世界提出後設的
解釋;透過天神也無從得知者即命運,或稱注定之事,泛指即
使採用後設觀點亦無法解釋之事。儀式體現人在有生之涯試圖
參與無限的努力。生物本能無能為力或人性本能無法改變的事,
或可寄望與超自然勢力的接觸而有所突破。

　　荷馬描寫的英雄世界,凡事講究條理,條理分明之最莫過
於儀式。特洛伊戰場上最常見的儀式是懇求。懇求本身表示屈

從，以類型場景在荷馬史詩總共出現三十五次。其標準姿勢為左手抱住對方的膝蓋，同時右手托住對方的下巴。這個姿勢原本是指軍人丟盔棄甲懇求饒命，屈辱的意味不言而喻，其目的是表明自己不具威脅性，自願任憑對方處置。後來應用在宗教場合或人道要求，被賦予強烈的道德意涵：拒絕懇求將面臨道德譴責。《伊里亞德》常見戰士在戰鬥現場懇求對方饒命，或退求其次讓家屬收屍安葬。縱使懇求未必有效，至少透露同一個世界共享的價值觀。

　　戰爭卻不講理，所以在你死我活的戰鬥現場無禮可言。懇求饒命失效是《伊里亞德》的一個母題，說來並不意外。然而，柯如塞斯千金是祭司的女兒，身分特殊所以身價高，也所以配為阿格門儂的戰利品。統帥阿格門儂對祭司柯如塞斯不只是拒絕，還出言威嚇。他以世俗的地位冒犯神聖的領域，顯然目無聖事。

　　柯如塞斯的懇求是要贖還女兒的自由身。阿格門儂這一拒絕，招來阿波羅降瘟疫殃及希臘陣營，導致阿基里斯和阿格門儂吵了一架，這是《伊里亞德》的序曲。在最後一卷，阿基里斯凌辱赫克托的屍體，接受普瑞阿摩斯的懇求，兩人和解。阿基里斯解恨消氣，接受禮儀的規範，因此赫克托能夠享有恰如其分的喪葬儀式。整部詩篇的最後一行說特洛伊人「那樣舉行葬禮哀悼赫克托馴馬勇士」(24.804)，「那樣」是《伊里亞德》最隆重的禮儀類型場景，遙遙呼應第一行說阿基里斯的「忿

圖 12　柯如塞斯為女兒贖身，向阿格門儂懇求

怒」。這一對比的弦外之音是阿基里斯有情，因此合理，也就是合儀軌。只要儀軌有道，不完美人生也可以有美滿的結局。「美滿」在敘事結構體現為「圓滿」，稍後將在 4.3.4〈阿基里斯的盾牌〉說分明。

　　美滿的敘事結構是所有的線索都聚合在明確的焦點，並產生具體的意義。阿基里斯仗義執言，阿格門儂又一次無禮回應，招致泰緹絲懇求宙斯還給兒子尊榮，並賠償損失。這個場景 (1.495–530) 對比宙斯決定促成阿基里斯接受普瑞阿摩斯的懇求之後，希拉和泰緹絲僅有的一次面對面遭遇的情景 (24.100–

2)。神聖與世俗兩個世界在荷馬史詩透過儀式產生連結,並有交集,卻也因為強烈的反差而產生喜感的效果。泰緹絲在首卷中規中矩提出懇求,「伸出左手抱住/他的膝蓋,右手卻托住他的下巴」(1.500–1),宙斯背著髮妻鬼鬼祟祟允諾其事,希拉因此和宙斯吵了一架。而後人間一連串劇烈的攻防戰,死傷無數。連天的烽火把阿基里斯的人性焚毀殆盡,其為人徒留現實世界難以理解的神性。天神大戰就是在這樣的情況下爆發,宙斯不得不出面干預。英雄當初的吵架纏藤繞葛越演越烈,如今我們卻看到希拉善盡禮儀接待泰緹絲,杯酒釋怨懷。人神兩界的反差效果洋溢喜感,反映人神有別這個荷馬史詩的神學景觀。自然界果然船過自然水無痕。

反觀人間,阿格門儂自知理虧,被迫送還柯如塞斯千金。就是在阿格門儂送還柯如塞斯千金的這段插曲,我們看到荷馬史詩最隆重的祭儀。希臘部隊全體淨身禳災,舉行百牲大祭(1.313–7),這是最高規格的祭儀。百牲祭顧名思義是祭牲多達一百,其盛大可想而知。希臘聯軍的用意是安撫阿波羅。最隆重的禮儀則是葬禮,為喪葬而舉行的儀式,即收煞整部詩篇的第二十三和第二十四這最後兩卷的素材。但是荷馬的描寫方式別開生面。完整的喪葬儀式,程序依次為哭悼死者、火葬屍體、土葬遺骨、葬禮宴,以及葬禮運動會。程序大軸的葬禮運動會卻是情節的壓軸,即第二十三卷阿基里斯為帕楚克洛斯所舉辦;喪葬本身則是第二十四卷普瑞阿摩斯為赫克托所舉辦。

　　詩篇的首卷和末卷呈現情節環狀結構的映襯作用：在首卷，兩個男人（阿基里斯和阿格門儂）在會議中吵架引出神界糾紛；在末卷，天神會議達成妥協引出兩個男人（阿基里斯和普瑞阿摩斯）和解。這個環狀結構還有更細膩的鏡像效果：阿基里斯凌辱赫克托的屍體九天，對應瘟疫肆虐希臘營區九天；阿基里斯扣留赫克托的屍體十一天對應他生氣十一天，兩者同樣引出天神會議，可是情境大逆轉導致阿基里斯和普瑞阿摩斯的和解，因此形成反差強烈的鏡像效果。在另一方面，首尾兩卷同樣描寫父親為了孩子深入敵營提出懇求，卻有失敗與成功之別。首卷父親贖不回女兒的身體，對比末卷父親贖回兒子的屍體；結果導致首卷同一陣營兩個代表人物（阿格門儂與阿基里斯）的吵架，對比末卷交戰雙方兩個代表人物（普瑞阿摩斯與阿基里斯）的和解。這一番辯證的結果是兩場葬禮，整部詩篇以這兩個最壯觀的類型場景收煞：卷二十三以帕楚克洛斯的葬禮結尾，卷二十四以赫克托的葬禮收尾。葬禮代表戰爭中的文明，就如同接受贖金代表對於憤怒與報復的克制，同樣是回歸儀軌禮節的規範。

　　普瑞阿摩斯向阿基里斯提出懇求，為的是贖回赫克托的屍體，屍體成為有實際價值的戰利品。贖屍是孤例，贖身是母題，然而普瑞阿摩斯為兒子贖屍卻和柯如塞斯為女兒贖身構成鏡像效果。成為俘虜不只是身分被迫改變，從此不再擁有人身自由，甚至既有的人際關係被連根鏟除，舊的自我其實從此死亡。柯

如塞斯攜帶贖金提出懇求是為女兒爭取重生的機會，阿基里斯
和普瑞阿摩斯則分別為帕楚克洛斯和赫克托安排往生之路。「往
生」並不是死亡的同義詞，而是實實在在指涉通往永生之路。
置之死地而後生就是重生。成為俘虜是假死，死亡卻是真的永
生，關鍵在於記憶所扮演的角色。俘虜之身必須記憶重新開機，
開機成功則可以預期有新生活；或是贖身有成，喚醒記憶無異
於重生。喪葬儀式即是確保有效喚醒生者對於死者及其相關的
記憶。死亡之身則是生前記憶定格在斷氣的那一刻，但是有墳
塚紀念，紀念碑或墓誌銘能提醒過路人或後人記得懷念墓主。
如果有史詩流傳，記憶甚至透過口碑世代相傳。記憶不隨身體
物化而消失，故云永生。

　　荷馬深切了解記憶不只是意義重大，而且妙用無窮。阿基
里斯要求泰緹絲懇求宙斯為他主持公道時，特別提醒宙斯曾經
受恩於她。泰緹絲去到宙斯面前，擺出標準的懇求姿勢後，開
口就是點醒宙斯的記憶。赫梅斯護送普瑞阿摩斯前往阿基里斯
的營帳途中，最後的叮嚀是「抱住佩柳斯公子的膝蓋，／央求
他，要提到他的父親、母親秀髮娘娘／還有他的兒子，讓他感
同身受生憐憫」(24.466-8)，老國王照做果然見效。記憶有效喚
起身體的反應。像這樣「既有前例可循，懇請緣例辦理」，在後
荷馬時代成為祈禱詞的制式結構。

　　《伊里亞德》寫阿基里斯之怒，帶出一連串懇求饒生的場
景，最後的結果是懇求贖屍的儀式引出葬禮安魂的儀式。荷馬

在詩篇的開始預告一部死亡之詩,結局卻演變成度亡之詩。「度亡經」("The Book of the Dead") 是古埃及用於協助死者穿越陰間進入來生的經文標題,標題本義「來日」或「進靜於光明」,中文普遍譯為「死者之書」。這個古埃及經文標題的中譯,從通俗到正名,恰恰反映荷馬唱阿基里斯之怒,由本書撥開素材的迷霧,燭照主題呈現的意境。

4.3.4 阿基里斯的盾牌

相同的構件以相反的方向排列是對稱,展現穩重的平衡結構;對稱的形式產生鏡面反射的功用稱為鏡像,展現同中有異效果。《伊里亞德》的環狀結構是對稱與鏡像雙重作用的綜藝體。其情節以懇求儀式始,又以懇求儀式終;開頭與結尾同樣的禮儀,產生截然相反的結果。具有鏡像效果的對稱結構讓我們了解到,人可以有不同的選擇,也就有可能帶來不同的結果。此乃人性使然,人同時擁有動物的本能以及高貴的性靈。人性是本能,本能固有其潛能,卻得要加以節制,這是文明的張本。節制本能為的是規範人性,以便適應社會的需求。以道路隱喻凡我人類共同遵守的禮法規範即是儀軌,儀軌的具體表現即是儀式。《伊里亞德》描寫阿基里斯經歷戰火的淬鍊,證實儀軌可行。本章標題所稱「儀軌有道」,隱含儀式是荷馬透過史詩為英雄鋪展的康莊大道。

儀軌有道之「道」是個圓環,在情節的鋪展是重生(柯如

塞斯千金獲得自由）到死亡（赫克托的葬禮）的過程，在主題
的呈現則是阿基里斯回歸人性的過程。這個圓環其實也是從出
生到死亡──創世神話表述為「塵歸塵，土歸土」──這個人
生大圓環當中的環中環，體現 3.2.4〈原型結構〉所述荷馬史詩
無所不在的環狀結構。《伊里亞德》的開頭是阿基里斯和盟友吵
架，結尾是他和仇人之父和解，其間透過大大小小環環相扣又
富含鏡像效果的事件鋪陳他生氣的來龍去脈。那個結構本身就
是洋川的縮影，洋川所環抱的世界具體而微呈現在《伊里亞德》
18.478–608 的盾牌圖案 ， 因此盾牌本身就是荷馬世界的環中
之環。

　　阿基里斯的盾牌圖案是荷馬的世界最壯觀的環狀結構，是
宇宙模型的平面縮影。這面盾牌是赫菲斯托斯精工打造，主體
設計為五重圖案。最內圈是自然界，以天界星象為背景，體現
宇宙的秩序與意義。第二圈是人的世界，呈現兩種城市面貌：
和平之城展現結合（慶祝珠聯璧合）與衝突（解決命案糾紛）
的社會禮儀，戰爭之城展現被圍之城無禮脫軌的暴力場面。第
三圈是人在自然界的週期性活動，農村社會春耕、夏收穀物、
秋收葡萄、冬放牧，周而復始。第四圈以歌舞呈現人際交誼，
呼應第二圈的人間世界。最外圈是洋川環抱整個世界，呼應第
一圈的自然界。五圈圖案的要義是根據環狀結構設計而成：A
自然，B 文化，C 人在自然界，B' 文化，A' 自然。透過精緻對
稱產生鏡像效果的環狀結構，阿基里斯的盾牌圖案有效喚起完

整的感覺。

　　阿基里斯的這面盾牌在荷馬史詩的象徵意趣可比擬於德爾菲 (Delphi) 的臍石 (omphalos) 在古典時期的宗教旨趣。「臍石」本義「肚臍」，引申為中心，宗教意義指德爾菲阿波羅神廟內殿擺置的一顆聖石，成鈍頭圓錐狀，包於網內，被視為陸地中心的地標，故稱 「地臍」。這臍石原本是立在墳塚上的圓錐狀聖石，用來標示當地的守護靈皮同 (Python) 的墳塚。阿波羅以箭射死皮同，這是男神大革命的畢功之役，他自己因此取代女神成為德爾菲的新神主。荷馬的想像力有如投影機，把人形人性

圖 13　阿基里斯的盾牌

投射到天幕創造天神的形象之後，又透過盾牌圖像把阿基里斯的怒氣投射到宇宙。

英文稱「宇宙」為 cosmos，源自希臘文 kosmos，意思是時間與空間處於有秩序的狀態。儀軌有道就是人間的秩序，那個秩序透過天界的鏡像作用凝聚在阿基里斯的盾牌上面的圖案。所謂《伊里亞德》呈現理想的英雄社會，所謂阿基里斯之怒具有原型的意義，此之謂也。

《奧德賽》歌路有節

　　奧德修斯返鄉重整家園是特洛伊戰爭的最後一章。荷馬完整鋪陳其事，展現迥異於《伊里亞德》的藝術眼光與造境。他在《伊里亞德》寫希臘聯軍渡海東征，透過阿基里斯的作為批判英雄情操所賴以塑造的那整套意識形態，探討戰爭對人性的考驗；在《奧德賽》，他寫奧德修斯越海西航，透過殖民時期城邦體制所孕育「家」的觀念歌頌希臘人的願景，探討家的記憶使重生成為可能。

5.1 特洛伊戰爭餘波

　　《伊里亞德》的結局是特洛伊老國王普瑞阿摩斯贖回赫克托的屍體，在阿基里斯允諾停戰的十一天舉行葬禮。重新開戰後，赫克托臨終之言（《伊里亞德》22.359–60）一語成讖：帕瑞斯看阿基里斯在城門前耀武揚威，從城牆上射出一支箭，阿波羅把飛矢引向腳踝致命處，絕世猛將一命嗚呼。

5.1.1 戰爭尾聲

阿基里斯陣亡的現場無可避免爆發一場屍體爭奪戰。大艾阿斯殺死葛勞科斯，命人把阿基里斯的裝備帶回船隊營區，他親自抱起阿基里斯的屍體，在奧德修斯的掩護下穿越矛林箭雨，成功突圍。

希臘聯軍把阿基里斯的遺體火化後，骨灰和帕楚克洛斯合葬。接著舉行盛大的葬禮競技會（《奧德賽》24.36–94），賽車、競跑和射箭的獎項各有人奪魁。最大獎是阿基里斯遺留的盔甲，要賞給奪屍戰表現最英勇的人。按《奧德賽》11.547 的說法，希臘部隊和雅典娜共同裁決獎賞奧德修斯。奧維德《變形記》則是一貫自出機杼，安排當事雙方站在希臘全體部隊圍繞的場地，各自發表一篇鏗鏘有力卻針鋒相對的演說，縷述籌組聯軍以來的功勞，由部隊長投票表決，結果是「無敵勇士的武器落入滔滔辯士的手中」（《變形記》13.383），以才智見長的奧德修斯獲得最高榮譽。武將排名僅次於阿基里斯的大艾阿斯忿恨不平，無法忍受這樣的奇恥大辱，自殺身亡——索福克里斯的悲劇《艾阿斯》(Aias = Ajax) 即是鋪陳此事。

希臘陣營接連損失兩員大將，士氣低迷。卡爾卡斯預言，希臘聯軍無法戰勝，除非取得海克力斯的神弓。當年海克力斯中毒身亡，交代菲洛帖 (Philoktetes) 為他點燃火葬的柴堆，允諾以隨身攜帶的弓回報。可是戰爭初起時，聯軍馳赴特洛伊途

中，菲洛帖身染惡疾，奧德修斯唯恐遠征行程受延誤，耍詐把他遺棄在孤島。菲洛帖流落荒島十年，只賴一把弓求生。如今奧德修斯被委以重任，騙取阿基里斯的兒子紐托列莫同行，不辱使命把菲洛帖帶到特洛伊戰場。索福克里斯的悲劇《菲洛帖》(*Philoktetes*) 把這段插曲敷演成饒富心理趣味的 「啟悟小說」(Bildungsroman)：稚氣未脫的少年勇士紐托列莫，原本不知道自己只是心機重而城府深的奧德修斯手中的一顆棋子，經歷面對面接觸落難英雄而心生憐憫，終於體會到自信是信任的根源，證實自己高貴的天性，不愧為阿基里斯之子。

5.1.2 木馬劫城

菲洛帖果然在戰場上藉神弓發揮神射的威力，取了帕瑞斯的性命。然而奧德修斯最大的戰功現在才要上場：長達十年的戰爭，由於木馬劫城計而結束。《奧德賽》數度提及 (4.271–89, 8.492–520, 11.523–32)，可是我們所能讀到這段插曲最完整的敘述出自羅馬詩人維吉爾（見 6.2.2），在他的《埃涅伊德》第二卷。

圍城十年，戰鬥始終在城牆外圍，特洛伊仍然固若金湯。奧德修斯想出了直搗黃龍的計謀：希臘陣營製造一匹奇大無比的中空木馬，馬腹外面鏤刻斗大的銘文「銘謝雅典娜保佑希臘人返鄉順利」，裡頭埋伏他親自率領的突擊隊。部隊在夜幕籠罩下拔營砲鏑，上船出海，前往離島匿蹤，只留下木馬，輔以席農 (Sinon) 偽裝逃兵躲在附近的草叢。特洛伊人一早發覺空蕩蕩

的敵軍營區矗立一匹木馬，喜出望外，七嘴八舌為如何處置木馬獻策。有人主張把木馬推進城內，留作戰勝紀念碑。卡珊卓反對，說木馬躲藏武裝戰士。可是阿波羅的詛咒發威，沒有人把她的話當真，除了祭司勞孔 (Laokoon)。勞孔懷疑其中有詐，極力反對；他說「希臘人即使帶禮物也不能信任」。

在這節骨眼，哨兵押著席農來到現場，交給普瑞阿摩斯問話。席農依照奧德修斯指點的謊言，說希臘人久戰無果，打道回府去了。木馬是獻給雅典娜祈求保佑，特大的尺寸是預防特洛伊人把木馬推進城內造成反效果。雅典娜要求船隊出海前舉行人祭，席農說自己得罪奧德修斯，倒楣被選上做犧牲，因此雖然生為希臘人，如今寧可死為特洛伊鬼。

特洛伊人寧可相信席農的說詞。勞孔斥其為一派胡言，主張就地燒毀木馬。接著他在準備祭牲的時候，海中突然竄出兩條蟒蛇，分別纏住他的兩個兒子。勞孔衝過去要解圍，也死於不測。特洛伊人認為勞孔出言不遜遭受天誅，更加確信戰爭真的結束了。他們甚至拆除一段城牆，把木馬又推又拉進城。好一個醒目的終戰紀念！

當天晚上，特洛伊人個個睡了一場好覺——十年來的第一次。到了半夜，當年第七度的滿月冉冉升空，席農溜出城外，在阿基里斯的墳塚點燃火焰信號，通知藏匿在近海離島的船隊。船隊看到信號，疾馳回航。突擊隊從馬腹攀繩而下，裡應外合展開大劫掠。

結束特洛伊戰爭的這匹木馬，英文習慣稱作 Trojan horse，「特洛伊木馬」，其名甚至成為典故，用於代稱潛藏在內部的顛覆分子，或偷竊資訊的電腦程式。其實那一匹馬是 「希臘木馬」。戰敗的一方必然同時失去話語權。特洛伊人戰前背了黑鍋，明明是海倫私奔，硬被栽贓說帕瑞斯劫色又劫財，甚至牽連整個城市；戰後還被落井下石，明明是「希臘木馬」，卻以訛傳訛超過三千年。另一個相關的訛傳是，和帕瑞斯共同引燃特洛伊戰火的海倫，英文稱為 Helen of Troy，「特洛伊的海倫」，其實海倫是如假包換的 「希臘的海倫」。希臘人對自己陣營的「壞女人」 要劃清界線，可是也沒有善待敵方陣營的 「好女人」；劫城的情景透露，這場戰爭的結局一如開端，擺脫不了性別意識形態的糾纏。

5.1.3 城破山河在

希臘部隊靠木馬之計突破金城湯池。阿基里斯的兒子紐托列莫也廁身馬腹突擊隊。他一路殺進王宮，看到赫卡蓓帶著女兒躲在庭院老月桂樹下的宙斯祭臺，聽到她正在阻止普瑞阿摩斯上陣殺敵。普瑞阿摩斯看到紐托列莫衝過來，擲矛失手，轉眼間中傷身亡倒地不起。紐托列莫也出現在前面提到的索福克里斯悲劇《菲洛帖》。比較這同一個神話人物的兩幅寫像，悲劇的淨化作用 (catharsis) 不只是如亞里斯多德 《詩學》 所稱淨化讀者的心理，也淨化神話人物的性格。

梅內勞斯則直闖戴佛勃斯的住處——戴佛勃斯是普瑞阿摩斯的兒子，在帕瑞斯陣亡後和海倫結婚，此即「收繼婚」。經過劇烈的交鋒，戴佛勃斯被殺。海倫見狀，當場對梅內勞斯袒胸露乳，原本殺氣騰騰的梅內勞斯忘了自己曾經信誓旦旦說過「她只有死路一條」，瞬間手軟。

特洛伊主將之一的埃涅阿斯是阿芙羅狄特和牧羊人安基塞斯 (Ankhises) 一夜情所生，和赫克托同為特洛伊人的始祖達達諾斯（Dardanos，達達尼爾海峽的名祖）的七世孫。他在睡夢中驚醒，發覺特洛伊陷入火海，第一個念頭是衝進王宮救人，終究慢了一步。他在女神母親的指點下，攜家帶眷逃出烽火劫城，前往義大利重建家園，即五百年後出現的羅馬。這是羅馬官方的說法，但荷馬史詩《伊里亞德》20.302b–5 確實提到埃涅阿斯「命中注定逃過浩劫，／為的是留種傳宗接代不讓世人遺忘／達達諾斯，畢竟他在克羅諾斯公子／和凡胎女人所生的兒子當中最得寵」。所謂埃涅阿斯領導特洛伊人度過烽火浩劫，不論是恭維當代的在地王朝，或是反映在荷馬之前就有的傳說，維吉爾的史詩《埃涅伊德》敷陳其事，把羅馬建城史上溯到希臘青銅時代的神話，無縫接軌功同造化。

另有個說法值得一提。紐托列莫押著一隊俘虜上船，行列中包括埃涅阿斯。埃涅阿斯身分特殊，又以虔誠知名，而虔誠和海克力斯所體現的堅忍 (stoicism) 並列為羅馬人特別稱許的兩大情操。而且，埃涅阿斯曾經在特洛伊陣營提議交出海倫換

取和平的建議，因而澤被一家人免遭殘殺。紐托列莫知道他身價非凡，俘虜後待價而沽。果然後來達達諾斯子裔（Dardanoi，「達達諾斯的子孫」是廣義的特洛伊人）付出贖金。贖金是男性俘虜價值所在。

　　戰爭無非是為了劫掠戰利品。戰利品泛指無形或有形的經濟資源。無形的經濟資源主要是權力，這是希臘神話一系列兩性戰爭的本根源頭。有形的經濟資源是財物，主要的財物是牲畜，特別是牛和羊，這是聶斯托年輕時候族群衝突的主要動機，其歷史在遊牧民族源遠流長。戰爭成為男人的專利以後，女人成了夾心餅乾，身為家庭生產力與勞動力的基礎，卻是男人展現性別權力的對象，她們的命運注定是「從戰敗方男人的手中轉移到戰勝方男人的手中」。這也是尤瑞匹底斯（Euripides，公元前約 485–前約 407）的悲劇《特洛伊女兒》（*Troiades*) 所呈現特洛伊戰爭的結局景象。

　　希臘將領小艾阿斯看到卡珊卓緊抱著雅典娜的神像，強行拖走；希臘化時期的作家踵事增華，說小艾阿斯性侵，女神震驚因此神像抬頭望天。小艾阿斯目中無神的傲慢行徑惹火了雅典娜。雅典娜雖然在戰爭期間支持希臘，如今決定嚴懲希臘部隊，這是《特洛伊女兒》的序曲，她在開場戲央請海神波塞冬懲罰希臘船隊。接著，我們先後透過赫卡蓓、卡珊卓、安卓瑪姬和海倫的觀點看到女人在戰爭陰影下共同的命運，她們的背後是一隊面貌模糊的特洛伊婦女被押解上船。這四位具有代表

性的女人依次是赫克托的母親、妹妹、妻子與小姨子。除了海倫以俘虜的身分「婦」歸原主，其餘三人的新主子依次是奧德修斯、阿格門儂、紐托列莫。劇中敗方唯一的男性是赫克托的稚子，奧德修斯堅持要把他從城樓摔死，以杜絕後患。在稚子慘死之前，我們知道赫卡蓓的另一個女兒波綠柯塞娜(Poluxene) 已在阿基里斯墳前獻祭給亡魂。

波綠柯塞娜成為女兒祭的牲品。女兒祭是殺人獻祭習俗的一個次類，中國廣為人知的河伯娶婦傳說即屬之。埃斯庫羅斯（Aiskhulos = Aeschylus，公元前約 525/4–前 456/5）的悲劇《阿格門儂》(*Agamemnon*) 108–247 更有迴腸盪氣的描寫，寫阿格門儂在希臘遠征軍集結的海灣，為了部隊順利出海而犧牲自己的女兒祭天神。亡國奴固然悽慘，但是暴力的本質注定戰爭沒有贏家，就像《阿格門儂》437 以下歌隊的抒情唱詞：「戰神是交易商，把屍體／做黃金，看槍矛戰秤天平。」戰爭是參戰雙方在交換寶貴生命的屍體。

5.1.4 歸鄉路漫漫

希臘船隊啟程賦歸，等著他們的是海神波塞冬興風作浪。凱旋的希臘部隊大多數不是死於海難，就是流落異域，包括利比亞（Libya，泛指埃及以外的北非）、義大利、西西里、塞普路斯。主要的部隊長當中，只有聶斯托順利踏進家門。

聶斯托是荷馬的世界最令人感到溫馨的角色，時時不忘倚

老賣老卻依舊討喜，年高德劭實至名歸，他的運途合乎「文學正義」(poetic justice)，「文學正義」是文學批評用於指稱獎善懲惡有合理的因果。《奧德賽》第三卷的描寫是以承平世界為背景，延續聶斯托在特洛伊戰場的形象，同時擴大他幸福人生的廣度與深度。希臘神話常被忽略的皮洛斯，卻在考古學界大放異彩。奧德修斯的兒子帖列馬科斯 (Telemakhos) 出海尋父，第一站就是皮洛斯，上岸第一眼就看到隆重的海神祭，聶斯托正和族人分享祭禮宴，獻祭的對象是海神波塞冬。皮洛斯出土的乙系線形文字泥板使我們了解到，波塞冬是當地崇拜的主神，怪不得奧德修斯生平首務是和海神和解。

　　相對於聶斯托的皮洛斯王宮充滿理想色彩，《奧德賽》第四卷描寫梅內勞斯的拉凱代蒙（斯巴達）王宮洋溢神話色彩。梅內勞斯「奪回」海倫之後，八年的歸鄉之旅在地中海東半部繞了一圈才回到拉凱代蒙，明顯是襯映奧德修斯在地中海西半部的迷航之旅，其效果可比擬於阿格門儂返家死於仇殺襯映奧德修斯闔家團圓重生。他流浪所及之地包括近東腓尼基人的大本營西頓 (Sidon)、埃及、塞普路斯和克里特，蒐羅財寶不計其數。梅內勞斯最獨特的經驗是和普若透斯打過交道，不受惑於幻相，終於憑耐心、定性與毅力制伏他千變萬化的能力。

　　普若透斯和 4.1.2〈第二次特洛伊戰爭・泰緹絲的婚禮〉提到的聶柔斯是同一個神格的不同神相。他在《奧德賽》4.349 和 365 依次稱為「海界大老」和「大海老人」，親口對梅內勞斯預

言往生後「不死神會護送你前往極樂世界」，唯一的理由是「你擁有海倫，是宙斯的女婿」(4.563, 569)。他和海倫的富貴夫妻命，其實是夫因妻而貴。

　　凱旋待榮歸的部隊長當中，最風光的無疑是統帥阿格門儂和軍師奧德修斯，因不同的風光而走上不同的淒慘歸鄉路。阿格門儂榮歸引發一連串的變故：他帶著最得意的戰利品卡珊卓回到邁錫尼，一進王宮就被王后克萊婷和她的情夫埃紀斯 (Aigisthos) 聯手殺害，兒子奧瑞斯 (Orestes) 在阿波羅的威逼下殺死生母報父仇，最後靠雅典娜的巧思、復仇女神（在母系信仰是德爾菲神殿的神主）的善念和雅典公民代表的集體智慧通力合作，創設司法制度取代部落正義。前述變故的連鎖效應在埃斯庫羅斯的悲劇《奧瑞斯泰亞》(Oresteia) 譜出格局雄偉而氣勢恢弘的交響曲，把兩性戰爭的母題從阿波羅入主德爾菲神殿——這是以神話表述男權大革命的結果——引向民主雅典兩性和解的願景。

5.2 情節概述

　　至於奧德修斯，他在海上浪跡十年，回到闊別二十年的老家伊塔卡 (Ithake)，經過一場鬥巧智又鬥戰技的考驗，終於收拾在他家裡吃吃喝喝日夜騷擾珮涅洛珮的一群求婚人，闔家團圓。這是《奧德賽》的題材。然而，荷馬以帖列馬科斯出海尋父開

展情節。

　　以下依卷次概述情節。

5.2.1 第一部分：王子成年（卷 1–4）

第一卷：王子成年

　　詩人懇請繆思賞賜靈感，歌頌奧德修斯浮蹤海域的故事，題材是他率領遠征的夥伴返鄉，望斷天涯尋家園，卻僅以身免，同行的戰友無一生還。序曲是奧林帕斯會議，眾神在討論邁錫尼王阿格門儂從特洛伊返鄉，進入家門卻慘遭髮妻克萊婷和情夫埃紀斯謀殺。會議中，雅典娜提到奧德修斯被卡綠普婑扣留在位於大海之臍的奧古吉亞 (Ogugie)，期望與他成親，懇求宙斯讓他平安回到伊塔卡，獲得允許。於是話分兩頭：赫梅斯傳旨給卡綠普婑，雅典娜則前往伊塔卡。她假扮成凡人，目睹求婚人無法無天的行徑。他們認定奧德修斯生還無望，向奧德修斯之妻珮涅洛珮求婚，齊聚奧德修斯王宮白吃白喝，等待珮涅洛珮擇親改嫁。剛成年的王子帖列馬科斯盛情招待陌生的來客，一席長談。女神敦促他召開公民會議，並前往海外拜訪皮洛斯的聶斯托和拉凱代蒙的梅內勞斯，探聽他父親的下落。帖列馬科斯對前途不再茫無頭緒。

第二卷：自力救濟，出海尋父

　　帖列馬科斯召開公民會議，在會議上控訴求婚人無法無天，他們的行徑竟然受到縱容。求婚人的首惡安提諾俄斯

(Antinoos) 惱羞成怒，反而怪罪珮涅洛珮工心計，假借為公公織壽衣的名義耍弄求婚人，白天當眾織，卻在入夜後私下拆，耍了三年的詐既已揭穿，帖列馬科斯應該著手安排把他母親改嫁。這時天空出現異象，可是求婚人不以為意。帖列馬科斯暗中準備出海前往皮洛斯和斯巴達，拜訪父親的戰友探聽下落。雅典娜再度下凡，假冒奧德修斯的老朋友蒙托爾 (Mentor)，為他準備一條船，而且陪他出航。

第三卷：初識父親垂範

帖列馬科斯和雅典娜／蒙托爾抵達皮洛斯，當地正舉行盛大的祭禮，獻祭的對象是海神波塞冬。他受到聶斯托父子熱情的歡迎，聽到目擊證人誇讚父親的謀略，也感慨有人離心離德因此船隊無法全員順利返鄉。他特別追問聯軍統帥阿格門儂慘遭髮妻殺害的不幸事故，聶斯托把自己所知傾囊相告，並以阿格門儂之子奧瑞斯報殺父之仇鼓舞他子肖其父。聶斯托說十年來並沒有奧德修斯的任何消息，但確定梅內勞斯已平安回到家，建議帖列馬科斯前往拉凱代蒙請教。雅典娜消失，帖列馬科斯由聶斯托的兒子佩西斯剎托斯 (Peisistratos) 陪同完成未竟之旅。

第四卷：歸鄉路險

帖列馬科斯和佩西斯剎托斯抵達拉凱代蒙，正逢梅內勞斯和海倫夫婦雙喜臨門，兒子娶親而女兒出嫁，婚宴場上有唱詩人彈琴助興，伴奏雜耍藝人的表演。他受到熱誠的款待。梅內

勞斯講述自己波折橫生的歸鄉之旅，特別是滯留埃及離島的經歷，帶回大批財寶，以及由於貴人指點而和海界大老普若透斯打交道的結果。他從普若透斯得知奧德修斯還活著，卻被卡綠普妲扣留在奧古吉亞島而回不了家。帖列馬科斯又一次聽到阿格門儂婚變慘死之事，又一次聽到父執輩戰友對父親的讚揚與思念，父親的英雄形象愈鮮明而自己的認同心理愈深刻。這期間，伊塔卡的求婚人發覺帖列馬科斯出海之事，群情激憤，決定在他回程途中設埋伏加以殺害。珮涅洛珮也發現兒子不見人影，焦慮不已；雅典娜幻化成珮涅洛珮的妹妹伊芙緹美 (Iphthime)，託夢安慰。

5.2.2 第二部分：英雄返鄉（卷 5–8）

第五卷：神界夫與人間父的選擇

在奧林帕斯神宮，雅典娜為奧德修斯的遭遇向宙斯抱怨。於是神使赫梅斯奉命前往奧古吉亞傳達宙斯的旨意，要卡綠普妲放人。卡綠普妲雖然不滿天神專斷，卻也只能發頓牢騷。她允諾讓奧德修斯獲得永生，只要他願意繼續跟她同居。奧德修斯婉轉拒絕。女神和英雄共度最後的晚餐。第二天奧德修斯開始造木筏，接著出海。十七天後，海神波塞冬看到他，掀起狂風猛浪。奧德修斯九死一生，被海浪沖到費阿克斯人 (Phaiakcs) 所居之地斯開瑞亞 (Skheria) 的海灘，赤身露體躲進橄欖樹叢避難。

第六卷：劫後勇士遇思春公主

　　雅典娜託夢給斯開瑞亞公主瑙溪卡雅，建議她去海邊洗衣服，可望邂逅如意郎君。瑙溪卡雅和女僕洗好衣服，在海邊玩球，無意中看到赤身裸體無比邋遢的奧德修斯。她接受懇求，給他衣服穿，還詳加指點如何進宮懇求她的父母，即阿基諾俄斯 (Alkinous) 和阿瑞苔 (Arete)，以便獲得接濟。

第七卷：在烏托邦隱姓埋名

　　雅典娜幻化成少女，指示奧德修斯進宮的門路。他進入府宅大殿，懇求王后阿瑞苔和國王阿基諾俄斯送他返鄉。國王答應。晚餐時，王后注意到奧德修斯身上穿的衣服，問起來歷。奧德修斯雖然講述自己被女神卡綠普姿強迫同居到第八年，女神突然改變心意放他離開以後的經歷，卻沒有透露自己的身分。國王表達挽留奧德修斯當乘龍快婿的意願，但也尊重客人的自主選擇。

第八卷：飄零歲月體嚐悠閒人生

　　費阿克斯人決定護送奧德修斯返回伊塔卡。他們舉行盛宴招待落難的陌生人，席間請盲詩人戴莫多寇斯唱歌助興，詩歌內容是奧德修斯在特洛伊戰爭期間和阿基里斯吵架的事。奧德修斯聽到自己的故事，掩面飲泣。宴會後舉行運動競技，有人挖苦他是生意人，不識運動為何物。奧德修斯當場露了兩手，費阿克斯人不由得心服口服。運動會結束又是宴會，戴莫多寇斯唱戰神阿瑞斯和性愛美神阿芙羅狄特的姦情緋聞，緩和先前

的緊張氣氛。奧德修斯接著點唱木馬劫城的故事，自己聽得涕泗縱橫。阿基諾俄斯忍不住問起陌生來客的身分。

5.2.3 第三部分：大海浮蹤（卷 9–12）

第九卷：鄉愁甜蜜不容失慮

奧德修斯回應阿基諾俄斯的疑問，報出自己的名字，接著講述自己離開特洛伊之後流浪的經歷。他率領烽火餘生的戰友在色雷斯搶劫之後，船隊偏離航道。他們途經以忘鄉果維生的部族所居之地，食其果則徹底遺忘返鄉的念頭。奧德修斯堅持自己有責任帶領伙伴平安回家。接著抵達圓目巨人族（Kuklopes，俗稱「獨眼巨人」）的島嶼，他好奇進入波呂菲莫斯 (Poluphemos) 的洞窟，落入自掘墳墓的遭遇，六名伙伴被巨人生吞活食。奧德修斯運用智謀，假意好心獻出美酒，把對方灌醉之後，刺瞎其眼睛，他自己和逃過死劫的伙伴吊掛在綿羊的腹部下方，死裡逃生。波呂菲莫斯詛咒奧德修斯，呼請父親，即海神波塞冬，為他復仇。

第十卷：貪念引暴風，解運賴情巫

奧德修斯繼續講述自己的大海歷險記。他率領伙伴抵達風王埃奧洛斯 (Aiolos) 的島嶼，獲贈風囊。囊中收伏眾風，除了他返鄉所需的西風，因此一帆風順。他的伙伴以為皮囊裝的是財寶，利用他睡著的時候開封，引起狂風大作，把他們吹回風王之島。埃奧洛斯不願意再伸援手。他們的下一站是食人魔賴

楚岡尼人 (Laistrugones) 之地，損失十二條船中的十一條。接著抵達紀珥凱的島嶼，他的伙伴被變成豬。奧德修斯得到神使赫梅斯之助，順利破解紀珥凱的魔咒，也促使她把豬變回人。奧德修斯在島上和紀珥凱同居一年，在伙伴提醒之下，請紀珥凱協助他帶伙伴返鄉。紀珥凱向奧德修斯預告他返鄉之旅的遭遇，還說他必須前往陰間請示先知泰瑞夏斯 (Teiresias) 指點未來。

第十一卷：入冥

奧德修斯繼續講述自己的海上歷險。他依照紀珥凱的指示橫渡洋川，到達陰間之後舉行招魂儀式。他從泰瑞夏斯的亡魂獲知自己未來的命運：形單影隻回到家，目睹登徒子成群結隊無法無天糾纏他的妻子，要她改嫁，但可望復仇成功。他見到母親的亡魂，得知家中近況。他也見到歷代名媛的亡魂。應阿基諾俄斯之請，他繼續講述自己在陰間遇見的往日戰友亡魂，包括阿格門儂、阿基里斯，以及和他競功爭取阿基里斯所遺留之裝備的艾阿斯。最後，他看到在陰間受永罰的眾多亡魂。

第十二卷：死亡陷阱

奧德修斯繼續講述自己的歷險。他從陰間回到陽世之後，紀珥凱告訴他歸鄉的路途以及沿途的難關，並指示化解之道。他率領伙伴經過迷魂歌女席壬姊妹 (Seirenes = Sirens) 盤踞的地點，穿越海妖絲庫拉（Skulla = Scylla，「媳樂」）和漩渦卡茹柏笛絲 (Kharubdis) 左右包夾的航道，抵達翠納基野 (Thrinakie = Thrinacia)，島上放牧的牛群是獻給太陽神赫遼斯 (Helios) 的

聖牛。他的伙伴趁奧德修斯睡著時宰殺聖牛大快朵頤，奧德修斯悔之莫及。太陽神向宙斯抱怨，甚至威脅要把陽光照進陰間。宙斯發威的結果，奧德修斯的伙伴全部在海難喪生，他自己抱住船桅，被海浪沖到卡綠普娑的奧古吉亞島。

5.2.4 第四部分：父子會合（卷 13–16）

第十三卷：告別奇幻世界

　　奧德修斯講完他的故事之後，費阿克斯人把送給他的禮物搬上船，護送他返鄉。他在船上沉睡，一覺醒來，費阿克斯人早已在回航途中。海神心有不甘，把整條船連同船上人員統統石化，從此阻斷世外桃源與俗世的通道。雅典娜來到奧德修斯上岸的地點，幻化成牧羊人，和奧德修斯打照面。奧德修斯謊稱自己是克里特人，因殺人而亡命異鄉。雅典娜以本相現身，揭穿他的謊言，但也讚許他懂得見風轉舵，並且把他易容變裝成乞丐，以便對求婚人遂行復仇之計。

第十四卷：又見家園

　　奧德修斯依照雅典娜的指示，前往忠心耿耿的豬倌尤麥俄斯 (Eumaios) 的農舍，受到熱誠的款待。他謊稱自己是克里特人，聽到奧德修斯說他要去多多納請示神諭，很快就會回到家。尤麥俄斯遇過太多為了騙吃騙喝而謊報奧德修斯消息的外鄉人，並沒有把奧德修斯的話當真。

第十五卷：王子平安回到伊塔卡

場景接回第四卷，在斯巴達，雅典娜對帖列馬科斯顯靈，警告他說求婚人打算在他返鄉的路上埋伏，又建議他在伊塔卡上岸後先去找豬倌尤麥俄斯。帖列馬科斯接受梅內勞斯和海倫的餞行和贈禮，由聶斯托的兒子佩西斯剎托斯陪同回到皮洛斯。他在途中遇見逃難的先知泰奧科呂梅諾斯 (Theoklumenos)，連袂走上歸途。這期間，在伊塔卡，尤麥俄斯對奧德修斯講述自己的生平：他是敘瑞阿 (Suria) 的王子，被宮女誘騙，輾轉賣給奧德修斯的父親。這期間，帖列馬科斯成功躲過埋伏，平安登陸伊塔卡。

第十六卷：父子相認

帖列馬科斯抵達豬倌尤麥俄斯的農舍，和乞丐扮裝的奧德修斯談到伊塔卡的情勢。尤麥俄斯進城向珮涅洛珮報知帖列馬科斯已平安歸來時，奧德修斯在雅典娜安排之下和帖列馬科斯相認，父子商議復仇計畫的細節。求婚人發覺帖列馬科斯平安回到伊塔卡，爭辯善後之途；安提諾俄斯想要殺他，被勸阻下來。

5.2.5 第五部分：變裝返家（卷 17–20）

第十七卷：重返故居

帖列馬科斯回宮見母后珮涅洛珮。乞丐扮裝的奧德修斯也在尤麥俄斯陪同下往王宮進發，途中遇見和求婚人沆瀣一氣的牧羊人梅藍透斯 (Melanthios)，遭受一頓侮辱。在宮門前，他們

看到奧德修斯的獵狗阿果斯 (Argos) 躺在糞堆中。阿果斯認出是主人，當下闔眼安息。奧德修斯進入大殿向求婚人乞食，被安提諾俄斯的腳凳打中後肩。珮涅洛珮聽說乞丐挨打，有意接見。尤麥俄斯轉告王后的意思，奧德修斯婉辭，建議等到天黑，求婚人離去以後再見面。

第十八卷：王宮裡的乞丐

在地的一名乞丐伊若斯 (Iros) 挑釁乞丐扮裝的奧德修斯，雙方大打出手，奧德修斯把對方撂倒在地。珮涅洛珮責怪帖列馬科斯沒盡到主人的本分，竟然讓流落異鄉的乞丐受到這樣的待遇。母子交談，珮涅洛珮透露再婚之意，說當年奧德修斯出征時臨別交代，如果兒子成年還等不到夫婿歸來，儘管擇人改嫁。求婚人送禮物給珮涅洛珮，重申他們會留在這大殿直到珮涅洛珮再婚。奧德修斯被吃裡扒外的宮女梅蘭妥 (Melantho) 欺負，接著和尤如馬科斯 (Eurumakhos) 發生爭執，後者抓起腳凳摔向奧德修斯，落空。

第十九卷：奶媽認出奧德修斯的傷疤

入夜，奧德修斯和帖列馬科斯暗中搬移大殿的武器。珮涅洛珮要到大殿接見乞丐，目睹梅蘭妥再次侮辱奧德修斯，把她訓斥一頓。她和乞丐一席長談。乞丐杜撰身世，說自己認識奧德修斯，描述二十年前他前往特洛伊時的穿著，信誓旦旦說他很快就會回到伊塔卡，「就在這一年內奧德修斯會來到這裡，／在舊月已虧而新月漸盈的某一天」(306–7)。珮涅洛珮聽這乞丐

談吐不俗，相談甚歡，對他另眼相看，先指示僕人鋪床收容過夜，又交代奶媽尤茹克蕾雅 (Euruklea) 為乞丐洗腳。奶媽洗腳時摸到乞丐腿上的傷疤，認出那是奧德修斯小時候被野豬獠牙撞傷所致，差點失聲驚叫。奧德修斯即時制止，要她發誓守密。珮涅洛珮被蒙在鼓裡，邀乞丐聊天，請對方為她解夢，又告訴他說她決定在明天舉行比武招親：誰能拉開二十年前奧德修斯留下的弓，一箭射穿十二個斧眼，就是她的新夫君。

第二十卷：囂張的最後一天

奧德修斯心事重重難以成眠。珮涅洛珮也無法入眠，祈禱天神保佑她免於改嫁的命運。天亮，宙斯顯示異象，王宮彌漫詭譎的氣氛。奧德修斯持續觀察僕人判斷其忠奸。用餐時又有求婚人欺負乞丐，拿骨頭丟他，帖列馬科斯當場聲色俱厲把全體求婚人訓了一頓，警告他們就要大禍臨頭。求婚人驚訝帖列馬科斯彷彿脫胎換骨，對於他的警告卻充耳不聞。先知泰奧科呂梅諾斯也發出警告，求婚人爆發大笑，繼續吃喝喧鬧。帖列馬科斯持續保持警戒，等候父親的暗號。

5.2.6 第六部分：重整家園（卷 21–24）

第二十一卷：比箭訂親

珮涅洛珮拿出奧德修斯的反曲弓，說明遊戲規則。求婚人輪番上陣，卻沒有人能夠安弓上弦。仍然乞丐扮裝的奧德修斯趁機向豬倌尤麥俄斯和牛倌菲駱提俄斯 (Philoitios) 兩名忠僕

一箭貫穿十二個雙刃斧
的斧柄眼(斧肩上用於
安裝釜柄的孔洞)

單刃斧的釜柄眼

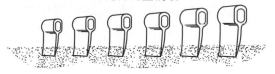

一箭貫穿十二個雙刃斧
的斧眼(釜柄末端用於
懸掛斧頭的孔洞)

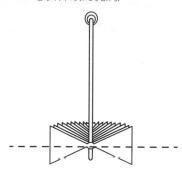

圖 14 「安弦拉弓射出箭貫穿鐵器」(19.587) 兩種詮釋

透露自己的身分，交代他們暗地裡把大殿所有的門上閂。乞丐要求試試手氣，求婚人不堪受辱，加以阻撓。帖列馬科斯獨排眾議。奧德修斯拿到弓，輕鬆上弦拉弓，一箭射穿十二個斧眼。求婚人還在目瞪口呆，帖列馬科斯已經握劍持矛站在他父親身邊。

第二十二卷：反曲弓展威

奧德修斯快步站上大殿門檻，射出一箭，命中求婚人的首腦安提諾俄斯。他在帖列馬科斯、尤麥俄斯和菲駱提俄斯的協助下，和求婚人展開決鬥。吃裡扒外的男奴和囂張的宮女試圖拿武器給求婚人，挽不回頹勢。求婚人接二連三喪生，無一倖存；無辜的唱詩人費米俄斯和布達官梅東 (Medon) 獲得赦免。奶媽尤茹克蕾雅一一指認不忠不義的僕人，統統被帖列馬科斯吊死。牧羊人梅藍透斯被分屍。

第二十三卷：婚姻床的秘密

尤茹克蕾雅把奧德修斯返家殺死求婚人之事告知珮涅洛珮。珮涅洛珮不信，親自下樓到廳堂，只看到渾身血污的乞丐。珮涅洛珮難以信其為真。奧德修斯說願意接受考驗之後，交代唱詩人演唱祝婚歌，以便掩人耳目。珮涅洛珮吩咐尤茹克蕾雅把當年奧德修斯親手做的床搬出臥室，讓乞丐過夜。奧德修斯勃然大怒，說出婚姻床不可能移動的秘密，沒有第三者知道的一個秘密。於是在闊別二十年之後，夫妻再度同床共眠。

第二十四卷：又一場父子相認

　　赫梅斯引導求婚人的亡魂前往陰間。他們遇到阿格門儂和阿基里斯的亡魂。阿格門儂描述阿基里斯的葬禮。求婚人抱怨珮涅洛珮，阿格門儂卻讚美她的貞節。這期間，奧德修斯下鄉探視父親拉業帖斯 (Laertes)，先展示小腿肚的傷疤，接著說出沒有第三者知道的一個秘密：奧德修斯童年時，拉業帖斯帶他逛遍果園，說要送他哪些果樹各幾株。父子終於相認。在另一方面，求婚人的家屬由安提諾俄斯的父親尤沛泰斯 (Eupeithes) 帶頭，商議復仇之計。他們以人海戰術進逼，奧德修斯殺死尤沛泰斯。雅典娜出面干預，以免事態不可收拾。於是和平降臨，伊塔卡恢復秩序。

5.3 主題探討

5.3.1 情節結構

　　荷馬兩部史詩有個鮮明的對比。《伊里亞德》標題的字面意思是「伊里俄斯 (Ilios) 之歌」，伊里俄斯是特洛伊的別名，這個標題透過赫克托的死亡暗示一個城市的滅亡，荷馬唱的是一首文明的輓歌。《奧德賽》的標題意思是「奧德修斯的故事」，表明奧德修斯個人的命運，改唱英雄的重生。同樣使用環中有環的敘事結構，《伊里亞德》的主要作用在於烘托主題的呈現，

《奧德賽》卻是用於區隔情態殊異的經驗空間。

奧德修斯是 1.2.5 〈歐洲歷史新紀元〉 所述千面英雄的典範。「千面英雄」是集體人格，因此可以取為定義英雄的依據：一個人接受命運的召喚，離開家鄉去探險，深入險惡之地，取得奧秘知識，帶回濟世妙方造福鄉親，就是創造英雄偉業。奧德修斯接受戰爭的召喚，離家二十年，深入陰間，帶回死亡的知識並且獲知自己的前途，夫妻三代團圓之後使脫軌的伊塔卡重見社會秩序。

荷馬以自己的方式表述千面英雄的旅程，單寫長達十年的歸鄉之旅當中四十天的遭遇。由於情節的安排，我們透過這四十天不只是看到奧德修斯完整的歸鄉之旅，同時也看遍希臘聯軍具有代表性的部隊長個別的命運，為的是襯托奧德修斯和珮涅洛珮這一對夫妻。一如《伊里亞德》的情節結構，《奧德賽》以環狀結構展現鏡像效果，而且環中有環又環環相扣。《奧德賽》最壯觀的環狀結構是奧德修斯和帖列馬科斯父子的歸鄉之旅展現啟蒙儀式 (initiation) 的意境。

我的中譯本標題目錄有意反映前述的情節結構。目錄如下：

第一部分：王子成年

卷一：求婚開筵性騷擾，王子成年謀對策

卷二：公民會議訴冤屈，趁夜出海探父蹤

卷三：造訪聖城識古風，老將追憶歸鄉路

卷四：富貴配偶開眼界，同命父子鎖海域

第二部分：英雄返鄉

卷五：戀戀家園別仙島，茫茫惡水望橄欖

卷六：公主思春設巧計，英雄劫餘遇貴人

卷七：天府勝境烏托邦，人間至情賓主誼

卷八：歌舞昇平不識愁，歲月飄零滿腹悲

第三部分：大海浮蹤

卷九：忘鄉蜜果難隨緣，圓目巨人靠智取

卷十：風王引風吹貪念，情巫用情解運途

卷十一：幽冥道上問故人，前塵落定知性情

卷十二：死亡陷阱藏誘餌，進退維谷尋生機

第四部分：父子會合

卷十三：快船客夢返故土，人神鬥智謀復仇

卷十四：易容變裝履家園，忠僕相見不相識

卷十五：自助天助少主歸，匪類匪心天倫碎

卷十六：命蹇忠僕報佳音，緣慳父子逢久違

第五部分：變裝返家

卷十七：殊途同歸進廳堂，雙十春秋倚門閭

卷十八：惡僕囂張弄主公，喧賓奪主搶人妻

卷十九：大殿清場引東風，奶媽洗腳認傷疤

卷二十：預知風雨難靜心，未卜生死易開懷

第六部分：重整家園

卷二十一：箭術招親識英雄，乞丐出手串斧眼

卷二十二：腥風血雨展弓威，狂男騷女擠牆角

卷二十三：唱婚姻歌掩耳目，說橄欖床調琴瑟

卷二十四：人渣歸陰順天理，人子尋根應家道

《奧德賽》總共二十四卷，分成六部分，各含四卷。敘事以奧德修斯被卡綠普娑隱匿在奧古吉亞揭開序幕，接著智慧女神雅典娜在天神會議獲得宙斯允准玉成奧德修斯注定該返鄉的命運。情節線索始自雅典娜著手干預，詩篇末卷以雅典娜顯靈化解伊塔卡的內戰。雅典娜的干預是典型的希臘版天助自助：「足智多謀」和「深思熟慮」分別是奧德修斯父子專有的描述詞，無疑值得智慧女神鼎力相助。

雅典娜兩次干預所形成的環狀結構包含兩個環中環。第一個內環是前四卷的帖列馬科斯插曲（第一部分）：已屆成年的王子確立自己的父親認同，「轉骨」成功，證明自己在奧德修斯的家有發言的權利。這段插曲描寫帖列馬科斯通過成年禮的考驗。另一個內環是後續八卷的奧德修斯迷航（第二、三部分）：奧德修斯離開奧古吉亞，永別卡綠普娑，告別奇幻世界，回到故鄉，在現實世界重生。兩個內環在第十三卷扣合，原本獨立的兩條情節線索合而為一，歷劫歸來的一對父子會合繼而相認（第四部分）之後，殊途同歸回到老家（第五部分），聯手復仇，重整家邦（第六部分）。

成年禮是生命禮儀（亦稱「通過儀式」）之一，和生產儀禮、婚禮、喪禮共同組成完整的生命週期，分別以儀式標示人生從一個階段進入另一個階段，其過程包括分離、閾限、回歸三個步驟。這三個步驟意味著舊自我告別向來熟悉的環境，越過熟悉與陌生的臨界線之後，從未知回到已知的世界展開新生活，整個過程暗示生理上具體狀態的改變具有心理上精神層次的意義。在一個文化領域之內，接受儀式的人因而改變狀態或地位，特稱啟蒙儀式，通常包含當事人必須通過測驗或考驗。千面英雄的旅程體現在個人經驗就是具有啟蒙意義的成年禮。

《奧德賽》前四卷寫帖列馬科斯的成年禮。他對父親的認識僅止於聽說，懂事以來就眼睜睜看著要求母親改嫁的求婚人天天上門騷擾，肆無忌憚在他家吃喝揮霍。這一切的起因是奧德修斯生死不明，兒子無法理解母親以拖待變的心理，認為她無所作為。帖列馬科斯由於自己的父親認同困擾和母子關係疏離而產生焦慮。他意識到自己必須採取行動，決心拜訪父親的戰友一探究竟，同時也突破自己成年卻在家中沒有立足之地的困境。這一份覺醒意義重大超乎尋常，在荷馬史詩一貫以天神干預表述，所以有第一卷的雅典娜下凡人間。

帖列馬科斯動念馬上行動，乘夜出海，深入未知的世界。他親眼見識儀軌有道洋溢理想色彩的皮洛斯和富甲一方洋溢神話色彩的斯巴達，眼界大開，對父親的形象有了具體的認識，而且打開了自己的知名度，避過死劫回到伊塔卡。使用荷馬的措

詞，帖列馬科斯為自己爭取到「榮耀」，從此可望活在世人的記憶。雖然父親依舊生死不明，但他對父親的認同焦慮一掃而空，不期然因此轉骨，「我若有為，當如父親」的意念油然而興。

帖列馬科斯探聽不到父親的下落，因為奧德修斯身處奇幻世界，被卡綠普娑「困在大海之臍」(1.50)。大海之臍位於海洋的中央，就荷馬的宇宙觀而言是生命發源地（大海，即地中海）的正中央，也是距離現實陸地最遙遠的地點。就情節線索而論，帖列馬科斯出發尋父的那一天，也是卡綠普娑願意釋放奧德修斯的同一天。奧德修斯獲釋出海，遭遇暴風雨，落難到斯開瑞亞。這一場暴風雨 (12.405–25) 呼應他離開特洛伊海岸之初的另一場暴風雨 (9.67–83)，一前一後為奧德修斯自述海上奇幻歷險設定框架，形成環狀結構。那個內環包含另一個環中環，以環狀結構描寫奧德修斯進入陰間，詳見我在中譯本 12.448 行注的分析圖示。入冥之行讓奧德修斯直面死亡，象徵他經歷出生入死的考驗而大難不死，在人類的集體記憶獲得永生。

奧德修斯進出奇幻世界，體力、定力與記憶無不經歷最嚴酷的考驗。他在斯開瑞亞這個世外桃源，受到費阿克斯人兩天熱情的款待，戰爭結束後第一次享受到儀軌有道的禮遇。在餞行晚宴，奧德修斯通宵講述自己的迷航故事。宙斯應允雅典娜干預人事之後第 34 天，費阿克斯人兌現護送奧德修斯返鄉的承諾。荷馬描寫其事 (13.70–92)，悠閒而歡樂的語調瞬間轉為莊重又肅穆，彷彿是在舉行儀式活動：

他們終於到達海邊泊船的地點，　　　　　　70
出身良好的護送人員立刻接過禮物、
食物和紅色酒，妥善堆置在中空船，
又為奧德修斯在中空船的平臺鋪上
毛毯和亞麻被單，好讓他安安穩穩
睡熟覺。他自己跟著上船，躺下來　　　75
一言不語。他們從穿孔石解開纜繩，
一個接一個在划槳座依次就定位。
他們把身體倚靠在船槳，槳葉拍打
鹹水，溫馨的睡眠壓住他的眼皮，
他沉沉入睡，簡直和死亡沒兩樣。　　　80
就像原野上四匹雄馬並轡拉車，
快鞭驅策下駟馬高速驅馳飛奔，
騰躍邁大步輕快縮短既定的行程，
這條船就是那樣昂首突進，船尾
紫色的浪花在綿綿濤聲中往前推，　　　85
安穩前進。即使高空盤旋的遊隼
在羽族速度最敏捷，也追趕不上。
這條船高速犁海一路上輕快破浪，
載著智力有如天神的一個人，他
長年流離失所，許多磨難動心忍性，　　90
人間戰鬥和汪洋惡水使他身心俱疲，

現在安詳入眠，一切苦難束之高閣。

　　奧德修斯的歸鄉之旅最後這段行程確實是一場重生儀式。他在空間的向度深入到可比擬於女體子宮的大海之臍，在時間的向度深入到人生歸宿的陰間。他的意識在 80 完全沉寂，81 開始敘事節奏丕變，直到 92 有如一場夢，夢的內容是一趟魔幻之旅。因此，金星升空破曉預告「新生的黎明」(94) 這個詩律套語也被賦予象徵意義。80 和 92 重複「安眠如死亡」的母題，形成環狀結構，這是整部詩篇最核心的「情節之臍」，其意境可類比《伊里亞德》詩中阿基里斯盾牌圖像的最內環。荷馬的筆觸是名符其實的一趟「夜海旅航」。

　　夜海旅航是太陽神話的原型意象。「太陽神話」指的是以崇拜光明為核心信仰的神話故事，那是父系社會改善生命境界以從事自我實現的原型。太陽神話的英雄即是太陽英雄，太陽英雄不可或缺的經驗是入冥，如奧德修斯具體入冥，或《神曲》（見 6.4.1）的但丁夢境入冥，或英雄被惡龍或海妖吞噬，如《舊約・約拿書》所述約拿身陷魚腹。太陽英雄的入冥經驗反映太陽日復一日的儀式：太陽西沉之後，跨過意識的界閾，接受水（洋川／無意識）的淨化，從東方復出，因此重生而進境於自我－意識的過程。太陽英雄經歷此一過程即是夜海旅航。坎伯的單一神話就是以集體人格呈現太陽英雄完整的經歷。關於太陽英雄的原型經驗及其神話學意義，詳見拙作《陰性追尋》

第二章 2.1〈神話英雄與英雄人生〉、2.2〈太陽英雄的誕生〉和 2.10〈太陽英雄的啟蒙之旅〉各節。

《奧德賽》以帖列馬科斯乘夜出海尋父作引子，引出奧德修斯的夜海旅航。奧德修斯告別卡綠普婆之後，途經斯開瑞亞回到伊塔卡的旅程，濃縮整部詩篇視旅程為啟蒙儀式的人生經驗，敘事結構吻合神話學所稱「永恆回歸」的模式。荷馬的描寫手法植根於人生經驗與人性現實，因而在意義上廣開一境。13.187–8 奧德修斯踏上離別二十年的故土，不只是九死一生，更是重拾人生。

5.3.2 奧德修斯的記憶

個人的命運值得詠唱必定是因為其人其事具有典範的意義。《奧德賽》最富典範的意義是，家的記憶使重生成為可能。記憶是兩部荷馬史詩共同的關懷，但是《伊里亞德》關乎記憶的體現，《奧德賽》關乎記憶的實用。《伊里亞德》寫阿基里斯一怒沖天，把許多英靈送到陰間去報到，即使有宇宙之美如阿基里斯的盾牌圖像所呈現，文明終究經不起暴力的衝擊。構成強烈對比的是奧德修斯「奮力保存靈氣要把軍中伙伴帶回家」（《奧德賽》1.5），奠定荷馬兩部史詩效死與求生兩種截然不同的情調，也奠定歐洲文學以死亡與重生分別界定悲劇與喜劇的傳統。

荷馬鋪陳《奧德賽》的情節，以卡綠普婆拘留奧德修斯作

為線索的發端，有其微言大義。「卡綠普娑」這個名字影射「我隱藏」：自己隱藏在大海之臍，藏匿奧德修斯達七年之久。其敘事功能，主要是把奧德修斯留下來，讓帖列馬科斯有時間長大成人。一旦兒子成年，父親也就沒必要多耽擱。此所以荷馬說「歲月輪轉終於到了時機成熟的時候，／天神紡織命紗注定他應該回到故鄉」(1.16–7)。「注定」之事體現宙斯的意志，其象徵數目為代表完整的「十」，所以奧德修斯必定在第十年結束流浪；珮涅洛佩織壽衣的詭計前後三年，所以奧德修斯必定在大海之臍逗留七年。隱藏會導致遺忘。遺忘是奧德修斯的大敵，包括他遺忘家和世人遺忘他。荷馬使用神話的象徵語言暗示奧德修斯返家的旅程是記憶和遺忘的一場角力。

奧德修斯的奇幻之旅第一站是忘鄉果的誘惑，最後一站是可望在人間仙境成為荳蔻少女的如意郎君。這趟奇幻之旅，奧德修斯在去程面對的誘惑與挑戰是放棄自我：食蓮族(Lotophagoi) 引誘他忘記故鄉，圓目巨人迫使他隱藏自己的名字與身分。接著風王埃奧洛斯事件使他體嚐故土可望不可及的苦果，同時也提醒他有必要時時刻刻保持警覺。由於這份警覺，他才有機會在食人魔賴楚岡尼人事件大難不死，因而平安登陸紀珥凱之島。他和紀珥凱同居一年，蒙指引前往陰間，在那裡透過亡魂深入個體心靈與集體記憶不見天日的角落。回程是他重建新自我的過程：席王姊妹的歌聲以過去的榮耀考驗前瞻的定力，絲庫拉與卡茹柏笛絲顯示放棄武德告別戰地英雄歲月之

必要，太陽神牛插曲重新確認體現人神關係的祭禮。他孑然一身登陸奧古吉亞，因為只有他通過所有的考驗。奧古吉亞坐落在大海之臍，使用心理學的隱喻可稱為「遺忘島」，遺世獨立而被遺忘之島。島主卡綠普娑提供安逸生活的誘惑，那種生活暗示英雄之死。

　　奧德修斯面臨阿基里斯已經走過的命運十字路口，但是阿基里斯瞬間的決定如今發展成奧德修斯長達十年的考驗。在遺忘島，奧德修斯的體力、心力、智力三方面的英雄本色全無用武之地。他專有的描述詞「足智多謀」、「見風轉舵」、「詭計多端」成了空洞的形容詞，他本人則是處於象徵性的死亡狀態。即使獲得卡綠普娑允諾的永生 (5.206–10)，那種生命卻是徹底從人間記憶被刪除的非生非死狀態，即 akleos，是 kleos（「榮耀」，即名聲廣傳）的反義，「無聲無息」因此無法流傳口碑。他因為拒絕卡綠普娑的誘惑，不至於從暫時的「隱藏」變成永遠的「埋葬」。他的拒絕所宣示的決心不只是返鄉，而是「回歸」(nostos) 這個隱喻所暗示的多方面意涵，包括回歸常態人生，也就是接受死亡的定數和忍苦受難的命運。這樣的認知等同於宣告新英雄的誕生。

　　奧德修斯最獨特的人格特質是善於隨機應變。和這個能力相關的行為是，不堅持僵化的原則，隨時準備戴上不同的人格面具。他善於隱藏，卻被隱藏，唯有離開奧古吉亞才能重拾他的英雄本色，他的榮耀才可能透過記憶的承傳流芳人間，他的

家才有意義，他的兒子、妻子與父親才能重拾生命的尊嚴。在那之前，隱藏身分是奧德修斯的求生法寶。

要從被卡綠普娑隱藏的島嶼回家，他得先揭露自己的所在。可是，他一旦透露行蹤，必定引來海神波塞冬的為難。他抗拒卡綠普娑又抵抗波塞冬無異於以行動證明「奮鬥是為了現身，為了曝光」。面臨荷馬版的「生存或是毀滅」(To be or not to be) 的難題，他如果不在乎被世人遺忘，大可留在卡綠普娑身邊，永生永世脫離苦海，從此不必為求生奮鬥。他卻以英雄的身段選擇記憶，記憶中有為了安身立命所不可或缺的自由意志及其隨之而來的一切以記憶為基礎的知識，包括善知識與惡知識。善知識是歌路有節（見 5.3.4）的英雄之道，光明正大堂而皇之實踐人間正義。「惡知識」包括要懂得在特定時機克制或在特定場合隱藏自己的身分與情感。惡是人生的陰影，卻是光影錯落的現實世界得以構成完整的生命圖像的一部分：要進入歷史，要進入現實，要進入人生，在在非接受「惡果」無以竟功。相反地，住在沒有時間因此沒有陰影也因此沒有知識的樂園是生活在記憶的地平線之外，是雖生猶死。所以，奧德修斯拒絕卡綠普娑勢必面臨但丁《神曲：地獄篇》1.22–4 所描寫大難不死的人忍不住回顧的那一片人生惡水。

奧德修斯的環狀奇幻旅程險象環生，在各個航點交替遭遇形態不一的暴力與誘惑的挑戰。他遭遇的誘惑無不是在考驗他的定力，所歷之險無不是在考驗他的感情依歸。結果，他在斯

開瑞亞和奧古吉亞的艷遇愈發堅定他對於家的記憶。換句話說，奧德修斯的歸鄉之旅是奮戰遺忘的歷程，也是追尋記憶之根的歷程，是奮勉要從非現實或潛意識的世界浮出現實或意識的世界。萬一奮戰失敗，即使暫時的解離性失憶 (dissociative amnesia) 也足使他有家歸不得。

奧德修斯終究順利抵達伊塔卡這片祖先世居的土地上的老家。他的空間旅程是體驗凡生的存在有其意義的歷程，那趟旅程的要義聚焦在入冥。奧德修斯入冥得跨越空間的邊疆，從時間流動不已的現實世界跨入時間靜止的超現實世界，也就是從洋川的此岸跨越時間的邊界進入彼岸，然後平安歸來。因此，入冥之行使得奧德修斯返鄉的空間之旅具有時間的向度，當事人得以持續拓展記憶的廣度與深度。透過文學想像為空間旅行賦予時間之旅的隱喻意義正是但丁《神曲》取為主題的意象。

就詩篇結構而論，奧德修斯回到農業社會的老家尋得記憶之根，僅此一事便足以證實在入冥臻於高潮的奇幻之旅有意義。民間故事提到陰間，總離不開肉眼可見的恐怖元素，荷馬卻把敘事聚焦在人際遭遇，透過生者與亡魂彼此間出人意表的問答——這是但丁在《神曲》沿用的手法——激發讀者對於「死亡」的想像。但是，有別於現代文學描寫「人間煉獄」或「文明荒原」著重於精神意義的死亡，荷馬強調的是由於記憶被困在過去以致於無法拓展未來的眼界，奧德修斯因此有所領會，因而得以擴展生命的眼界。

　　透過時間這個因素，陰間和故鄉互為指涉。奧德修斯帶著仍有活水的記憶，深入時間靜止的領域見識記憶定格的景象，那樣的景象是現實經驗的「荒原」。他對家的記憶也是定格畫面，停留在二十年前，無異於現實經驗的另一片「荒原」。陰間和故鄉雙雙位在最遙遠的彼岸，依次是地理意義的彼岸和心理意義的彼岸。他在陰間這一片黑暗之地不只是見識人心種種，還了解到那些亡魂的視野始終無法超越自己。他們的反應與答覆鋪成奧德修斯的內在之旅，使他有機會深入包括自己在內的人心。他從先知泰瑞夏斯的亡魂斯獲知苦難終究有意義，又從母親的亡魂得知一群無法無天的求婚人天天上門騷擾，珮涅洛珮深受精神霸凌之苦。他知道自己的家其實成了黑暗之心聚集之地，妻子和兒子雖然努力在尋找活路卻看不到天光。這麼說來，奧德修斯從陰間轉回家鄉的旅程無異於從「黑暗地（之）心」航向「黑暗心（之）地」。

　　從「黑暗地心」到「黑暗心地」不只是回家的路，更是把空間觀念轉化成生命圖像。從空間的觀念來看，「靈魂」位於身體的「黑暗地心」。「靈魂」指的是與身體相輔相成的生命本質，凡人普遍具備卻與個別身體共同組成各自的性命。這樣的靈魂，希臘文稱為ψυχή (psukhe = psyche)，在晚至公元前七世紀史詩已沒落而悲劇尚未興起的抒情詩時代才出現。這個希臘字在荷馬史詩總共出現 81 次，雖然也有「性命」的意思（如《奧德賽》3.74），其實在文化概念上相對應的中文措詞是「元氣」，

詞源意涵則有「靈氣」之意。「靈氣」有如「氣息尚存」這個慣用語影射量的概念，這吻合荷馬世界數量本位的價值觀，即以數量作為價值判斷的標準，猶言「數大為美」，如《伊里亞德》24.639「數不盡的悲愁」所透露。此一觀念反映在奧德修斯的經驗，他因為見多所以識廣，視覺所累積的經驗數量為他贏得「見風轉舵」和「足智多謀」這一類的專有描述詞（猶如我們說掌握充足的知識作為判斷的依據），彰顯他的生命境界非比尋常，為《伊里亞德》的價值觀添增幅員和深度兩個向量。阿基里斯式的英雄對於生命尚未具備深度的觀念，不知反省為何物，因為反省是把眼光投向生命空間的深處，那深處和潛意識密不可分，也就是人生經驗的「黑暗心地」。《奧德賽》在這方面的洞識為繼起的抒情詩人奠定深厚的基礎，也使得悲劇詩人得以繼踵完成希臘的靈魂圖像。在另一方面，奧德修斯的生命本質也透露「見多則識廣」這個觀念的源泉，視覺經驗是豐富生命的不二法門，因此有眼睛是靈魂之窗的說法。奧德修斯入冥是西洋文學跨出探討那個深度的第一步。

5.3.3 奧德修斯的弓

　　根據《奧德賽》奇幻旅程的環狀結構修辭，奧德修斯離開特洛伊海岸，途經基寇涅斯人 (Kikones) 之地，接著遭遇暴風雨肆虐長達九天，船隊在食蓮族之島靠岸 (9.82–104)，從此進入奇幻世界。入冥返陽之後，經過絲庫拉和卡茹柏笛絲夾峙的航

道，又經歷一場暴風雨，夥伴死光光，奧德修斯單獨「在大浪中漂流九天，第十天黑夜」抵達奧古吉亞上岸 (12.447–8)。兩場暴風雨所形成的環狀結構透露，大海之臍其實位在奇幻世界的外圍，是回歸現實世界的界閾。因其如此，卡綠普娑提供的是整部詩篇中最富現實意涵的誘惑，情慾色彩之濃烈在荷馬史詩只有《伊里亞德》的十四卷希拉色誘宙斯可以相提並論。借用基督教儀式打比方，奧德修斯在奇幻世界有如孩童領受洗禮，在遺忘島接受堅信禮，堅定受洗者的信仰，強化他回歸現實世界之後的歸屬感。

前述的詮釋或可消除不少論者對於瑙溪卡雅插曲的疑問，他們認為荷馬收編思春少女巧遇落難英雄的民間故事，因斧鑿過於明顯而留下白圭之玷，竟然沒有結局。然而，依我的觀點，卡綠普娑直截了當批評珮涅洛珮說「我敢說我的條件不比那個女人遜色，／不論身材或容貌」(5.211–212b) 時，顯然忽視記憶的心理作用。這是奧德修斯的答覆 (216–20)：

> 妳說的是實話。慎思明辨的珮涅洛珮
> 身材不像妳高挑，長相沒有妳醒目。
> 她只是凡人，妳永生而且青春永駐。
> 即使這樣，我還是日日夜夜想家，
> 盼望能看到返鄉的日子踏進家門。　　　220

卡綠普姿的誘惑反而堅定奧德修斯的感情歸屬。她無法理解奧德修斯記憶的核心並不是珮涅洛珮，而是希臘人所稱的 oikos，由家庭、家產和住家共同組成的「家」，是城邦體制的基本單位。經過這一場堅信禮，奧德修斯雖然乍見瑙溪卡雅難免心動，卻不至於採取行動，姻緣無果其實是敘事的必然。

其為必然，有神話為證。費阿克斯人是文明禮教的理想，信守主客情誼。描寫主客情誼的禮儀是《奧德賽》最重要的單一類型場景。詩中雖然常見違反禮儀的情況，待客之道蔚成一大母題無庸置疑。希臘文使用 xenos（= 史詩 xeinos）同時表達包括陌生人、外邦人和客人三種身分以及主人禮遇那些人的狀態，xenia 則是「客人接受招待的權利」，同時表明基於那種權利的主客情誼，此一權利以具體的禮物為信物，確認世交通好有如結盟的關係，其效力超越世代交替。宙斯的一個職權就是確保這樣的賓主誼受到尊重，此一神相稱為 Zeus Xenios（宙斯賓主神）。這意味著此一待客禮節被賦予「律法」的位階。這樣基於互惠關係並且承傳後代的禮尚往來在荷馬史詩是道德的體現。《奧德賽》的一個主題是透過假冒身分的客人探討主客情誼的種種可能情況。

奧德修斯在《奧德賽》情節開始的第三十一天登陸斯開瑞亞 (6.110–85)，第三十四天接受費阿克斯人餞行，接著送客船出海，第三十五天破曉時分抵達伊塔卡。從日落到日出前後四天的時間，整部詩篇四十天中的四天，荷馬用了 3,585 行，超

過四分之一的篇幅。奧德修斯實際逗留三天，文明社會的公眾娛樂節目一個接一個，飲食、歌舞、特技、運動競技，加上豐富的臨別贈禮和優遇的護送回程。待客之禮無所節制，連海神波塞冬的仇敵奧德修斯也待以上賓之禮，顯然違背人神之別在於有限與無限的分際。海神懷怨在心又多了一個復仇的理由，卻無法違背宙斯的意志，只好把腦筋動到費阿克斯人的水手。他看準水手送奧德修斯回到伊塔卡之後 (13.160–5)，

> 前往費阿克斯人的出生地斯開瑞亞，　　　　　　　160
> 在那裡守候。航海船輕快由遠划近，
> 震地神立刻現身逼臨船身，出手
> 劈掌把船變成石質，底部向下扎根
> 使船固定，他自己先一步揚長而去。　　　　　　　165

這個船形石的成因神話解釋世界神話史「絕地天通」（斷天梯以隔離神界與人間）的母題，可比擬於希伯來《舊約·創世記》3.24 所述亞衛（Yahweh，舊稱 Jehovah，「耶和華」）在伊甸園東邊安排有翼天使揮舞火焰劍，防止人類接近生命樹。神話世界和現實世界從此隔絕。

　　奧德修斯永別農業社會航海民族所定義的蠻荒世界，在斯開瑞亞經過文明的洗禮，終於回到伊塔卡。文明社會以不同的形態展現其蠻荒，特以群龍無首的伊塔卡為甚，所以稱為「黑

暗地心」。在伊塔卡，荷馬開始驗收奧德修斯經歷奇幻之旅考驗
的成果。奧德修斯以乞丐的扮裝成功隱藏自己的身分，所以有
機會再現英雄本色。唯獨獵狗阿果斯沒有被他的扮裝誤導。在
自家門口，人狗相認時，奧德修斯的眼淚奪眶而出，呼應他在
斯開瑞亞聽到木馬劫城的故事已經流傳形成「歌路」時，記憶
觸動心弦使他不能自已。同樣淚水奪眶而出，那次是他自述奇
幻之旅的引子，即將被迫透露身分，這次是他大展神射身手的
引子，即將主動洩露身分。兩個引子形成環狀結構，當中敘述
第三部分〈大海浮蹤〉和第四部分〈父子會合〉，把記憶從茫茫
大海引向故鄉舊居。奧德修斯進入自己的廳堂，雖然腿上的傷
疤被奶媽認出，成為洩露身分的線索，卻已不再構成威脅。他
現在化被動為主動。

　　奧古吉亞是奧德修斯的奇幻旅程的終點，斯開瑞亞是他回
歸文明社會的起點。他先後接受文明社會的「啟蒙儀式」，先是
成家儀式，雖然沒有名分卻有實質關係的婚姻生活，而後是城
邦社交儀式，雖然不切實際卻合乎理想的主客情誼，確認有資
格成為文明社會的成員。這是環狀結構在敘事上的又一個必然。

　　奧德修斯經歷個體心靈與集體記憶最陰暗的空間，體驗文
明社會的啟蒙儀式，終於踏進伊塔卡的老家這個個體記憶的核
心。記憶要重見天日，他必須揭露自己真實的身分。同樣揭露
身分，以前是身不由己，現在他回到伊塔卡之後是自有主張。
他第一次主動揭露身分是對帖列馬科斯。這一場父子相認，為

帖列馬科斯的尋父之旅畫上完美的句號。他以乞丐的身分進入家門之後，帖列馬科斯其實成了父親的代理人。他對母親不假辭色說「弓箭是男人的事」(21.352) 和第一卷對母親說「說話是男人的事」(1.358) 形成環狀結構，其間敘述兒子接受成年禮的考驗而順利克服對父親的認同焦慮。此所以後來珮涅洛珮決定箭術招親，帖列馬科斯有機會暗助父親，也有能力與膽識共同完成復仇大業。

箭術比武所用的弓是賓主誼的信物，奧德修斯視為傳家寶，珍藏在庫房。珮涅洛珮取其為比武選親的依據，替代心理不言而喻：配得上這把弓的人才配得上奧德修斯的空缺。透過這把弓，荷馬把夫妻靈犀相通的潛意識心理、父子齊心齊德的願景、家的記憶和奧德修斯的人格特質連結在一起。他在比武場上一箭射穿十二個斧眼 (21.416–22) 之後，堂堂皇皇而且義正詞嚴揭露身分 (22.34–41)，為的是昭告周知並伸張正義。緊接著一場大屠殺，他自家的廳堂原本因求婚人肆無忌憚而成為「黑暗地心」的淵藪，轉眼間變成人間的一片「黑暗心地」，活生生的陰間。他眼前所見不是鬼影幢幢，而是屍體枕藉。

這把弓是新形制，是從傳統的長弓改良而來的反曲弓。使用反曲弓射箭之前得先安弦。安弦不能仰賴蠻力，還得講究技巧。求婚人不懂得箇中竅門，沒有人成功安弦。於是，在庫房鎖了二十年的這把弓，由保管人珮涅洛珮交到求婚人手中周轉一輪，轉給帖列馬科斯主張也有權利參加比武的乞丐。弓歸原

主，記憶超過二十年的情誼信物在奧德修斯的廳堂繞場一周彷彿巡禮，試弓插曲空間結構的環狀之旅呼應整部詩篇敘事層面的環狀結構。

圖 15　反曲弓安弦

一如傳統史詩英雄的武器，比箭所用的反曲弓有歷史。這把弓的來歷 (21.13–41) 透露奧德修斯少年出英雄的記憶。比較這把弓的來歷和阿基里斯盾牌的圖案有助於看出本詩的特色。盾牌是金工神赫菲斯托斯為阿基里斯特地打造的神物瑰寶，其圖案呈現以城邦為中心的宇宙全景，是人類歷史的一部分。奧德修斯的弓卻是人間物件，透露以主客情誼為中心的家庭關係，是家記憶的一部分（見 21.32-3）。奧德修斯奮戰求婚人雖然用得著戰技，專注於單一目標的定力卻是他在歸鄉旅途履險如夷的大關鍵。而且反曲弓的安弦技巧顯示技能是體能的前提。奧德修斯固然是老驥伏櫪，帖列馬科斯和父親一搭一唱也證實堪擔重任。

這把弓威力無窮，把廳堂變成人間地獄，後座力甚至引出呱涅洛呱逼使奧德修斯說出婚姻床的秘密。奧德修斯的婚姻床最大的機密是以橄欖樹幹的底部當作現成的床腳。婚姻床象徵

婚姻，家是以婚禮為基礎的記憶，家記憶是奧德修斯的世界最根本的集體記憶。因此，夫妻相認的通關密語「橄欖樹底部」(23.204) 是記憶之根。這根床柱是橄欖樹的活樹幹。橄欖樹是奧德修斯歸鄉之旅串聯記憶的植物母題。在斯開瑞亞海灘上岸後，他躲進「兩株橄欖樹糾纏成叢」(5.476) 的落葉堆中，睡了離開特洛伊以來最痛快的一場大覺。這是他回歸故土的開頭。緊接著，他搭乘費阿克斯人以意念控制的全自動導航的魔幻船回到伊塔卡。他還在沉睡時，護送的水手把費阿克斯人的臨別贈禮搬下船，「堆在遠離小徑的／橄欖樹底部」(13.122–3)。就是在那株「橄欖樹底部」(13.372)，他和幻化成牧羊少年的雅典娜共商復仇大計，乞丐扮裝的主意就是那一次天神干預的結果。三次重出的「橄欖樹底部」形成兩個環狀結構，一個圓環標示他進入人間仙境與回歸故土家園，另一個圓環標示他回歸故土家園之後伸張正義的開頭與結尾。橄欖樹是希臘人心目中栽植有成的模範樹種，是自然和文化的合成體；樹根在奧德修斯的家「安穩挺立」(23.203)，不只是象徵他的婚姻白頭偕老，也暗示他傳嗣有人。當初奧德修斯殺死全體求婚人之後，為了掩人耳目，他交代唱詩人彈琴唱祝婚歌，僕人跳舞助興。在珮涅洛珮還不明白射箭招親演變成復仇屠殺的始末時，荷馬先諧擬一場祝婚歌舞為夫妻相認暖身，不無幽默。

奧德修斯親手製作的這張床，把植根於土壤的自然物改造成文化產品，不只是象徵婚姻，也象徵婚姻所代表的自然與文

化的結合。床是手藝的產物，這張床卻是自然的一部分，因為
當作床柱的樹根仍然埋在地下。這張床也闡明婚姻是家的核心，
喚回奧德修斯和珮涅洛珮全部的青春，其秘密承載過去和即將
來臨的親密感，為歲月的鴻溝架起橋樑。荷馬從手頭的素材挖
掘出深刻的意義：這張床不再是古代故事常用於辨認故人的傳
統手法，重要的是其中隱含一箭貫穿十二個斧眼的力道。奧德
修斯情緒激昂重述自己如何造床，他其實是在陳述自己的愛情
故事，怪不得珮涅洛珮會有「雙膝無力愛心癱軟」(23.205) 如
此劇烈的反應。她傾聽丈夫說出床的秘密，同時也在回味青年
奧德修斯勤奮工作，展現視工作為美德的價值觀，這在離開奧
古吉亞前獨自造船已有伏筆。一把弓射出一張床，把奧德修斯
的個體記憶和家記憶緊密串連。

　　奧德修斯和拉業帖斯相認是收攏情節線索所不可或缺。但
是，奧德修斯在說出果園的秘密之前，先提到青少年時期打獵
留下的傷疤 (24.331–5)，那是當初奶媽奉珮涅洛珮之命為他洗
腳時認出 (19.392–5) 的同一個身分印記。重複出現的傷疤形成
環狀結構，其中敘述奧德修斯復仇的始末，並追溯他的個體記
憶。果園的秘密是他幼年的經驗，那個經驗隱含農業文化創造
出來的自然環境。自然 (nature) 如奧古吉亞島的天然景觀
(5.63–72)，以培育 (nurture) 為基礎的文化 (culture) 如斯開瑞亞
的農業景觀 (7.112–31)，兩者在《奧德賽》爭鋒，一貫是文化
占上風。奧德修斯的人生視野聚焦在他重現英雄本色的那一把

弓：長弓改良成反曲弓，射箭者得要在自然／先天的體力之外，輔以後天學到而被歸為文化的技能。這是奧德修斯在人生競技場勝出的訣竅。

5.3.4 《奧德賽》歌路有節

英雄的世界依照眾所公認而心照不宣的一套民俗禮法在運作。《伊里亞德》以禮儀當作情節的框架，描寫戰亂期間「儀軌有道」具備深刻的意義。《奧德賽》以天神會議作為情節框架，描寫戰後歌舞昇平的年代「歌路有節」，宇宙的秩序具現為天道義理，定於宙斯一尊。

《奧德賽》的世界觀，一言以蔽之，「正義即貫徹宙斯的意志」這件事有理可循。這樣的世界觀可以說是荷馬版的「文學正義」。求婚人無法無天，所以惡有惡報；奧德修斯替天行道，所以善有善報。老生常談的道德箴言卻在荷馬詩中化腐朽為神奇。點石成金的竅門，「歌路有節」而已矣。

話說奧德修斯在斯開瑞亞接受餞行午宴，酒足飯飽之後有餘興節目。第一個節目是唱詩人演唱特洛伊戰爭的一則逸事，奧德修斯和阿基里斯吵架。這是荷馬的開場白：「繆思激勵唱詩人演唱廣為流傳的故事，／那些名人的聲譽歌路通達遼闊的天界」(8.73–4)。引文的「聲譽」即「榮耀」，那是英雄追尋的目標。即使有效死與求生截然不同的生命情調，英雄所為無不是寄望個人的事蹟經由詩歌傳唱而通達天界，也就是聲譽「與天

齊高」。這個觀念的關鍵字眼是「歌路」(oimos)：以道路轉喻詩歌，個人的事蹟具有固定而且連續的特性。那個特性以道路為隱喻加以表達，因此史詩傳統被形容為英雄故事彼此銜接所形成的康莊大道。繆思是記憶女神的女兒，記憶產生歷史，歷史因記憶而有深度與廣度。荷馬的世界就是透過史詩為英雄鋪展的「歌路」。

英雄為榮耀而生，由於唱詩人的媒介而獲得聲響；唱詩人稱自己的媒介帶來「榮耀」。透過道路的隱喻，英雄與唱詩人互相定義。奧德修斯在費阿克斯人的餞行晚宴上，點唱自己最知名的英雄事蹟，即木馬劫城的故事。他使用相同的隱喻讚美戴莫多寇斯的行業 (8.479–81)：

> 陸地上所有的人當中，唱詩人
> 最受敬愛，因為繆思傳授給他們　　　　　480
> 音樂之道，對唱詩人一族眷顧有加。

「音樂之道」，原文 oimas mous 直譯 「音樂路」，其中 mous（音樂，歌曲） 神格化即是繆思女神。「音樂之道」不只是以「歌路」稱呼史詩，更是進一步指涉獲得天賜靈感的唱詩人深諳編詩（即寫詩作詞）配曲（即伴奏唱歌）的表演藝術。此一語言隱喻內含的意思是，口傳詩歌的演唱者在表演時有明確的出發點和目的地，可是中途可能因應路況，甚至一時興起

而改變路線；然而不論如何改變，歌唱的內容足以透過記憶的承傳形成我們所稱歷史的長河。

　　歷史本身就是時間之流。時間之流積澱的記憶成為史詩的題材。唱詩人篩選題材之後，透過情節的安排使得龐雜無序的記憶具有結構之美，聽眾或讀者因而能辨識其紋理或感受其情緒，並且產生共鳴。音樂是綿綿不絕合乎節奏的旋律之流。我們今天閱讀的史詩，雖然只是音感賴以落實到語體（logos，「邏各斯」）的配樂歌詞，依然可以體會到敘事合乎節奏的旋律之流。環狀結構和母題呈現是最顯而易見的節奏模式。歌路有節的「節」就是節奏。以長河隱喻歷史意味著人生經驗如水流，有起有伏，或急促或舒緩，總是有律動。「有規律的流動」正是希臘文「節奏」（rhuthmos = 英文 rhythm）的本義。

　　「規律」意在言外暗示「節制」。就荷馬史詩的人物刻畫而論，具有特色的描述詞是深富指標意義的筆觸。珮涅洛珮的「慎思明辨」，帖列馬科斯的「深思熟慮」，都和節制有關。「節制」甚至可以用來概括奧德修斯的人格特質。奧德修斯專屬的描述詞，最具特色的是「見風轉舵」（polutropos）和「有口皆碑」（poluainos），意味著他擁有豐富而且廣受認可的經驗。「見風轉舵」的希臘原文以一個字濃縮一位英雄獨特的經歷與習性：其本義「曲曲折折」，思路因不按常軌思考而靈活之意，特指善於在語言上使用修辭或在行為方面施行詭計，藉以隱匿自己的本意或蒙蔽別人的耳目，也指遊歷廣泛的身體經驗，引申為見多

識深的心智特質。「有口皆碑」意味著他事蹟豐富，因此有許多故事在人間流傳，這是獲得「榮耀」的先決條件，也可能表明他運用許多故事達到求生的目的並獲致預定的目標。這兩個描述詞具體表現在另一個奧德修斯專屬的描述詞 「足智多謀」(polumetis)：他的腦海四通八達，思路不拘一格。可是有路即有道，即有理可循，就是有節制。此所以奧德修斯在斯開瑞亞回憶自己的歸鄉之旅，費阿克斯人「聽得迷魂奪魄」(11.334)，有如聽歌賞樂。詩、樂本一家：寫詩是為了歌唱，歌唱必有旋律，所唱之詞就是詩。奧德修斯說故事有如荷馬唱詩，旋律源源不絕而且律動有致，所以有節奏。

正如希臘悲劇的歌隊唱詞，歌唱在希臘文化被賦予超現實的意義，因為歌詞不像話語用於表述語文邏輯，而是用於呈現邏輯所不能及的一切超現實經驗，包括回憶、感懷、憧憬、神諭，特別是抒情。傳情效果使得歌唱具有迷魂的作用：這正是席王姊妹唱歌的微言大意。她們的唱詞 (12.184–91) 歌頌為求流傳口碑而不惜馬革裹屍的「英雄榮耀」，意在吸引奧德修斯回到《伊里亞德》描寫的英雄世界，那個世界的榮耀卻和死亡分不開，而且回到那個世界也意味著放棄這個世界的義務，那樣的生命對歸鄉遊子意而言是雖生猶死。她們自稱知道全部的過去，卻看不到未來。在那樣的世界，時間靜止，其實是另一種狀態的死亡。回顧固然有助於前瞻，可千萬不能耽溺，否則死無葬身之地。眼光如果只專注在過去，見識局限於過去，現實經驗

無異於徹底歸零緊接著定格。這是奧德修斯入冥之行從阿基里斯的亡魂所得到最寶貴的經驗談：生命的意義是在現實世界透過對人生的熱忱體驗而來。

耽溺在過去意味著遺忘現實。《奧德賽》的遺忘母題和紡織這個古代女性的全民運動相輔相成，蔚成獨樹一幟的文學景觀。帖列馬科斯為了探聽父親的下落，在梅內勞斯的王宮受到禮遇。王后海倫上場時，荷馬特寫她隨身攜帶的紡錘、紗線和紡紗桿(4.131–5)。宴客當然有酒，海倫「在他們喝的酒裡摻藥粉，有效／祛愁解苦，使他們忘記一切不如意」(220–1)。具體而言，梅內勞斯的不如意是海倫引爆一場戰爭的記憶，帖列馬科斯的不如意是對父親的懸念。海倫有意編織遺忘之歌，可是荷馬只呈現她的紡紗工具，不足以編織。她的靈藥即使有解離性失憶的效果，至少對帖列馬科斯功敗垂成。

費阿克斯人的王后，人間仙境的公主瑙溪卡雅的母親阿瑞苔，也是只紡紗而沒有織布 (6.305–6)，所以她同樣編織不出遺忘之歌。奧德修斯和他的兒子同樣拒絕遺忘，所以有後續父子團圓的情節。

「編織遺忘之歌」是荷馬在奧德修斯的世界栽植成功開出的一朵奇葩，其種子是「編織命運」這個印歐詩歌非常古老的傳統。紡紗和織布雖然不同，在荷馬兩部史詩卻可替代使用，套用命運女神為每一個人紡命運紗的意象，把「紡織」說成在「織紗線」。性是人生一大誘惑，借用莎士比亞十四行詩的說法

是「使人下地獄的天國」(129.14)，有迷魂的效果。特洛伊戰爭的起因、阿格門儂與阿基里斯吵架，以及奧德修斯歸鄉之旅遭遇的女性，無不和性誘惑有關。荷馬深深了解沉迷於性足使人走偏人生之道，箇中道理有如遺忘足使奧德修斯在歸鄉之旅誤闖迷宮。因此，要描寫奧德修斯遭遇的誘惑，女性是可以乘便利用的素材。女性最具代表性的活動，當屬紡織。荷馬發揮巧思，運用「命運女神紡命運紗」的意象呈現奧德修斯的命運，遂有一系列紡織女出現在奧德修斯的世界。

　　歌唱也有迷魂的作用，這是《奧德賽》一個重要的母題。歌唱的迷魂作用在於聽者忘乎所以，因聽歌而疏離當下現實，在奧德修斯的情況就是記憶迷途。唱歌和紡織同樣是《奧德賽》饒富象徵意味的儀式行為，都是經驗之樹在現實的土壤開出的象徵之花。兩者一旦結合，則不只是心理疏離，而是更進一步肉體眈溺。卡綠普婭第一次進入敘事是神使赫梅斯奉命傳達宙斯的意志，要她釋放奧德修斯。那時候她就是邊唱歌邊織布(5.61–2)。紀珥凱也是邊唱歌邊織布 (10.221–3)。這位「說人話的恐怖女神」 (10.136) 之所以恐怖，不只是因為她會使用法術把男人變成馴服的獸，更是因為神與人有共同的語言可以溝通，足使人在不知不覺中解除心防，這是希臘神話一系列人神之戀隱而不顯的主題。她也同樣險些使奧德修斯在記憶的戰場敗下陣。荷馬甚至還描寫奧德修斯的伙伴聞歌的感受：「美妙的歌聲在地面迴響」(10.227)。我們想像紀珥凱腳踩地搭配手織布的動

作，彷彿同時也聽到歌詞搭配旋律的節奏。

荷馬第一次提到唱歌是當時最新的流行歌曲，是奧德修斯返鄉的故事。這一唱引爆帖列馬科斯母子間緊張的關係，扯出整部詩篇的情節線索：求婚人選擇性遺忘奧德修斯，珮涅洛珮心繫丈夫的記憶和自己的處境兩者的關聯，帖列馬科斯為了自己成年後的第一個人生抉擇而焦慮。詩中最後一次唱歌是第二十三卷，歌唱母題演變成儀式活動，卻是奧德修斯照亮黑暗心地之後掩人耳目的結婚儀式。那場儀式的前奏是，乞丐扮裝的奧德修斯以客人的身分獲得帖列馬科斯允許參加招親比箭。紡織則引人聯想珮涅洛珮對求婚人謊稱織壽衣的計謀。紡紗織布即紡人生紗繼之以織命運布，印歐文化源遠流長的隱喻在奧德修斯的世界演變成女性唱遺忘之歌編織奧德修斯的命運。唯獨珮涅洛珮，她在編織記憶等候丈夫來歸，她的記憶關乎自己在奧德修斯家中的處境。她的計謀雖然功虧一簣，卻爭取到足夠的時間讓她的丈夫參加射箭比武。

奧德修斯自述歸鄉之旅在費阿克斯人聽來有迷魂的效果，有如荷馬說唱詩使人如醉如癡。他以乞丐的身分參加招親比武，帖列馬科斯取代珮涅洛珮成為主持人的時候，奧德修斯從豬倌尤麥俄斯手中接過弓，盡情欣賞個夠。奧德修斯曾經使別人陶醉，現在是他自己陶醉其中。這是荷馬特寫奧德修斯賞弓安弦的鏡頭 (21.404b–11)：

　　　　　足智多謀的奧德修斯
手持大弓已經仔細盡情看個夠，　　　　　　　　405
就像擅長彈琴又精於歌唱的行家
在新的琴軫上輕輕鬆鬆安裝琴弦，
把搓工精細的羊腸弦兩端分別綁緊，
奧德修斯這樣從容自在把大弓上弦，
開始用右手以靈巧的動作試撥弓弦，　　　　　410
弓弦唱出悠揚的旋律像麻雀展喉。

　　「悠揚的旋律」後來證實為復仇之歌。「像麻雀展喉」的原
文χελιδόνι εικέλη αὐδήν (khelidoni eikele auden) 唸起來感覺
就是撥緊繃的弦發出的聲音。以麻雀為喻依，可能是因為麻雀
有定期飛返舊巢的習性，猶如中文「舊燕歸巢」；也可能取典於
麻雀是性愛美神阿芙羅狄特的神鳥。這個神話典故引出後續珮
涅洛珮以婚姻床的秘密考驗奧德修斯。因此「悠揚」可以解釋
為「綿綿思遠道」的歸鄉之旅，一部《奧德賽》就是這一首「遠
道之思」的唱詞。他的「唱詞」曾經使費阿克斯人迷魂。可是
在斯開瑞亞，他只能聽唱詩人「再創作」的木馬劫城的故事，
當時費阿克斯人歌舞昇平的歡樂情景無異於化石遺跡。如今回
到故鄉，他有機會重拾英雄身手，以實際行動「表演」，用戰技
「歌唱」。前後兩次表演的聚光燈都打在奧德修斯身上：上次聽
唱，被迫洩露身分；這次主唱，他主動揭露身分。

　　奧德修斯重續姻緣的那天是阿波羅的節日。阿波羅是弓箭神兼音樂神，他的武器就是奧德修斯賴以永垂不朽（即成為《奧德賽》的主角）的利器，他的樂器就是唱詩人傳揚英雄事蹟（荷馬演唱《奧德賽》）的工具。奧德修斯的生命圖像就是「歌路有節」的體現。

第 6 章／*Chapter 6*

史詩的變革

荷馬史詩於公元前六世紀在雅典出現書寫文本，即興演唱的英雄詩歌成為絕響。身為歐洲詩人之祖，荷馬結束了一個舊傳統。任何傳統要免於斷絕，唯有窮變求通。同樣取材於神話，《伊里亞德》呈現部落貴族的人生價值，《奧德賽》觀照當代現實生活的願景。這兩部史詩固然承襲口傳史詩尋求榮耀的理念，卻也質疑英雄的價值體系以及處於該體系核心的價值觀。神話時代英雄的理想既已褪色，城邦時代以「家」為中心的生活方式產生新的英雄形象，那個形象需要新的文學媒介，悲劇的誕生即是因應那樣的需求。

6.1 史詩的新傳統

《伊里亞德》和《奧德賽》是印歐人探討生死問題的最古老文獻，呈現有限人生的不朽之道。生死之別區分出宇宙二界：神界沒有死亡，人間有生有死，陰間沒有生命。人類在洪荒渾

沌的天地擠壓中奮力撐出一片空間，掙得陽間一片天這個生命的世界，對於死亡的世界這肉胎凡生最後的歸宿卻一無所知。荷馬史詩探索突破人生侷限的可能途徑。

6.1.1 個體心聲的崛起

我們現在還能夠讀到的《擬荷馬詩贊》(*Homeric Hymns*)，年代比荷馬稍晚，總共三十三首讚美詩長短不一，短的僅止於臚列神的尊稱和成就，也有長達數百行而格調與史詩無異，但都無關乎英雄的功業。「擬荷馬」指荷馬史詩所用的六步格與宗教信仰，「詩贊」意味著讚美奧林帕斯神族的詩歌，意趣不變。讚美詩固然有功於鞏固奧林帕斯神族的信仰，荷馬史詩叩問生死的鴻圖大志無以為繼。

比荷馬晚一個世紀的赫西俄德 (Hesiodos = Hesiod) 以六步格試譜新聲。他的《神統記》(*Theogony*，也譯作《神譜》) 把個別的神納入組織嚴密的譜系，強調宙斯威權無量，是天道義理的化身；《歲時記事》(*Works and Days*，或譯 《工作與時日》) 以莊重的語調揭露樸稚的人生視野，主題是農業社會順應天道的人生觀。這兩部詩篇，雖然有宗教倫理與社會倫理之別，同樣是從實用著眼，其實開創了後世所稱教誨詩 (didactic poetry) 的新文類，旨趣在於說理。

赫西俄德是詩人署名的老祖宗，創作的動機源自個人的現實經驗。個體心聲取代集體記憶，文學勢必分流，而且風貌趨

於多元。文學創作出現個人的心聲，無疑和公元前七、六世紀的時代背景有關。只就價值觀念而論，我們可以從「不朽」所代表的意義看出端倪。人與神的一大分際在於生命的不朽與無常兩者的根本差異，追求不朽即是為了超越無常的人生。以往，貴族英雄在戰場上創造榮譽，冀望詩人傳唱其豐功偉蹟；如今，社會大眾轉向家庭的承傳尋求榮耀的根源。生命（不是生活）空間的萎縮引發個體對於人生的焦慮，這種焦慮帶來的影響，可以引宙斯角色的改變作為總結：宙斯不再是英雄社會的「天王」，而是天道的化身，在上為天綱地衡，在下為社會正義。這些新興的觀念，最早發微於《奧德賽》，至赫西俄德筆下燦然大備，為相繼興起的抒情詩與戲劇鋪設坦途。

6.1.2 史詩成規的演化

《奧德賽》 述及唱詩人的演唱 ， 最完整的一首是 8.266–366 戴莫多寇斯所唱戰神阿瑞斯（羅馬神話稱 Mars）和性愛美神阿芙羅狄特的婚外情，被赫菲斯托斯（羅馬神話稱 Vulcan）用計捉姦在床。荷馬自己也在《伊里亞德》14.153–353 唱了希拉色誘宙斯以圖扭轉戰局。這兩段插曲雖然近乎笑劇，出現在荷馬的世界或可比擬於把莎士比亞的《馴悍記》(*The Taming of the Shrew*) 和四大悲劇收錄在一部劇集 ， 其風格卻和 《擬荷馬詩讚》同類。

文學初興的讚美詩和教誨詩都使用口傳史詩的長短短六步

格，因為此一格律在希臘文最壯麗而且最不像日常口語，亞里斯多德《詩學》說是「最莊嚴也最堂皇」的格律，對讀者而言可能最富距離美感。然而美則美矣，新土壤要開得出奇葩勢必要有新肥料。六步格也出現在悲劇，卻屬於抒情的範疇，由歌隊伴舞合唱，而且只是唱曲的一種——希臘悲劇詩體之繁複，如我在《尤瑞匹底斯全集 I》引論〈悲劇的體制〉乙節所述，姹紫嫣紅當之無愧。

歷史條件與社會風氣使然，口傳史詩的傳統無以為繼，格律和套語等慣例傳到赫西俄德戛然而止。即使赫西俄德，博取傳統的神話素材，雖然運用口傳史詩的格律和套語，卻摻入個人的經驗與觀念。他以詩言志，特具指標意義的手法是，《神統記》把傳統的荷馬式呼告轉為繆思顯靈。引他自己的說法：他在牧羊時，繆思女神姊妹教他唱歌，還破天荒告訴他「我們說了許多使人信以為真的故事，但是意願來時，我們實事實說照樣動聽」。顯靈之說足以管窺他新人耳目之處。以前的詩人是繆思女神的喉舌，是專業的代言人，現在的詩人是獲得靈感矢志謳歌立心立命之大業的牧羊人，是為自己運筆發聲。

有史詩女神掛保證，荷馬相信自己所唱的歌和記憶同其不朽。荷馬的自信源自他對奧林帕斯神族的信仰。然而，人神關係在荷馬史詩本身已發生微妙的變化。同樣顯靈，《伊里亞德》的天神具體出現在人的身邊，史詩成規中的天神干預是直接參與人間之事。在《奧德賽》，天神和人類溝通得要以幻化的方式

顯靈，要不是託夢就是假冒身分下凡人間，天神干預得要迂迴其事。宗教信仰世俗化的跡象是把眾神納入人間體系的同時，也把神格抽象化並且進一步理性化。赫西俄德深知「絕地天通」是既成的事實，因此有必要釐清天神的譜系，並強調宙斯的絕對權能。他的靈感說其實是荷馬式顯靈的進一步世俗化，也就是進一步抽象化。下節將提到的文人史詩興起以後，詩人寫而不唱，甚至在宗教意識形態南轅北轍的後希臘時代，史詩依舊因襲呼告的傳統，唯一的理由是荷馬這麼做。

　　文學的流變有如生物的演化，讀者所見是適應歷史條件與社會變遷的結果，DNA 只發生限量的突變，生物的本質其實變化有限。史詩萬變不離其宗的 DNA 是高尚的主題、莊嚴的筆調、壯麗的風格與雄渾的氣勢。

6.2 文人史詩的問世

　　在悲劇草創的年代出現荷馬史詩的書寫文本，一如在抒情詩的黃金盛世出現悲劇，都是文學史的必然。同樣的必然是希臘化時期出現文人史詩。學術的角度雖然賦予荷馬史詩分析思維的專業觀點，書寫文本仍然散發史詩的光輝，創作的條件卻時不我與。知識分子有其理想，不免油然興起彼可取而代之的創作衝動，至少思古之幽情可以有所寄託。

6.2.1 阿波羅尼俄斯《阿果號之旅》

　　荷馬史詩的兩性關係在抒情詩發生本質上的改變。特洛伊戰爭的導火線是為了搶奪特定的女人，同樣的導火線也見於《伊里亞德》中主帥和主將的吵架。《奧德賽》的珮涅洛珮也是眾男人同其所慾的對象；奧德修斯本身和雅典娜以外的女性也是同樣的關係，但是主體與客體易位，可慾的對象是奧德修斯。抒情詩把情慾主題從家庭脈絡抽離出來，雖然仍舊是男性沙文觀點，但是詩中描寫的女性從可慾的對象轉變為可愛的對象——「慾」和「愛」都是動詞——因此一派浪漫。到了悲劇，從家庭與城邦的脈絡審視年輕世代情慾自主的心理，結果不只家庭倫常關係趨於緊張，甚且招致家破人亡。

　　在希臘化時期，情慾現象因為社會風氣而成為文壇新寵，阿波羅尼俄斯（Apollonius Rhodius，公元前三世紀）是具有標竿意義的作家。他的《阿果號之旅》（*Argonautika*）是文人史詩開山之作。文人史詩顧名思義是知識分子有意識提筆創作的史詩，其題材是伊阿宋（Iason = Jason，「傑森」）號召赫林子裔各路英雄，前往黑海東岸古國科基斯 (Kolkhis) 追尋金毛羊皮。這一則神話比特洛伊戰爭更古老，早在《奧德賽》就是家喻戶曉的故事 (12.70–1)。雖然尤瑞匹底斯的悲劇《米蒂雅》(*Medea*) 已深入探討其中蘊含的情慾潛能，取異族通婚因文化差異而造成悲劇為主題，慧心總能見人所未見。阿波羅尼俄斯把英雄

「情」懷的亮點從情誼轉向情慾：英雄場域既不是戰場，也不是家庭，而是情場。

在阿波羮尼俄斯筆下，伊阿宋其實繼踵奧德修斯的未竟之旅。《奧德賽》11.118–34 泰瑞夏斯預言，奧德修斯返鄉復仇之後，會深入內陸地區傳揚海神波塞冬的信仰，以宣教的實際行動和海神進行和解。伊阿宋在米蒂雅協助下取得金毛羊皮之後，從黑海西岸上溯多瑙河，繞過巴爾幹半島和義大利半島，南下地中海回到希臘，探索內陸世界之深廣為史詩所不曾見。可是阿波羮尼俄斯花了一半的篇幅描寫米蒂雅的深情與專情。同樣受人津津樂道的是，詩人所展現神話知識之廣博與地理知識之淵博，以「文人」為其史詩的描述詞當之無愧。

在神話史上，希臘化時期的特色是大量出現成因神話，即解釋當代地景和地貌的神話起源。如《伊里亞德》24.602–620阿基里斯為了說明即使哀哀欲絕仍有必要進食，講了個妮娥蓓石化的故事。又如《奧德賽》13.161–4，荷馬把「絕地天通」世俗化、神話化，甚至理性化，說海神以船形石阻絕現實與奇幻兩個世界。成因神話在荷馬史詩屈指可數，在《阿果號之旅》卻多達八十個，這談不上突變；前述天神在兩部荷馬史詩以不同的方式干預人事，是春江水暖鴨先知的一個跡象。

即使呼告成了史詩的成規，詩人仍挖空心思尋求突破，可是呼告的對象不會無中生有。《阿果號之旅》破題呼告「福坡斯」(Phoebus)，指預言神阿波羅的光明神相。敘事以寓言揭開

圖 16 阿果號之旅，追尋金毛羊皮

序幕固然有以致之，其中隱含強烈的性別意識卻難以忽視。阿波羅以弓箭射死德爾菲的大蟒蛇，那是母系信仰的女神守護靈；奧林帕斯神族發動的男權大革命由於這一場關鍵戰役獲得勝利，從此理性原則代表的光明與秩序取代感性原則代表的黑暗與渾沌。第三卷，阿波婁尼俄斯再度呼告，對象是主管情詩的繆思愛樂妥（Erato，「所慾，可愛」），因為阿果號抵達科基斯（Kolkhis）之後，主題是伊阿宋和米蒂雅一見鍾情，阿波羅在這個領域誠非高手。第四卷又一次呼告，對象是含糊籠統的繆思，合理推敲應該也是愛樂妥，但是詩人暗示自己無法決定米蒂雅的動機，因此呈現「事實」卻沒有加以詮釋。從文學觀點來看，

圖 17　米蒂雅與伊阿宋（公元前五世紀希臘瓶繪）

圖 18　雅典娜解救伊阿宋擺脫龍腹（公元前五
　　　 紀雙耳淺口大酒杯的杯底陶繪）

阿波羅尼俄斯選定題材之後，在史詩與抒情詩這兩個文類難以取捨；使用現代措詞，可以說是他無法理解愛情病理學的病因。

從《伊里亞德》經《奧德賽》到《阿果號之旅》，我們看到史詩的變化趨勢呼應歷史的變遷。一是英雄身分的轉變，從勇士一變而為家長，再變而為「每人」(Everyman)。二是人生視野的轉變，從物理空間轉向心靈空間，再轉向心理空間。從口傳史詩到文人史詩，我們看到戰鬥隱喻化，從實體戰場的男人互相鬥爭，一變而為情場這個隱形戰場的男女鬥智；兩性戰爭則從權力場轉向情慾場。如果把兩河流域的口傳史詩也考慮進來，我們在更寬廣的歷史視野看到兩性衝突檯面化的轉變過程：吹響男權大革命之號角的《吉爾格美旭》寫男人反抗女神，荷馬史詩寫男人擁有女人，阿波羅尼俄斯寫男人需要女人。

身為讀者的我們不免追問，需要的結果呢？

6.2.2 維吉爾《埃涅伊德》

十六世紀的法國批評家把口傳史詩和文人史詩相提並論，認為維吉爾（Publius Vergilius Maro，公元前 70–前 19）的史詩造詣比荷馬優秀。只就一事而論，創作書寫無不力求精工出細活，最起碼要避免重複，現場演唱卻有賴於現成的磚塊物料。未識口傳詩歌的特色難免誤判優劣，採取適切的觀點有助於拓展欣賞的視野。

融希臘史詩於一爐

　　荷馬為史詩奠定傳統，眼界之深廣無與倫比；阿波羅尼俄斯繼絕響發新聲，為英雄傳說注入情慾題材。維吉爾的眼界雖無法頡頏荷馬，效尤荷馬史詩力求青出於藍，開創民族史詩功不可沒，更透過阿波羅尼俄斯開發的新題材揭開新視窗。他的代表作《埃涅伊德》(*Aeneid*) 鋪陳羅馬的建城神話，把不早於公元前八世紀的帝國歷史源頭連結到特洛伊戰爭，反映的是羅馬當局「正統」的建國史觀。全詩十二卷，前面六卷的情節主軸寫迦太基 (Carthage) 女王狄兜 (Dido) 和埃涅阿斯的戀愛故事。在歷史脈絡中以愛情故事呈現政治主題，維吉爾的敘事手法為史詩傳統新闢一境。

　　維吉爾在《埃涅伊德》開宗明義寫道「我謳歌戰爭與一勇士，他受命運驅遣／率先從特洛伊海岸前往義大利」。這個破題句點出整部作品的主題，即羅馬城的建立是奉天承運，同時不著痕跡交代詩人自己的名山事業之所宗，即歌頌羅馬。《伊里亞德》20.287–308 預言埃涅阿斯的子孫萬世無疆。維吉爾從這條線索引出一部史詩，說特洛伊將領埃涅阿斯秉承天意，率領一批遺民逃難到義大利，經歷慘烈的戰鬥掙得生存權，他的後代建立羅馬城。就這樣，維吉爾師承荷馬《奧德賽》歌詠戰火餘生的返鄉英雄，卻以建立新家園取代歸返故土，以及《伊里亞德》描寫第一勇將接受和解，卻以特洛伊難民在異鄉可望獲得生存空間取代特洛伊人在故土即將城破家毀。

　　荷馬的兩部史詩在維吉爾筆下融合無間，工筆造詣有筆補造化之功，令人歎為觀止。維吉爾使用拉丁文亦步亦趨踵武荷馬的希臘風格，包括格律、人神同形同性論、天神干預、描述詞、插曲，不勝枚舉。此處單舉入冥之行與盾牌圖案管窺全豹。

　　奧德修斯前往陰間，目的是了解家中近況。此事關乎他的復仇計畫，他入陰返陽終於了解到受苦受難有意義，因為家風可望重整，而且社會秩序得以匡正。埃涅阿斯入冥同樣有助於了解個人苦難的意義，不過他所獲知的命運遠超乎家族的範疇，事關五個世紀以後羅馬歷史的發端。奧德修斯入冥之前最刻骨銘心經驗是被迫和卡綠普娑同居七年，維吉爾據以鋪陳狄兜插曲，成為《埃涅伊德》前六卷的焦點，就是我在《情慾幽林：西洋上古情慾文學選集》節譯的〈鰥寡生死戀〉。

　　埃涅阿斯前往義大利途中遭遇海難，受困於腓尼基人在北非建立的殖民城市迦太基，深受女王狄兜的禮遇。女王素仰這位特洛伊英雄的盛名，設宴款待，席間親口聽他講述特洛伊陷落（第二卷）以及海上歷險（第三卷）的始末，因此由仰慕而憐惜而生情。不同於奧德修斯選擇離開卡綠普娑的懷抱，埃涅阿斯對於狄兜的深情與剛烈了然於胸，卻不計後果棄她而去。狄兜因此自殺。埃涅阿斯在庫邁（Cumae，義大利半島最古老的希臘殖民地，建於公元前八世紀，地近那不勒斯）上岸，蒙阿波羅神殿的女先知席璧珥（Sibyl，希臘語稱「女預言家」為sibulla）引領，前往陰間。他在陰間邂逅狄兜的亡魂，試圖辯

圖19 狄兜初見埃涅阿斯

解自己的不告而別,對方卻不領情,一言不語轉身投入前夫的懷抱。

羅馬英雄的原型

在這絕情漢對比深情女的情景,維吉爾找到他為羅馬的民族英雄寫像的原型。這一幅寫像可以題作「堅忍英雄」。性情剛烈的狄兜含冤抱屈以終,埃涅阿斯卻是徹底壓抑感情,為了天意而放棄自我,才從情場全身而退。然而,埃涅阿斯並非冷漠無情。他如果冷漠無情,他的痛苦會少很多。維吉爾的筆觸透露自己的創作動機:苦心孤詣從希臘史詩嫁接而來的旋律,有助於呈現羅馬英雄的形象。

自從《吉爾格美旭》吹響男權大革命的號角，女性意識向來不見容於父權社會。那個社會要求男人志在功業，女人應該以成全配偶為己任。身為女性膽敢伸張情慾自主權，這對父權體系是一大威脅；維吉爾未必意識到情慾場實為政治場域，但他顯然領悟到女性情慾與父權體系之間勢同水火的關係。羅馬人在七百年間從村落發展成以地中海為內海的帝國，深賴於對男人有更進一步的要求：小我應該臣服於大我。因此，他歌頌英雄勢必犧牲豪放女，女性的情慾自主權勢必要成為國族英雄發揚堅忍情操的祭品。《埃涅伊德》的狄兜插曲把婚姻政治學搬上文學史的檯面，維吉爾慧眼審視羅馬情操「不足為人道」之處。難能可為的是，他不但沒有把狄兜妖魔化，甚至賦予她血肉之軀，譜出婚姻政治學的「雅歌」──歌中之歌是為雅歌。

維吉爾把希臘神話嵌入羅馬歷史。我們甚至看到他模擬《伊里亞德》第十八卷描寫阿基里斯的盾牌，在《埃涅伊德》第八卷描寫埃涅阿斯的盾牌。希臘盾牌以宇宙為背景，藉自然和人文世界的景象襯托阿基里斯之怒的意義。羅馬盾牌呈現的卻是以屋大維 (Octavius) 凱旋的榮光普照羅馬未來的歷史。屋大維統一羅馬共和在凱撒 (Julius Caesar) 遇刺之後分裂的局面，改稱奧古斯都 (Augustus) 施行帝制，那段歷史是維吉爾創作時羅馬人共同的記憶。

維吉爾為了呈現羅馬歷史記憶的深度而犧牲個體心理刻畫的深度，瑕不掩瑜。藝術造境的折損反而奠定他「為歐洲立心，

為印歐人立命」的宗師地位。他把神話政治化，榮耀聚焦的對象從家族的記憶轉向族群的未來。一旦家族和政治實體結合，父權價值大一統可謂水到渠成，那是但丁和米爾頓共享的宗教意識形態的基礎。維吉爾標舉個體價值認同的「堅忍情操」，此一情操應用在規範團體行為時，拉丁文稱為 pietas（= piety，虔誠）。這個羅馬字眼就是埃涅阿斯為了貫徹天降之大任而向天神禱告時，維吉爾在《埃涅伊德》所用的描述詞 pius (= pious)。富含道德色彩的這個單詞，對羅馬人而言是崇拜皇帝的政治信念。後來基督王國（Christendom，「基督教世界」）取代羅馬帝國，pietas 無縫接軌轉化成崇拜天主的宗教信仰。天主即天父，詩人賦予埃涅阿斯的許多特質和朱彼特（Jupiter，「天父」，等同於希臘神話的宙斯）重疊。此一疊影寫像就反映在埃涅阿斯為族群的利益考量時，維吉爾改用 pater（= father，「父親」）當描述詞。特洛伊遺民心目中的「父親」，就是未來羅馬人的「國父」。

6.2.3 奧維德《變形記》

希臘史詩以個人經驗為基礎的記憶，在維吉爾的《埃涅伊德》徹底讓位給族群的歷史。阿基里斯的盾牌上立體的宇宙圖像，在埃涅阿斯的盾牌扁平化成為奧古斯都的凱旋榮光照耀四面八方。傳統史詩以環狀回歸的結構寄意自然界周而復始的節奏，在維吉爾的敘事由羅馬英雄朝特定目標前進的線性時間觀

取而代之。就這些史詩新氣象而言，維吉爾嘔心瀝血費時十年
（公元前 29-前 19）的成果確有承先啟後之功，卻在二十七年
後遭遇強勁的挑戰，對手是年輕二十七歲的新世代詩人奧維德。

變形史觀與帝國史觀爭輝

　　奧維德 （Publius Ovidius Naso ， 公元前 43-公元後 17 或
18）的《變形記》(*Metamorphoses*) 是上古時代最後一部史詩，
創作動機明顯是和維吉爾的《埃涅伊德》一較長短，不論修辭
技巧與文體特色或是用典與主題，處處顯露雄心所在，要用自
己的方式與已博得羅馬帝國民族詩人之美譽的維吉爾爭輝。只
就一事而論，維吉爾從荷馬史詩的戰火餘灰寫出羅馬帝國的建
立，並且「預言」其千秋萬世的基業，奧維德格局更大，從希
臘神話開天闢地之初的渾沌狀態寫到奧古斯都君臨天下，卻開
宗明義點出變異無常的主題，甚至把羅馬和歷史上先後覆亡的
古文明並列。

　　奧維德創造的世界其實沿襲希臘化時期的遺風。當時社會
動盪不安，人生觀與世界觀發生天翻地覆的變化，時間的流動
性與生命的無常感表現在神話創造就是變形故事越來越普遍。
變形神話反映當代把宗教寓言化又理性化的風尚，人神關係益
形疏遠。奧維德的《變形記》總結這個趨勢。與其說奧維德標
新立異，不如說他的人生觀無法苟同維吉爾詩心筆尖所凝聚親
歷羅馬內戰油然而生的憂患意識。

　　奧維德使用史詩格律，筆法上偏又處處和藉神話演繹歷史

的英雄史詩唱反調，同時和從英雄史詩變形而來的教誨詩暗通款曲。他的破格筆法就反映在《變形記》1.4「從開天闢地一路編織到當今」的編織意象：他書寫父權觀點的神話故事，卻透過女性專有的手藝編織宇宙的歷史，取材於希臘羅馬縱橫八百年的詩人與哲學家的著作，藉詩人的想像經緯穿梭，他創造出獨一無二的神話史觀。用小敘述的意象創作大敘述的主題，他要闡明自從光陰出現以來，這個時間連續不斷的宇宙史唯一不變的原則是「變」。

變形神話百科全書

奧維德以宏偉的架構，展現名副其實的神話百科全書。他以形態的變化為引導母題，巧奪天工把超過二百五十個短篇故事編織成一部神話史，十五卷的篇幅總共 12,015 行，相對於《埃涅伊德》9,896 行、《奧德賽》12,110 行、《神曲》14,223 行和《伊里亞德》15,688 行。

毫不誇張地說，羅馬帝國滅亡以後的希臘羅馬神話，其實就是奧維德神話。他是說故事的高手。由於他活潑的想像、敏銳的情思與細膩的筆觸，後代歐洲文學家（特別是但丁、莎士比亞和米爾頓）與藝術家（包括歌劇、雕塑與繪畫）取材神話時，典故通常出自奧維德的《變形記》。在上古世界，他對女性心理的興趣與洞識，只有雅典悲劇詩人尤瑞匹底斯可以相提並論。尤其動人的是他筆下的情慾世界：同樣是變形，強者以之為人格面具，弱者卻是為了避劫而不惜放棄自我本有的生命形

態。奧維德甚至以他獨一無二的文體逼使讀者正視語言的表象
與經驗的本質兩者的落差，暗扣生命的無常與悲劇感。

閱讀奧維德的《變形記》，樂趣之一來自細膩、變化無窮而
且往往出人意表的故事銜接，甚至故事套故事。我的中文譯注
本附有〈細目結構〉，可以明確看出故事中的故事如何環環相
套。即使分卷，他也自出機杼，不像維吉爾從藝術效果的統一
著眼，而是各卷各有其戲劇張力十足的起頭與意義重大的結尾，
因此他筆下一系列的變形故事本身隱含地理與生命雙重向度的
空間連續。時間沒有中斷而空間沒有縫隙是羅馬襲自希臘的宇
宙觀，奧維德就是以那個背景鋪陳他的史識。

神話「易經」

奧維德的史識聚焦在《變形記》的最後兩卷，其主題是以
埃涅阿斯為中心的羅馬官方的「歷史」。奧維德甚至在卷終前
「預言」奧古斯都終將成神的「天意」，這和維吉爾的《伊尼伊
德》一樣，是為羅馬帝國的歷史「尋根」。然而，在第十五卷
〈畢達哥拉斯的教誨〉，他卻運用羅馬詩人律克里修 （Titus
Lucretius Carus，公元前約 99–前 55）《萬物原論》（*De rerum
natura = On the Nature of Things*，或譯《物性論》）承襲赫西俄
德的教誨詩傳統，闡明「靈魂轉生」的觀念，為變形史觀提供
哲理的依據。

「畢達哥拉斯的教誨」這名稱本身暗含玄機，有意義卻容
易誤導。猶如《變形記》的神話故事繼承英雄史詩的傳統卻別

出心裁,〈畢達哥拉斯的教誨〉承襲教誨詩的傳統卻匠心獨運。
畢達哥拉斯（Pythagoras,公元前約 570–前 495）是希臘哲學
家,率先提出「靈魂轉生」的輪迴生命觀,主張靈魂不朽,肉
體死亡後寄宿在新的身體。 另一位希臘哲學家恩培多克里斯
（Empedocles,公元前 490–前約 430）提出一套理論,解釋宇
宙的成因:宇宙萬物由土、水、氣和火四元素組成,各元素由
於愛與恨兩種力量的作用而分分合合。在這兩位哲學家影響之
下,伊壁鳩魯（Epicurus,公元前 324–前 271）提出一套倫理
哲學,主張宇宙萬物乃是原子因緣湊合而成,天神顯然不屬於
這樣的一個宇宙,所以他們和人類沒有關聯,對世事也不感興
趣。羅馬詩人律克里修根據伊壁鳩魯的理論,使用史詩格律寫
出徹底唯物論觀點的《萬物原論》:神是無知與夢想的產物,人
類的起源與文明的進化不曾有神參與。奧維德所謂的「教誨」,
其內容其實是摘述律克里修的《萬物原論》。他假託畢達哥拉斯
之名,顯而易見的妙用是吻合他的變形史觀:凡事必可溯源,
但萬物生生不息只是名為「靈魂」這個不變的本質在不同的宿
主不斷轉生,此即神話世界「形體改變而性質不變」的變形定
律。《變形記》這份文本是以文字記載奧維德所稱「我生命中比
較高貴的部分將會獲得永生」(15.875) 的「靈魂」。換句話說,
《變形記》是他身為詩人的「形體」;畢達哥拉斯的「靈魂」經
過一系列的轉生,最後進駐到奧維德以文字組成的「形體」。他
在《變形記》的跋詩最後一行信誓旦旦宣稱自己「永遠留芳」。

他基於畢達哥拉斯的理論主張靈魂不朽，卻根據律克里修的唯物觀點建構變形的歷程，吻合「無常的現象是宇宙唯一的常道」這個「易經」論述。

這麼說來，〈畢達哥拉斯的教誨〉展現奧維德一貫的文字變形手法，是他用來為他的宇宙變形史提供哲理論據，同時一網打盡六步格詩歌的傳統，把史詩和教誨詩融於一爐，囊括英雄與凡人兩種沒有交集的生命景觀，完成他獨步文壇雄霸歷史的豐功偉業。我們看到的藝術效果卻不只是如此而已。在維吉爾的《埃涅伊德》於公元前 19 年問世之後，羅馬被稱為「永恆之城」，那是維吉爾歌頌的對象，詩中透過朱彼特之口說出奧古斯都為羅馬人奠定的歷史觀：「我給了他們沒有止境的帝國」 (1.279)。這是一股強大的動機，要把羅馬從永恆回歸而有開始必有結束的宇宙規律解放出來，以無限擴張的時空打破生生死死的歷史魔咒。奧維德的變形史觀足使我們看透那種樂觀情懷其實是悲壯得不切實際。

他用單一主題收攏神話萬象，在無常的生命世界陳明「無常的現象是宇宙唯一的常道」這個永恆的真理。他的《變形記》無疑是西洋古典神話的「易經」。無常的世界和「不朽」絕緣。因此，在奧維德的變形世界，天神與凡人殊無二致，英雄則成為擬諷的對象。史詩傳統的神必定不朽，英雄則以追尋不朽的榮耀為己任，這在奧維德的變形史觀只是笑談。奧維德的變形史觀把史詩英雄的形象徹底解構。一如他模仿希臘適合抒懷寫

情的哀歌對句 (elegiac couplet)，登峰造極竟使得那個格律無以為繼，他的《變形記》模仿希臘謳歌英雄偉業的六步格，睥睨前賢竟使得六步格史詩成為絕響。

6.3 史詩傳統的蛻變

六步格史詩傳統始於荷馬的《伊里亞德》與《奧德賽》，描寫英雄的不朽事蹟。赫西俄德的《神統記》和《歲時記事》使用史詩格律闡明凡人的生活之道，開創教誨詩。阿波羅尼俄斯的《阿果號之旅》承襲荷馬的傳統，卻推陳出新，以書寫文本取代即興演唱，又以情場取代戰場，文人史詩於焉誕生。到了羅馬時期，維吉爾的《埃涅伊德》融合希臘史詩，創造羅馬英雄的典範。律克里修的《萬物原論》和維吉爾的《農事詩》(*Georgics*) 則延續赫西俄德以六步格從事說理的教誨傳統。在另一方面，維吉爾的英雄史詩在奧維德的《變形記》發生突變，但是其文化基因仍屬於希臘羅馬的傳統。基督教史詩卻是希臘羅馬與希伯來兩種異質文化的融合。在這融合的過程，維吉爾的《埃涅伊德》發揮了觸媒的作用。埃涅阿斯的英雄情操，一言以蔽之是「虔誠」，原本是體現政治大一統的信念，卻在君士坦丁大帝（Constantine the Great，306–337 在位）改宗之後，由於基督教在羅馬帝國占有優勢，開始轉變為宗教大一統的信仰。

6.3.1 禁慾文學的先聲

意識形態從開始改變到發生蛻變絕非一蹴可幾。單就史詩傳統而論，其因緣際會的關鍵人物是聖奧古斯丁 (Augustine of Hippo, 354–430)。

羅馬帝國末年，基督信仰雖然席捲帝國全境，教會本身卻分崩離析，遭逢異端邪說和有組織的偏激教派兩面夾攻，眼看就要隨著陪葬。在這樣一個危急存亡之秋，奧古斯丁獻身教會，適時發揮中流砥柱的作用，不只有助於鞏固西方教會，尤其功在教義與教會政策的系統化，因此諡聖。

奧古斯丁在希臘的哲學思辨和羅馬的政治一統這兩個基礎上，為基督教義奠定可久可長的神學體系，是總結地中海盆地三大上古傳統（希臘文化、羅馬法律和希伯來一神信仰）的大功臣，使得基督教會有潛力取代進而延續，終至於拓展羅馬帝國一統歐洲的理想。他把「原罪」的觀念理論化，主張亞當違背誡令所體嘗的知識果是性知識，從此奏出基督教禁慾文學的序曲。提到性知識，我使用「體嘗」禁果是要強調，在邏輯思維發展成熟以前，母神信仰的知識基礎主要是身體的經驗。《舊約‧創世記》4.1 欽定本英譯 "Adam knew Eve his wife; and she conceived, and bare Cain"（亞當和他的妻子同房；她懷孕，生下該隱）的動詞 knew，兼有「交合」與「認識」二義，表達我說的意涵。

6.3.2 宮廷愛情的理念

　　奧古斯丁去世之後不到半個世紀，羅馬帝國滅亡。接下來是長達一千年的中古時代。歐洲那一千年的歷史可分為約略相等的兩個半期。在前半葉，一方面有凱爾特人（Kelts = Celts，「塞爾特人」）奮力抵抗日耳曼民族的擴張運動，另一方面是取代羅馬帝國成為社會秩序之支柱的基督教會積極「馴服」日耳曼部落。到了後半葉，皈依基督教的日耳曼人已成為中歐與西歐的新主人，十一世紀以後封建制度風行全歐。封建社會流傳許多騎士歷險患難的英勇事蹟，這些作品統稱為騎士文學。騎士文學除了為貴族社會的男男女女提供消遣讀物，更為騎士階級提供武德與情操的典範。這一類「騎士美德書」是歐洲當時的主流文類，都以 Romance languages（羅曼語族，當年羅馬帝國境內官方語與地方語融合產生的種種方言，主要包括今天的羅馬尼亞語、葡萄牙語、西班牙語、法語和義大利語），故稱 romance，中譯「傳奇」。

　　中古傳奇的主要題材，可以和歷險相提並論的是愛情。在封建制度之下，婚姻乃是基於政治與經濟雙重利益的結合，不穩定的利益關係尤其使得政治婚姻難以培養愛情的基礎。也因此，抒情詩人在歌頌愛情的時候，婚姻關係根本就不在考慮的範圍之內，甚至認為婚姻與愛情根本相剋。情侶之間的兩性關係簡直是領主與其封臣的主從關係的翻版，可稱為「愛情的封

建化」：合乎宮廷禮儀才有愛情可言，卻也是愛情使得他們合乎宮廷禮儀。

　　騎士文學的社會中堅是騎士，騎士社會有一套禮儀專門用來界定愛情倫理並規範兩性關係，這就是論者所稱的宮廷愛情(courtly love)。在中古傳奇典型的兩性關係中，淑女高高在上，騎士——絕不會是她的丈夫——低聲下氣以博取芳心。這種關係雖然違背倫常，雙方卻都得謹守貴族社會的習俗和禮節，因此冠以「宮廷」一詞。從字面看，「宮廷」意指「與（封建）宮廷有關」，包括受到「（宮廷）禮儀」("courtesy")所規範的行為。這種封建化了的愛情有四大特徵：婚外情，殷勤，謙卑，以及相信愛情神聖因此值得誠篤信奉的愛情宗教。

　　宮廷愛情的禮儀就是現代社會「女士優先」這個習俗的源頭。從宮廷愛情演變為女士優先的一大關鍵是文藝復興時期的作家，抒情詩人尤其有發揚光大之功。但丁是這個源流的先行者。

6.4 基督教史詩

　　埃涅阿斯所體現「虔誠」的美德，已從政治大一統的信念轉化成宗教大一統的信仰。奧古斯丁的原罪論促成愛的質變，這是我在《陰性追尋》5.6〈身體美感大變革〉所提出的「性愛解離」之一端，再加上柏拉圖「理型論」(Plato's Theory of

Ideas) 的催化，禁慾觀為基督教帶來嶄新的風貌。形而下的肉
體被貶為罪惡的淵藪，形而上的精神則被提升為神聖的靈性，
兩者不只是不相容，根本就背道而馳。救贖產生前所未見的新
義：由荷馬史詩的贖身，付出有形的財物以換取身體的自由，
演變成基督教的贖罪，信仰基督以免除原罪的束縛。救贖之道
在於對前述教義的信仰，信仰則由於耶穌的影響而從《舊約》
的信徒愛上帝轉變為《新約》的上帝愛人類。

6.4.1 但丁《神曲》

　　但丁 (Dante Alighieri, 1265–1321) 從兩性關係的角度詮釋
救贖的意義。愛是獲得救贖的不二法門，他以愛情為尋求救贖
之道，結合愛情文學、追尋神話與宗教救贖三大主題。於是個

圖 20　但丁《神曲》

人的經驗神話化，神話則基督教化。所謂「基督教」原本單指習稱天主教的梵諦岡教會。馬丁・路德 (Martin Luther, 1483–1546) 發起宗教改革之後，新出現的教派統稱為新教，獨立於梵諦岡教會，是狹義的基督教。但丁那個年代的基督教當然是一般認知中的「天主教」。

愛的救贖力量

　　但丁身為歐洲中古時期最偉大的詩人，深諳象徵語言的妙用。至少從這個角度來看，他最富創意的文學成就是使個人的經驗展現神話的意境。然而，文學創作不是傳記書寫，抒情詩的第一人稱說話者 (the speaker) 也不等於作者本人。但丁意識到自己的詩人身分之初，就打定主意站上前人的肩膀，深知廣閱歷致深思為描寫深刻的感受說所不可或缺。他明白文學創作就是使用文字進行展演，他要透過虛構的詩人角色揭露和自己同名的那個虛構人 (persona) 的愛心情事。不論他在詩中保留多少或如何運用個人的傳記資料，詩中的數字本身就透露他在創造神話。他的神話創造先以抒情詩集《新生》(*La Vita Nuova* = *The New Life*, 1294) 預告，十四年後 (1308) 開始動筆，在去世前一年 (1320) 《神曲》 (*Divina Commedia* = *Divine Comedy*, 1320) 大功告成。

　　《新生》是一場真情告解。但丁採用散韻交錯的體裁，一部十四行詩聯套從一見鍾情話說從頭，隨詩附散文體說明情境，或分析自己的感受，或釐清自己對愛情的見解。基督徒一旦失

足犯罪，需要向授有赦罪權力的神職人員坦認自己的過錯，以獲得罪過的赦免。「告解」俗稱「懺悔」，表示當事人直面自己所犯之罪；唯有面對才能提起，提起之後獲得性靈的自由，因此放下成為可能，回歸清淨身而得以和天主和解。這是神話世界的「絕地天通」事件之後，基督教重建和諧的管道之一。「絕地天通」的希伯來版本為《舊約》亞當和上帝被逐出伊甸園，耶穌受難的本質則無異於奧德修斯和海神和解。

　　愛何罪之有？但丁結婚之後仍繼續思慕已是有夫之婦的貝雅翠采 (Beatrice)，這不但不是罪，甚且是宮廷愛情的必要條件。但是，從《神曲》的《冥界》第五章和《淨界》第三十章可知，愛本身是善，分出聖、俗只是一念之隔，那一念就是堅決抗拒官能的慾望。但丁是否犯罪和文學欣賞不相干。他只是虛構一個和自己同名同身分的角色，那個角色陶醉在愛的感覺，那種感覺在但丁看來不夠清純，仍有待淬鍊。為了透過貝雅翠采體現心目中宮廷愛情的理念，就像後來英國詩人司賓塞 (Edmund Spencer, 1552–1599) 在 《仙后》 (*The Faerie Queene*, 1590–1596) 透過虛構的標題角色體現心目中理想的伊莉莎白女王，但丁知道自己還需要站得更高、觀看更深遠，思考得更深入也周延，而且表達感受還要更深刻。

　　《新生》在簡短的開場白之後，第二章寫道：「天日已九度轉回我出生時的位置，我心目中榮耀的女士出現在我眼前，大家都叫她貝雅翠采，卻不知道那個名字的意思。那時候她九歲

初始,我九歲已屆尾聲。」其實「大家」都知道「貝雅翠采」這個名字的字面意思是「她帶來幸福」,只是沒有人知道貝雅翠采竟然使詩中的說話者臻於「至福」(beatitude)。但丁的文創展演具現於「九」這個數字:在神話世界的象徵語言,九代表極數,不知真愛為何物的九年是劫難之極。十則是否極泰來。特洛伊戰爭歷時九年,第十年結束,以及奧德修斯流浪九年,第十年回到家,都是這個意思。準此,但丁九歲初識貝雅翠采,意思是他十歲開始生活在愛心盈滿的世界,這是他的「新生」。

高歌愛情當何如

然而,肉胎與俗世是墮落的結果,罪惡纏身絕無可能純真。但丁在《新生》第四十二章這麼寫道:「寫完這首十四行詩,我做了個夢,因此決定暫時封筆,不再寫這個有福的人,直到我能夠為她增輝。為了這個目標,我發憤博學,這一點瞞不了她。如果這樣能夠使創造萬物的祂歡欣,我希望餘生致力於史無前例的女人書寫。但願我的靈魂升揚去瞻仰這位女士,就是有福的貝雅翠采,她沐浴在光輝中凝神矚目永世永福的祂。」他在這部詩集結尾自我期許的成果就是《神曲》。

但丁的愛情觀,一言以蔽之,浪漫愛情是開發性靈深度的踏板,其終極目標在於宗教之愛。雖然已經描寫因愛重生,但丁仍無法確定以基督教觀點詮釋宮廷愛情會是什麼樣的面貌。但是他很確定,那必定屬於史詩這個最高貴的文類,必定是夢境寓言 (dream allegory) 的體裁,必定使用質樸而非典雅的文

體，而且必定以義大利文而非拉丁文寫成。以上四個「必定」當中，史詩高貴是傳統的評價；夢境寓言是深具中古傳奇特色的體裁；通俗文體是騎士文學不約而同的共識，可比擬於現代小說家以中產階級的生活語言從事創作。至於語言的選擇，雖然使用方言創作是當代文體共識的一環，但丁的方言選擇卻是有意識採用家鄉母語（後來成為義大利「國語」的托斯卡納語中的佛羅倫斯方言），語彙的來源並不自我設限。他固然有個人的文學信念，寓教於樂確實是一大考量，可他心目中的「教」不再是騎士美德，而是基督教美德。

　　從自傳的角度來看，但丁的《新生》一方面是奧古斯丁《懺悔錄》之後又一部足以藏之名山的心靈自傳 (spiritual autobiography)，另一方面則是心中存愛終將得到善果的前奏。因愛得福必定是「喜劇」。既已在《新生》把宮廷愛情基督教化，他接著創作《神曲》實踐自我期許的結果是把基督教禁慾文學寓言化。《神曲》原題「喜劇」(*Commedia*)，指涉故事由悲而喜，這是源自古希臘的文學觀點，後世改稱「神聖喜劇」則是取義於基督教觀點。

基督教夢境寓言

　　《神曲》沿用中古傳奇的語言風格，卻賦予豐富又綿密的象徵而成為寓言。「綿密」意思是詩中大大小小的元素，包括整部作品所描寫的宇宙結構、個別插曲、意象或母題的前後照應，有如奧維德《變形記》使用的編織意象，卻以象徵的鋪展為線

索，故稱「寓言」。這樣一部寓言史詩卻以夢為框架，作品從敘事者入夢揭開序曲，夢醒收煞，作品內容即是夢境。夢境寓言這體裁本身就隱喻基督教的人生觀：人生在世虛幻如夢，只是為來生作準備，死後面對上帝的審判則是終極真實。

　　但丁透過數字的象徵意義呈現基督教觀點的宇宙空間結構。《神曲》由三部分組成：〈冥界〉(Inferno) 描寫地獄，是罰罪所；〈淨界〉 (Purgatorio) 描寫煉獄，是滌罪所；〈天界〉(Paradiso) 描寫天堂，是受恩所。有別於希臘的多神信仰，基督教是一神信仰，其教義以「三」這個數目為基本象徵：獨一的真神永遠以聖父、聖子與聖靈三個位格同時存在，此即三位一體。為了呈現這樣的結構與象徵，但丁獨創三聯韻 (terza rima) 行尾韻模式：以三行為押韻單元，每一個單元的首、尾兩行押韻，中間一行和下一個單元的首、尾兩行押韻，到最後隔行押韻即是一卷終了。換句話說，《神曲》通篇每一卷的行尾韻模式都是 aba bcb cdc ... xyxy。

　　但丁描寫的宇宙三界，冥界含三大死罪類別、淨界含三種理性之愛，以及天界含三種上帝之愛。每一個組成部分的空間結構都是 $1 + 3 \times 3 = 10$。平方代表完整，三的平方是九。九早在荷馬史詩就代表極數，這個數目呼應《神曲》各篇內在的結構：冥界有九重懲罪所，淨界有九重贖罪所，天界有九重享福所。冥界九重加上稱為陰陽關 (Vestibule) 的外冥界 (ante-Hell)，依違於善惡之間不作選擇的騎牆派亡魂遊蕩之處，合為十；淨

界九重加上稱為伊甸園的世間樂土，合為十；天界九重加上包圍宇宙的永恆之光，稱為最高天 (Empyrean)，合為十。十這個數目象徵圓滿。

　　他的成果以抑揚五步格表達。此一格律在義大利文為十一音節詩行，因此每個押韻單元的音節總數是 33，這個數目正是但丁描寫宇宙三界分別使用的卷數，但是全詩卷首為序曲，此所以〈冥界〉有 34 卷。因此，整部詩篇的總卷數為 1 + 33 + 33 + 33 = 100。100 是 10 的平方，10 如前所述是滿數。滿中之滿是圓滿的極致，上帝之光所環繞的宇宙就是個大圓，這個大圓以地球為中心，地球的圓心則是罪大惡極的撒旦被冰封永凍之處——黑暗地心即是黑暗心地（見 5.3.2〈奧德修斯的記憶〉）。地表分成陸地和海洋兩半，北半球陸地的中心是耶路撒冷，南半球海洋的中心聳峙煉獄山。《神曲》三篇每一篇的最後一個字都是「星星」，星星在冥冥中提醒朝聖客莫忘初心，星光引導他步步攀登，終於見識日正當中慈暉普照寰宇無陰無影的光明景象。

閱歷宇宙之書

　　從《神曲》卷首的序曲不難看出前述的夢境框架、寓言旨趣和押韻模式：

　　　在我們人生旅途的中點，我迷路
　　　　偏離筆直的大道，醒來發覺自己

　　孤單單在幽暗的樹林裡。要怎麼描述　　　　　3

　　眼前的景象！那麼陰鬱、

　　　那樣的一大片荒野！步步艱難，

　　回想起來仍感到恐怖無比。　　　　　　　　6

　　死亡不會比那個地方更悽慘！

　　　不過因為它帶來善，我要交代

　　我在那裡領悟的上帝的恩典。　　　　　　　9

　　怎麼走到這境地，我說不上來——

　　　當時我睡意正濃昏沉沉，

　　就這樣離開正道把路走歪。　　　　　　　　12

　　詩人但丁 (Dante the poet) 說「我們人生旅途」是把凡我人類的生命比喻為道路。他寫《神曲》是以中古基督教觀點描繪出生到死亡這個過程的人生之道。基督教看生死之別有大義在焉，其分際在於是否接受洗禮。沒有接受洗禮的人在肉體死亡之後永墮陰府，接受洗禮的人則有機會蒙受神恩而享永生，機會之別在於受洗之後犯下教義所界定的罪行是否在生前懺悔而死後滌罪。這兩種生命之道就是基督教所定義的善惡之別。透過三界呈現生／死或善／惡判然不同的價值觀，《神曲》以獨特的觀點呈現本書 3.2.1 所稱三重結構二元觀的印歐傳統，整部詩篇描寫在那個宇宙之內人類普遍的命運。

　　按《舊約》的說法，人類普遍的壽命是七十歲（〈詩篇〉

90.10，〈以賽亞書〉23.15）。《神曲》所設定的時間背景是公元
1300 年的耶穌受難紀念日 (Good Friday)，也就是詩人但丁三十
五歲之年，正是「我們人生旅途的中點」。在這開場白之後，鏡
頭聚焦於朝聖客但丁 (Dante the pilgrim) 的命運。這位朝聖客是
《神曲》詩中凡我人類的化身，是和詩人但丁同名同更的主角，
他敘述自己在耶穌受難日一場夢迷途知返的故事，因此「我迷
路」改用第一人稱單數代名詞。

　　朝聖客但丁迷路是因為理性一時短路，偏離基督教的正道。
他迷途之後得以知返的關鍵在於心中有愛。他愛紅顏早逝的貝
雅翠采。貝雅翠采在詩人但丁的想像中已昇華為上帝之愛的化
身，不忍但丁沉淪於人間苦海，因此囑咐但丁的精神導師維吉
爾引領但丁向善之道。《神曲》寫的就是但丁在維吉爾的引導
下，於聖週六 (Holy Saturday) 日落後開始穿越冥界的行程，認
識罪的本質之後，在復活節 (Easter Sunday) 日出時抵達煉獄山
腳，整整三天三夜攀登滌罪所的旅程之後，朝聖客但丁既已回
復亞當和夏娃違背上帝誡令以前的純真狀態，得以進入伊甸園，
那是通往天界的門庭。後續的旅程由貝雅翠采導引，在聖週三
(Easter Wednesday) 日正當中時進入天界。

　　第八重天是集信、望、愛三種神學美德於一身的靈魂永恆
的歸宿，體現人性的完美。但丁在那裡透過第九重天瞻仰最高
天，上帝的本質盡在其中（〈天界〉33.85-90）：

我凝神眺望視野的深處，

　見到宇宙散落四處的紙張

被愛心裝釘成一本書，　　　　　87

事事物物的實體與形相

　好像全都融合在一起，

我能說的只是一片光。　　　　　90

　　詩人但丁寫朝聖客但丁追尋愛的救贖，體現基督徒堅忍的毅力足以見證信仰之虔誠。救贖是人神和解之道，《神曲》破解了「絕地天通」的神話魔咒。

6.4.2 米爾頓《失樂園》

　　從維吉爾的《埃涅伊德》到但丁的《神曲》，我們看到羅馬帝國政體大一統的信念被基督教會大一統的信仰給取代，也看到集體記憶被個體記憶給取代。史詩經過這一番蛻變，拉丁文 pietas 的意義由宗教情懷的「虔誠」取代愛國情操的「忠誠」。但丁書寫「每人」的經驗，就記憶的本質而言，可以說是希臘神話、義大利歷史和希伯來一神信仰的綜合體。他以宮廷愛情體現宗教情操，把「愛」寓言化寫出一部宇宙書。希臘史詩由羅馬繼承，在基督教王國眼看就要走到山窮水盡，基督教史詩峰迴路轉卻柳暗花明，在文藝復興時期綻放奇葩。

基督教人文主義

　　但丁去世時，他的托斯卡納同鄉，也同樣流亡異鄉的佩脫拉克 (Francesco Petrarca, 1304–1374) 年方十七，正潛心鑽研拉丁文經典，為日後成為歐洲文藝復興的推手蓄勢待發。

　　「文藝復興」的字源為法文「重生」，是以佩脫拉克為先驅的學者對古希臘羅馬的人文學科採取新的態度與信念，結果促成歐洲文化界擺脫經院哲學的桎梏。古典傳統因此從中古天主教的神學傳統死灰復燃。「人文主義」 (humanism) 一詞用於概稱那一批現代社會的啟蒙學者共同的信念。從文化史的觀點來看，文藝復興最深遠的影響或許是奠定基督教人文主義的傳統。

　　文藝復興時期的人文主義學者堅持人生現實經驗的價值及其中心地位，這就是「人的尊嚴」 (dignity of man)。在文藝復興以前，信仰基督教的歐洲人普遍接受原罪觀，對人性的看法基本上是負面的。新時代的人文學者卻採取樂觀的視角，強調上帝創造萬物之為善的面向，因此相信人性本質的善良及其才能的可塑性。他們努力要把古典的神話和象徵融合到基督教傳統，米爾頓 (John Milton, 1608–1674) 的史詩是箇中翹楚。

清教徒革命

　　就基督教的觀點而言，文藝復興最驚天動地的單一事件，無疑是公元 1517 年馬丁‧路德揭櫫《九十五條論綱》(*Ninety-five Theses*)，原題《關於贖罪券效能的辯論》(*Disputation on the Power and Efficacy of Indulgences*)，吹響新教改革運動的號

角。基督教從此分裂成新、舊兩個教派：馬丁‧路德的追隨者統稱為新教，從習稱天主教的梵諦岡教會獨立而出。

宗教改革的號聲越海傳入英格蘭，1534 年出現以國王為領袖的英格蘭教會，又稱聖公會，俗稱英國國教會。英格蘭教會雖然不接受教廷的管轄，卻保留天主教的主教制、重要教義和儀式。對於這種妥協作法，以資產階級改革派為首的教徒無法接受，他們主張清除英格蘭教會內部的天主教殘餘影響，要求廢除主教制和偶像崇拜，減少宗教節日，提倡勤儉節約，反對奢華縱慾，因此得名清教徒。

十六世紀下半葉，清教徒從英格蘭教會分離出來，成為獨立教派。信奉清教的資產階級和以國王為首的保守勢力兩者的衝突愈演愈烈，終於導致 1640 年代的清教徒革命，又稱英國內戰。內戰期間擊敗保王黨的克倫威爾 (Oliver Cromwell, 1599–1658) 在 1650 年代發動清教徒革命，處死英王查理一世，創建共和制 (Commonwealth)。克倫威爾深信上帝指引他走向勝利之途，然而革命的成果只曇花一現 (1653–1658)。1660 年王政復辟迎來新古典主義，文化斷代揮別文藝復興時期。

基督教神話小說化

米爾頓是文藝復興時期基督教人文主義最後的傳人。他精通希伯來文、拉丁文與義大利文，知識淵博而且文學造詣成就非凡，與之相得益彰的是他的改革派基督教人文思想的觀點及其活動。他在內戰期間所支持的一方終歸失勢，克倫威爾的作

為卻激發他對人類的未來懷有更崇高的理想。清教徒的理想固
然不易落實，實非毫無意義。

　　米爾頓潛心創作《失樂園》(*Paradise Lost*, 1667, 1674)，重
新詮釋希伯來聖經《舊約・創世記》一至三章。他以清教徒的
立場創作英雄詩，反映人文主義學者理解《聖經》的個人主義
趨勢。為了藉想像的馳騁探討「原罪」這個基督教核心教義的
義理，他以戲劇手法經營史詩，從史詩的舊手法釀出基督教神
話的新酒。一如荷馬史詩，《失樂園》破題就點明主題 (1.1-
6a)：

　　　人第一次違背誡令，吃下
　　　禁忌樹的果子，一口致命的嚐鮮
　　　為世間帶來死亡，愁苦無邊，
　　　樂園不可尋，直到更偉大的人
　　　使我們回復原初，重拾福分，　　　　　　　5
　　　唱吧天界繆思，在神秘頂峰
　　　不論何烈或西奈……。

　　十七世紀是英國小說的發軔期，又有莎士比亞的戲劇為心
理寫實奠定堅實的基礎，《失樂園》的小說趣味是文學史的又一
個必然。米爾頓處理基督教的人類觀，把亞當的墮落以內心戲
的手法展現出來。然而，亞當的墮落固然造成人類的困境，其

中卻含有救贖的承諾。這麼說來,《失樂園》的題材應不僅限於墮落一事,而且還包括違背上帝誡令的人覺悟並接受新的精神狀態,這意味著隨腐化與罪惡並肩而來的還有良知與希望。

　　《失樂園》第九卷是全書情節的關鍵。其中兩個主要的場景,一是蛇成功誘惑夏娃,二是夏娃邀亞當分享新知識。這蛇的前身在兩河流域史詩《吉爾格美旭》第十一片泥板偷吃了回春草,後來被希伯來的父系一神信仰使用象徵語言污名化,基督教進一步指認潛入伊甸園的這條蛇是撒旦的化身。就像莎士比亞十四行詩 129.3–4 寫女性受誘惑,經不起「狂言又妄語,灌迷湯/……厚臉皮」,米爾頓把蛇人性化,使出吃定女性心理的必殺絕招,以寫實筆觸呈現撒旦對夏娃灌迷湯 (9.568–732):

這美好世界的女皇,燦爛奪目的夏娃,	568
我無意中看到累累的果實光彩奪目,	577
終於嚐鮮之後,沒多久就察覺到	598
自己身上發生奇異的變化,開始	
懂得運用推理的能力,張開嘴巴	
會說話,雖然依舊是這樣的形體。	601
女皇,有一條現成的路,不遠,	626
我現在馬上帶你到那地方去,	630
人類的女神你儘管摘,自由品嘗。	732

夏娃吃了禁果，親身體驗脫胎換骨。米爾頓接著寫夏娃說服亞當，賦予原罪明確的心理動機。夏娃這麼說：「你也來品嘗，好讓同等的命運／結合你和我，同等歡樂同等愛」(9.881–2)。亞當則是基於對妻子的愛，這麼斟酌 (9.911–6)：

> 就算上帝另造夏娃，我也
> 提供另一根肋骨，可是我
> 心中永遠惦念妳；不行，我感到
> 自然的鏈牽引著我：肉中肉，
> 妳是我骨中的骨，妳的處境　　　　915
> 我來一體同擔，不論福與禍。

　　亞當的決定源自對妻子的信任與諒解，無異於騎士的忠誠。米爾頓面對同甘之後情願共同承受罪果的情景，並不避諱舞臺風格的詩行：「為了陪妳／我抱定萬死不辭的決心」(9.906–7)。夏娃的回答，語氣比較輕鬆，修辭效果卻旗鼓相當：「憑我的經驗，亞當，放心品嘗，／死亡的恐懼大可隨風飄走」(9.988–9)。米爾頓的造詣使得這一類的場景洋溢戲劇的臨場感與動感。

　　米爾頓深諳修辭與雄辯的藝術，將之應用在墮落的故事，無非是展現語言藝術的運用與誤用。蛇教導夏娃的不只是做壞事，還包括巧言誤導別人。誘惑者得逞之前，夏娃的言談只在表面上偶而使用雙關語 (pun) 或巧喻 (conceit) 扭曲語義；墮落

圖 21　米爾頓《失樂園》

之後，她開始懂得巧辯，狡辯與詭辯雙管齊下，呼應她如今腐
敗的身體內在「違和」。

　　在另一方面，兩位主角因「世俗」之愛而結合，彼此的怨
尤與悲慘使他們結合成生命共同體。吃禁果固然該受譴責，但
確實帶來前所未有的喜悅。他們既已結合在一起，《失樂園》展
現新的境界。像是「兩人有如陶醉在新釀的酒／耽溺歡笑中，
幻想自己感覺到／神性在體內發酵孕育翅膀／足以傲世人間」
(9.1008–1011a) 這一類的詩行，不但發出積極歡愉的弦外之音，
也敲響消極不祥的言外之意。不管世俗的牽絆有多腐敗，我們
無可避免會因米爾頓效果特出的詩行而感同身受。第九卷描寫
亞當和夏娃洞房花床的 1034–45 行提供了絕佳的例子。然而，

米爾頓以聖婚儀式的筆觸譜出比〈雅歌〉更「雅」的旋律之後，
亞當與夏娃一覺醒來，基督教的主題如驚蟄響雷 (9.1052-5)：

> 如同轉開相看兩不厭的視線，
> 瞬間發覺眼睛睜開了，心智
> 濛濛發黑；純真，原本像面紗
> 遮蔽眼前的弊病，如今無影蹤……。

　　愛提供救贖之道，這是但丁探討過的主題。米爾頓強調救
贖的追尋仰賴神恩。他使用前所未見的筆法，使得在文體上饒
富拉丁文風格的基督教史詩洋溢現代的趣味。由於《失樂園》，
我們又一次看到史詩把古老的神話帶進文化史的進程。

6.4.3 神話進入歷史

　　十七世紀的英國，重商主義遺害無窮，科學以及隨科學而
來的唯理論逐漸抬頭勢不可遏，扼殺時人創造神話的能力，也
泯滅了他們的藝術信念。就在這樣一個詩人處境維艱的時期，
米爾頓發憤作詩，引人重溫詩之為用有其崇高無比、莊嚴無比
的信念。那樣的信念或許已經和史詩同樣走進歷史，史詩的傳
統卻印證冠在荷馬名下的兩部史詩所闡明的不易之理：繆思不
死，因為只要人類代代相傳，記憶就長生久傳。
　　因其如此，奧林帕斯信仰雖已式微，呼告繆思的成規還是

有意義。繆思已然成為記憶的象徵。不同的呼告方式透露不同藝術效果的考量。同樣描寫基督教主題，但丁在《神曲》前後呼告三次，氣勢與次俱增。第一次見於〈冥界〉2.7–9，簡短且不起眼，把繆思九姊妹和記憶畫上等號。第二次出現在〈淨界〉1.7–12，篇幅加倍，略見修辭，特別挑明史詩女神卡莉歐珮。第三次在〈天界〉1.13–27，篇幅不只又加倍，而且語氣之迫切與筆調之莊嚴在在展現史詩的格局，轉而呼告音樂神阿波羅，一口氣用到兩個神話典故，一個是阿波羅在音樂競賽擊敗羊人馬敘阿斯 (Marsyas)，另一個是阿波羅對月桂樹獨有情鍾（見奧維德《變形記》6.382–400 和 1.452–567）。《神曲》是一部宇宙史，但丁娓娓道來需要鋪陳的功夫，一以貫之平鋪直敘的純樸語調卻展現不同的風格，從最卑微到最崇高，視題材而變。

　　反觀米爾頓，他以心理空間的深入取代物理空間的廣博，單刀直入的筆觸無疑比層層遞增的渲染更適合。反映在呼告，1.6–16 總共 11 行，這 11 行其實只是長達 16 行的破題句的一部分。見微知著，稱《失樂園》巍巍壯觀當之無愧，相對於氣勢恢宏的荷馬《伊里亞德》和莊嚴堂皇的維吉爾《埃涅伊德》的破題句都是 7 行。進一步分析，前引《失樂園》1.6 單數的「天界繆思」(Heav'nly Muse) 既不是記憶女神，也不是卡莉歐珮，而是使摩西 (Moses) 獲得神啟的猶太基督教聖靈。按傳統的說法，摩西是《舊約》開頭五書（〈創世記〉、〈出埃及記〉、〈利未記〉、〈民數記〉與〈申命記〉）的作者，親自接受上帝頒

布的十誡。米爾頓的措詞意在言外，暗示摩西是獲得聖靈啟發的唱詩人，既揭曉過去，又啟示未來。

廣博未必不深入。但丁深入到地心，那是宇宙距離上帝最遙遠的「黑暗心地」，屬於超現實的領域。米爾頓的深入比較類似荷馬史詩深入記憶的底層，在《伊里亞德》第二十四卷透過特洛伊王贖回赫克托的屍體探索阿基里斯的情感潛能，在《奧德賽》第十一卷透過奧德修斯入冥見故人尋求判斷的理據。深層記憶和情感關係密切，那是人性的「黑暗心地」。荷馬透過天神的任性與專斷對比人性是情感與理智的綜合體，情與理相因相成而顯現人性本質的高貴。

米爾頓創作《失樂園》對自己的期許是「在散文與韻文同樣史無前例」 (1.16) 之事。配稱為經典的作品必有其史無前例的創意，米爾頓的創意特別表現在人物刻畫的手法。亞當也是情理兼備的角色，感情面反映在他和夏娃之間夫妻平等而一體同命的婚姻關係，理性面則反映在他對於上帝的謙卑以及對於深奧觀念的理解。米爾頓用於襯托的互補角色是撒旦。撒旦曾經是上帝身邊的光明天使，卻因為羨慕上帝的權力，傲慢心起而覬覦上帝的榮耀，不惜自甘墮落。猶如但丁的冥界比天堂更吸引人，米爾頓塑造撒旦的反英雄形象令人擊節稱賞，竟至有人主張撒旦比亞當更像是《失樂園》的主角。

《失樂園》的撒旦兼具英雄與惡魔雙重屬性。請聽他發動天界革命失敗後，對一干嘍囉的演說 (1.105b–24)：

　　　　　　一戰失利又何妨？　　　　　　　105
勝負未卜；不屈不撓的意志，
還有雪恥的計畫、不朽的仇恨，
更有勇氣絕不臣服或投降：
不甘雌伏不就是這個意思？
那榮耀他永遠休想憑憤怒與威力　　　　　110
從我奪走。卑顏求他施恩
彎腰又曲膝，還敬畏他的權力──
他驚魂未定擔心最近這一戰
動搖天國的根基──那才賤到底，
才真是奇恥大辱超過這次　　　　　　　　115
遭貶黜；既然命中注定神力
以及清純的元氣無法摧毀，
既然有驚心動魄的事件證實
兵力不遜，謀略更勝一籌，
我們大可寄望胸中城府　　　　　　　　　120
或兵或詐發動永恆之戰，
對妄自尊大的仇敵誓不兩立──
他暫時獲得勝利，喜地又歡天
占據天庭攬大權獨霸稱王。

相較於亞當的逆來順受，撒旦桀驁不馴，卻豪氣干雲又敢

做敢當，深富群眾魅力。他的叛逆行為，比起亞當的理性與順從的確更有吸引力。透過反英雄的襯托，米爾頓重新定義英雄，賦予神話角色心理的深度，教義因此成為有血有肉的文學作品，《聖經》也因此打開一扇面向現實世界的窗戶。

　　亞當和夏娃既已結合成人間夫妻，開始擁有自己創造生命的知識，再也不適合居住屬於神話世界的伊甸園。於是，天使長米迦勒 (Michael) 奉命宣告流放。夏娃獨悲飲泣，沉沉入睡。亞當求情未果，默然順命。米迦勒帶領亞當登上園內地勢最高而視野最廣的山崗，目睹未來的景象，宛如展閱卷軸。亞當「睜開眼睛」(11.429)，原罪造成累累的果實歷歷在目，有該隱和亞伯，有大洪水，有耶穌受難、復活、升天，有教會的建立，直到耶穌再度降臨昭告天父的榮耀。亞當對因果與許諾具已了然於胸，從此釋懷，尾隨米迦勒走下山崗。他喚醒夏娃，夏娃從夢境悠悠甦醒，心境詳和而神情順從。米迦勒兩手各牽一人，走出神話樂園。以下是《失樂園》結尾的九行 (12.641–9)：

> 他們回頭看，凝望樂園以東
> 一大片，前不久還是他們的歡樂所，
> 如今火焰劍凌空轉，門口部署
> 人多勢眾而面目猙獰的戰士：
> 他們淚水奪眶，很快擦拭；　　　　645
> 整個世界在眼前，何處選擇

　　安身地，唯有仰賴天意引導：
　　他們手牽著手彳亍流浪，
　　穿越伊甸園踏上孤獨的旅途。

　　亞當方才「睜開眼睛」所看到未來的歷史，現在成了他的記憶，「深入到靈眼視野最深邃的所在」(11.418)。米爾頓使用神話的象徵語言描述基督教的集體記憶，手法脫胎自埃涅阿斯的盾牌圖像，但是維吉爾從希臘神話引出羅馬歷史，米爾頓卻把希伯來神話引進基督教歷史。記憶從此永別沒有時間的神話世界，從此進入光陰常相伴的現實人生。那是兩性繁衍的新天新地，流血流汗生產然後等待死亡來收拾。

　　人類開始自己創造生命，一生咀嚼善惡知識的果實，其中確有許諾在焉。記憶可以儲存，迭代相傳累積甚至內化成為集體潛意識的基因。惡果也許無法根除，卻蘊含無限可能的善因。縱使史詩創作漸失動能，史詩傳統在人間餘韻繚繞亦足以令人發深省。

參考書目

一、中文作者

1 《吉爾格美旭》，呂 2013: 271–334。

2 尤瑞匹底斯著，呂健忠譯注，《尤瑞匹底斯全集 I：酒神女信徒、米蒂雅、特洛伊女兒》，臺北：書林，2016。

3 大衛‧安東尼著，賴芊曄譯，《馬、車輪和語言：歐亞草原的騎馬者如何形塑古代文明與現代世界》，新北：八旗文化，2021。

4 呂健忠、李奭學共同編譯，《近代西洋文學：新古典主義迄現代》，臺北：書林，1990。

5 呂健忠，李奭學共同編譯，《新編西洋文學概論：上古迄文藝復興》修訂版，臺北：書林，1998。

6 呂健忠譯注，《情慾花園：西洋中古時代與文藝復興情慾文選》，臺北：左岸文化，2002；臺北：秀威，2010。

7 呂健忠譯注，《情慾幽林：西洋上古情慾文學選集》，臺北：左岸文化，2002；臺北：秀威，2011。

8 呂健忠，《陰性追尋：西洋古典神話專題之一》，新北：暖暖，2013。

9 坎伯著，朱侃如譯，《千面英雄》，新北：立緒，1997。

10 耶律亞德著，楊儒賓譯，《永恆回歸的神話》，臺北：聯經，2000。

11 索福克里斯著，呂健忠譯注，《索福克里斯全集 II：翠基斯少女、菲洛帖、伊烈翠》，臺北：書林，2011。

12 荷馬著，呂健忠譯注，《伊里亞德》，臺北：書林，2021。

13 荷馬著，呂健忠譯注，《奧德賽》，臺北：書林，2018。

14 陳三平著，賴芊曄譯，《木蘭與麒麟：中古中國的突厥－伊朗元素》，新北：八旗文化，2019。

15 奧維德著，呂健忠譯注，《變形記》，臺北：書林，2008。

二、西文作者

1 Adler, Mortimer J., ed. Great Books of the Western World. 61 vols. Chicago: Encyclopaedia Britannica, 1990.

2 Apollodorus (阿波婁多若斯). The Library of Greek Mythology (《神話大全》). Trans. Robin Hard. Oxford: Oxford UP, 1997.

3 Apollonius Rhodius (阿波婁尼俄斯). Argonautica. The Perseus Digital Library.

4 Dante (但丁), Alighieri. The Princeton Dante Project. <https://dante.princeton.edu/>.

5 Finley (芬利), M. I. The World of Odysseus (《奧德修斯的世界》). Rev. ed. 1954; London: Pelican, 1979.

6 Herodotus (希羅多德). The History of Herodotus (《歷史》). Trans.

George Rawlinson. Adler 5: 1–341.

7　Latacz (拉塔屈), Joachim. Troy and Homer: Toward a Solution of an Old Mystery (《特洛伊與荷馬解謎》). Trans. Kevin Windle and Rosh Ireland. Oxford: Oxford UP, 2004.

8　Lord (婁德), Albert B. The Singer of Tales (《歌唱故事的人》). Cambridge, Mass.: Harvard UP, 1960.

9　Milton (米爾頓), John. Paradise Lost (《失樂園》). Ed. Scott Elledge. A Norton Critical Edition. New York: Norton, 1986.

10　The Perseus Digital Library. <http://www.perseus.tufts.edu/hopper/>. Ed. Gregory R. Crane. Tufts U.

11　Stanley (司坦利), Keith. The Shield of Homer: Narrative Structure in the Iliad (《荷馬的盾牌：伊里亞德的敘事結構》). Princeton: Princeton UP, 1993.

12　Thucydides (修昔狄底斯). The History of the Peloponnesian War (《伯羅奔尼撒斯戰史》). Trans. Richard Crawley. Rev. R. Feetham. Adler 5: 343–616.

13　Vergilius (維吉爾) Maro, Publius. Aeneid (《埃涅伊德》). The Perseus Digital Library.

圖片出處

情義與愛情——亞瑟王朝的傳奇

蘇其康／著

魔法師梅林、哈利波特的魔法世界、魔戒裡的精靈族、好萊塢英雄系列電影、英國的紳士風度、「我為人人，人人為我」⋯⋯亞瑟王傳奇一千多年來啟發無數精彩創作，甚至對歐洲的社會文化造成影響。然而，亞瑟王來自何處？歷史上真有其人嗎？讀過亞瑟王，才能真正了解西方重要的精神價值，體會更多奇幻背後的文化底蘊。

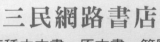

國家圖書館出版品預行編目資料

荷馬史詩：儀軌歌路通古今／呂健忠著.－－初版一
刷.－－臺北市：三民，2023
　　面；　公分.－－（文明叢書）

　ISBN 978-957-14-7628-5　（平裝）
　1. 史詩 2. 古希臘文學 3. 文學評論

871.31　　　　　　　　　　　　　112004728

荷馬史詩──儀軌歌路通古今

作　　者	呂健忠
總 策 畫	杜正勝
執行編委	單德興
編輯委員	王汎森　呂妙芬　李建民　李貞德
	林富士　陳正國　康　樂　張　珣
	鄧育仁　鄭毓瑜　謝國興
責任編輯	翁子閔
發 行 人	劉振強
出 版 者	三民書局股份有限公司
地　　址	臺北市復興北路 386 號 (復北門市)
	臺北市重慶南路一段 61 號 (重南門市)
電　　話	(02)25006600
網　　址	三民網路書店 https://www.sanmin.com.tw
出版日期	初版一刷 2023 年 6 月
書籍編號	S740770
I S B N	978-957-14-7628-5

三民書局